21th

1998-2018

太阳鸟文学年选

# 2018
# 中国最佳
# 散文

主　　编｜王　蒙
分卷主编｜王必胜
潘凯雄

辽宁人民出版社

图书在版编目（CIP）数据

2018中国最佳散文 / 王必胜，潘凯雄主编. —沈阳：辽宁人民出版社，2019.1
（太阳鸟文学年选 / 王蒙主编）
ISBN 978-7-205-09469-0

Ⅰ. ①2… Ⅱ. ①王… ②潘… Ⅲ. ①散文集—中国—当代 Ⅳ. ①I267

中国版本图书馆CIP数据核字（2018）第249697号

出版发行：辽宁人民出版社
地址：沈阳市和平区十一纬路25号　邮编：110003
电话：024-23284321（邮　购）　024-23284324（发行部）
传真：024-23284191（发行部）　024-23284304（办公室）
http://www.lnpph.com.cn
印　　刷：沈阳新天地印刷有限公司
幅面尺寸：170mm×240mm
印　　张：15
字　　数：235千字
出版时间：2019年1月第1版
印刷时间：2019年1月第1次印刷
责任编辑：赵维宁
装帧设计：丁末末
责任校对：吴艳杰
书　　号：ISBN 978-7-205-09469-0
定　　价：50.00元

# 太阳鸟文学年选
# 编辑委员会

# 散文是什么及其他

王必胜

散文是什么，散文是散文，又不是散文。这绕口令如痴人呓语。其实，关于散文的定义、界说、走向，散文的“真善美”，散文的价值判断，等等，议者蜂起，多是论者的一厢情愿。言者滔滔，听者寥寥。就有人说了这极端的话，是散文又不是散文。

散文是一个无边的文体，用时兴的话，是多元化、跨文体，用一句戏谑的说法是，不三不四、非古非今的玩意儿。其实，散文作为文学作品之一种，其成就和影响并不因为她是什么或者认定她的什么身份，才引人关注的，往往，山花烂漫的散文大势，如山阴道上，目不暇接，又有几个关注她的身份属性？散文是文学春江夜之“月”，“江畔何人初见月，江月何年初照人”，这“散文”者，也不知何年何人以此名之，或可预示了她以后莫衷一是的评说。

关于散文，论者多，而散文名家也曾热衷。现代文学史上大家高手，如鲁迅、周作人、林语堂、朱自清们，无不留下耳熟能详的经典之论。遥想26年前，笔者编有一本《小说名家散文百题》（长江文艺出版社）的散文集，举凡五十多位当红的小说家，每人或二三文，且都附有一篇五六百字的散文感悟，或是夫子自况吧，是较早的小说名家关于散文的发言。名家名言，人各有殊，十分精彩，都说及了散文的灵活、自由和精致的特色，而最多的是说散文的意蕴和情怀。其实，散文在我看来，是飘忽不定的文体，是没有边界的文字，是不可规范和定性，有如精灵般洒脱的东西。由此，以一个散字名之，庶几相近。如果非要有个界说，我以为，从高的标准说，散文是自由的文体，格式不定，内容随意，文意精粹和意旨远阔。

这也许与其历史的不确定有关，散文的发轫众说纷纭，说古已有之的，域外舶来的，现代兴盛的，当下转型的，不一而足。我以为，当下性确定了其特色：并非定于一尊，没有多大的传统和形式的包袱。“文变染乎世情”，随势而变，应时而作，就有了这当下意义上的散文。她是在文学分类细化后的一种较轻快的文体，说她其来有自，是有史传传统，是说从司马迁到鲁迅，都有深重的人文情怀，但历史并非包袱，在当代的文体转型中，她无所拘泥，不受制于文学教程，无需听从教义法规，她是轻盈的，有如精灵般的文字，她是自由的，更多的是作家自我的率真表达，所谓我手写我心，主观性突出，注重情感和情怀的酿造。

散文与其他文学比如小说和诗歌的区分是明确的。小说的史诗性与人物的公众认同感，诗歌的句式和语言意象，以及韵律节奏，等等，都显而易见。散文的近邻，是杂文随笔，是报道纪实，是小品之类。然，散文的不同在于，她没有杂文随笔题旨的高深，或论辩的高蹈，直抒胸臆的凌厉之气，吊书袋式的经纶充塞；她不同于报道纪实的是，没有那臧否天下、纵横捭阖的故事和人物，她的情节和人物多是截面的片断的，注重的是情感与意蕴；她有别于小品文的是，她的空灵、隽永是附丽于生活情节之上，有生活情景、民生情怀和世俗情味，构成了轻盈不清浅、灵动不空泛的沉实风格。所以，从文体的差异性看，散文负载的是情怀，不以情节为王，但求意味隽永。可以说，散文是作者主观悟性的文学体现，最能考验作者文学情商的，没有相当的文学悟性，是难有绝妙好文的。也可以说，散文表达的多是某种可以言说又可以意会的一种情景，一个场景，一段情怀。如果以天地物事来指代，她是一株意象茂盛的植物，不枝不蔓，清朗，明丽，雅致，独立苍穹，向天绽放。

这就说到了散文的真实性。真实是艺术的圭臬，真实性不只是广义的标准。散文的真实，既是文学的，也是散文的。文学的真实，在于她表达的一种共有的情怀，是生活可以印证的。而散文的真实，她杜绝虚伪和夸饰，是还原事实，切近事实。真实性在小说一类的虚构样式中，是强调了她反映现实的可能，而散文的真实要求更为严正，不做作矫柔，表达的内容要事实切近本原，遵从敬畏本原。或可这样认为，小说等虚构文学的真实性是能指，散文的真实性是所指。虽然不必拘泥于细节和场景的还原再现，但不能为了艺术性而丧失人物和情节的真实，即便情感抒发也是“有真意，去粉饰，少做作，勿卖弄”(鲁迅语)。时下，诸多写亲情，纪念家人，特别是长辈的文字，几成泛滥，为亲者贤者讳，加工编排，小说笔法，并不鲜见。一些爱写结交名人政要的文字，塞进不少的生硬私货，借名人炫耀，有的几近鲜耻，散文的真实性在这类文字中，既是事实的失真也是心理情感的失范。对于散文这个大众文体，真实性要求应成为一个铁门槛。

所以，我不赞同为了艺术放宽真实性的原则，所谓文学的真实，对散文而言，更是高标准。也不同意所谓合理性加工。虽然文学的真实性，见仁见智，散文的真实性没有天马行空的构思，并不等就可网开一面，甚至于虚构、合理化的构思，等等，是没有量化标准的，容易为一些没有真实信誉度的作者的口实。近来，纪实性是散文一大特色，对过往历史和人物的专题书写，对记忆的开掘等，但上乘之作寥寥，多是一些表扬性的纪实报道，失实、失真、注水，烂为不良。散文要真实，主要是与虚构与想象划清界限，史实的失真，情感心理上的失据，不能说是合理的加工论所致，但放开了散文的真实坚守，是散文的歧路。

还是回应前面的话，散文是发展的文体，早先的散文实际上是中华文化的原典，宽泛地看，《史记》是散文，诸子百家是，《兰亭集序》是，《古文观止》是，《世说新语》是，《浮生六记》是……往事越千年，现代的《野草》是，《雅舍小品》是，《背影》是，《松树的风格》是，《红军路上》是，《丙辰清明纪事》中的诸篇也是，《山居笔记》是，等等。从这一角度看，散文在当下的状态是，紧跟时代，追踪现实，抒写心灵，而求真求实，远离虚构，切近生活，不一定是唯一的散文之路，或许是散文兴盛之路。

守住真实，才能凸显特色，得到读者青睐。因为，与生俱来的史传传统，成就了她艺术的源远流长。

# 故事里的事故

◎蒋子龙

社会转型，变化剧烈。故事多，事故也多。如何区分？正如婚外恋，在文学作品中是故事，在现实生活中就是一场事故。

一件事情的正反两种走向，其悬念取决于当事者的命运，也少不了事情发生的地域环境及旁观者的视角。譬如美国禁止“师生恋”，被视为道德规范的基本要求，有教师违戒一律开除。而法国现任总统马克龙的“师生恋”，不仅修成正果，还成为世界级的佳话。

世界是多元的，既可以把故事看作事故，也可以把事故想象成一个故事。一般来说，故事有多精彩，事故就有多惨痛。

## 1

二〇一八年三月五日的《广州日报》载文：三十一岁的郭天和四十二岁的顾青，是慧灵智障人士服务机构艺术团的男一号和女一号，并双双坠入爱河。但双方父母并不支持他们的爱情，理由是他们一个心智障碍，一个患唐氏综合征，家长认为“爱是要瞻前顾后的，他们连自己都照顾不了时，又如何担起家的责任”？

——中国的父母总是考虑得很实际。

美国少年雅各布·巴内特，两岁时被查出患有自闭症，而他的智商却比爱因斯坦还高，如今刚十二岁就已开始攻读博士，印第安纳大学还为他提供了一个研究员的职位，研究主要集中在相对论和宇宙大爆炸学说。而他的母亲却忧心忡忡地说，“我最担心的，是他永远失去了说‘我爱你’的能力”。

这就是差异，中国家长为孩子还能够爱担心，美国家长为孩子不能爱担心。而爱，是生命的精华，是奇迹，是恩泽，就像从天而降的雨露。记得爱因斯坦似乎也说过类似的话：世界上确实存在着一种叫作天赋的东西，最珍贵的天赋就是爱。

## 2

我一直信服这样一句话：在世间一切活动中，唯有人的故事最引人。他们有古人、今人、圣人、凡人、能人、奇人，他们之所以打动我并与文学连接在一起，是他们的生命中那不同寻常的特质，以及他们人生轨迹的传奇性。

经典作家称：人是造物主的杰作。“杰作”中的佼佼者，才称得上是传奇。他们能告诉我们“什么是最好的”“什么是最合适的”。我们不可能也无法追寻他们的足迹，但可以追求他们所追求的目标。

巴尔扎克有言：一代人就是一出有着四五千名优秀角色的戏剧。我们所处的这个时代最基本的特点，体现为他们的品质。了解他们，有助于更深切地理解这个时代。于是我要尽最大的努力，真诚而温暖地记下他们。

## 3

功利社会，急功近利难免会碰得头破血流，于是想寻求心灵救助，这便造就了一种遍地“鸡汤”的社会现象。鸡汤味道千奇百怪，无所不包。比如：

一个人该怎样活着才算生活？“不下馆子不剩饭，家务坚持自己干，不打的，不血拼，上班记得爬楼梯。”

拿多少钱最好？“年薪三万收入的人最幸福，最辛苦又最没有成就感的档次是年薪十万。”——这是忽悠打工族，炮制这款鸡汤的人如果年薪十万，会只拿三万吗？

怎样混官场？“真着急假生气，热问题冷处理，敢碰软不碰硬，走直道拐活弯，过去的事不后悔，眼前的事不攀比，一心一意干工作，全心全意保身体。”——这样的人在官场“混”也许可以，想“混”得好，恐怕不那么容易。

怎样处理男女关系？“爱情在自己的电脑里，老婆在别人的电脑里”，“男人都对女人的乳房感兴趣，谁会关心乳腺癌”，“天堂就是别的女人都在而老婆不在的地方”——谁按照这个鸡汤处理男女关系，准乱套。

其实鸡汤就像雅段子，说的人多，照着做的人少。天下事从来如此，有些名词是新的，问题是旧的；有的相反，名词是旧的，问题却是新的。一个时期总要流行点什么，不然社会就会觉得寂寞，就像现在的人们有“P”好一样，把什么都往“P”上靠：电脑叫“PC”，网址叫“IP”，电脑合成叫“PS”，对决叫“PK”，博士叫“PHD”，全球定位叫“GPS”……

## 4

加拿大麦吉尔大学管理学院教授亨利·明茨伯格，被誉为“最具原创性的管理大师和世界最优秀的战略思想家”。在其新著《战略历程》中，这样剖析当今世界的乱象：领导太多，管理太少！

——到处都是管理的问题，许多事端、事故乃至重大危机，包括由美国次贷危机引发的席卷全球的金融风暴，其根源也不是金融的、经济的，而是管理的失败。

他给出的药方是：小至一个部门、一个公司，大至一个国家，“已经拥有太多的领导了，而真正需要的只是更少的领导力，刚好足够的领导力就行。把英雄式领导，变成投入性管理。”“是时候把管理与领导力一起带回，回归于脚踏实地了。”

## 5

一九八九年春天访问日本，见到了很多中学生，有个强烈的印象：日本的年轻人不漂亮。不是有句老话“鬼在十七八也是美的”吗？跟从电影及电视剧中看到的日本人差距太大了。

回国后特意留心观察中国的青年学生，发现也不是很漂亮。这个结果让自己吃惊，心里还很别扭，也有些不大相信自己的观察与感觉。于是写了一篇文章《人会越来越丑吗?》发表在《随笔》上，以期获得人类学家的指教。

事隔近三十年，终于有了结果，而且正是我想听到的那种答案。是零点调查公司董事长袁岳宣布的：“中国有史以来的任何一代人，都没有八〇一九〇后那么漂亮，没有在平均人口中有那么多的帅哥美女。”世界上任何一个国家的观众，如果根据中国的影视作品判断中国人的相貌，相信都会得出“很漂亮”的结论。

袁岳还说：“今天中国的大街小巷越来越具有可看性，因为我们有越来越多的漂亮英俊的年轻人。”若是单看外表，确实养眼。而网上有一消息，据英国研究人员发现，每天看帅哥美女能多活五年。一九八一年中国人均寿命六十七点七七岁，到二〇一五年就增长到七十五岁。这是不是有众多美男靓女的功劳?

但同样是海外的医学研究证实，“多看暴露的美女则血流加快，某种激素分泌增加，脑垂体容易产生疲劳，加重心脏负担，最终缩减寿命”。

如果美女帅男们再穿着得体，言行同外表一样帅气靓丽，那就真是养眼养心，功德无量了。

## 6

许多年前，在云贵高原一高山湖泊泛舟。船主是彝族小伙子，与另一船上的同族青年赛歌，你一首我一首，水波助兴，群山呼应。大饱眼福、耳福，心神陶醉。其中一首歌的歌词，至今不忘：

山被水分开，
羊被路分开。
女人被男人分开，
人被心分开。

## 7

美国用了近二百年的时间实现了工业化。当年不惜一切追求工业化的美国总统艾森豪威尔，有许多关于工业化的名言，诸如“美国的事业，就是工业”!“对通用公司有利的，就是对美国有利”。

当年辛克莱的工业题材小说《屠场》，被认为是一部“改变了美国”的书。

小说第一次公开揭露了商人给食品染色，工人掉进高温煮肉桶立刻只剩下几根白骨，其余的东西都变成肉罐头，死耗子掉进去也做成了香肠……

当时的美国总统罗斯福边吃早饭边看《屠场》，突然大叫一声："我中毒了！"随即将香肠扔出窗外，从此吃素。美国也开始制定各种各样的食品法……

## 8

当下举世旅游大热，游客的素质却常被诟骂。于是文化与旅游的关系提上日程。文化本来就是旅游的灵魂。"旅游"一词最早见诸南朝梁沈约的《悲哉行》："旅游媚年春，年春媚游人。"旅游可以产生文化，成为文化的摇篮。

被誉为"中国第一大书"的《史记》，便是先"游"后"著"的典型。司马迁在《太史公自序》里说道："年二十而南游江、淮，上会稽，探禹穴，窥九疑，浮于沅、湘，北涉汶、泗，讲业齐、鲁之都，观孔子遗风，乡射邹、峄，厄困鄱、薛、彭城，过梁、楚以归。"历时两年有余，几乎将要写到的地方都走了一遍。因此，古人说"游山如读史"。旅游才会有奇遇、经奇事、交奇人，催发才情。

同质时代，常常经历就是财富，差异就是优势。中国的许多文化经典也是这样诞生的，各种各样的"游记"，成为中国文化的重要形式。《西游记》干脆在封面上就打出了"游"字的大旗。

"天地者，万物之逆旅；光阴者，百代之过客。"生命从诞生开始就是一场旅行，现代人更深切地理解了这句话的含义，遂使当今世界进入旅游的时代，几乎是无人不旅行，无人不出游，文化理应趁势而"化"之，而"引之、导之"。

提升旅游的品位，当是题中之义。

## 9

美国标语不多，在马里兰一中学餐厅内有一幅："自然选择的结果是：动物不能合上耳朵，却可以合上嘴巴。不遵守这个法则的生物都会被淘汰。"

——用了这么长一串文字，以生物学语言含蓄地绕了个大弯子，其实所要表达的，就是中国一句三个字的古训：食不语。

中国随处都有标语，在一所大学的学生食堂里，一幅极醒目的大标语倒是十分的直白：食堂内不准喂饭！

校园里恋爱成风，处于热恋中的年轻人们动作越来越公开，旁若无人。对两个当事者来说是很亲密的举动，一旦公开表演，甚为不雅，乃至影响别人食欲，以至于惹得大学教授们不得不以大白话告诫自己的弟子们：收敛这种类似婴幼儿的低端进食习惯。

## 10

世界上结婚最便当的地方是拉斯维加斯，从早晨八点到夜里十二点都在营业。带着护照、填张表格、交上二三十美元，立马就都办妥了。所以世界各地的明星都去那儿结婚，有钱的可以办得要多浪漫有多浪漫，没钱的想多简单就多简单。名副其实的“结婚之都”。

世界上离婚最容易的是德国，有个大名鼎鼎、生意红火的“分手公司”。交二十九点九五欧元，分手后还可以做朋友，或老死不再往来。多加十欧元，两人可以不见面，以信函分手，一切手续由公司代办。交六十四点九五欧元，双方可以见面，确保和和气气地好离好散。

够神的，可见这家公司的实力。现代人的感情问题复杂而多变，应该有各种各样的公司帮助解决这些感情纠葛，既是积德行善，又可大赚其钱，何乐而不为?

## 11

尼采讲写作分两种：世俗写作和灵魂写作。俗世是灵魂的庙宇，庙宇固然可以安放灵魂，但俗世充斥着欲望。人生就是一团接一团的欲望，欲望得不到满足人就痛苦，而痛苦的感觉恰恰证明灵魂的存在，即便是在物质时代，人再怎样精变，也不可能都变为“物质动物”。爱德华兹讲：“物质世界只有灵魂存在。”真正能将灵魂从物质中提炼出来的，也不是死，而是生的态度。现代人渴望成功，即便是世俗的成功，往往也有经典因素，而作品的灵魂（思想）和故事，就是任何文学形式都离不开的“经典元素”。

## 12

人们张口就是“西方”如何如何……何为“西方”？

我以为概括得最简练的解释：“一、古希腊民主制、科学与学校；二、古罗马法律、私有财产概念、‘人格’和人文主义；三、《圣经》的伦理学和末世学革命；四、中世纪‘教皇革命’人性理性将‘雅典’‘罗马’和‘耶路撒冷’融合；五、启蒙运动的自由民主革命。”

## 13

封建社会是迷信社会，抬脚动步都要看皇历。现代商品社会是合约社会，一进入社会便要不断地签订各种各样的合约，有些孩子甚至不等进入社会就要跟家长签合同：刷碗多少钱，拖地多少钱，收拾房间多少钱……于是人间的合同便五花八门，无奇不有。

《南京晨报》二〇〇五年七月七日报道，丈夫夜不归宿，妻子无奈想出订个合同约束对方：任何一方晚上不回家或回家过迟，要向另一方支付“空床费”，从午夜十二点起，每小时一百元人民币。

——收费不高，能管用吗？

前年十一月十七日的《信息时报》载：一留美博士归国后，到广州市公证处为他近六千字的婚前合同书进行公证。合同规定在夫妻生活方面，每周性生活不得少于两次，质量要求能令对方轻松愉悦。

——这有点书生气，“轻松愉悦”是个人感觉，如何量化考核？我忽然想起契诃夫的名言：大学培养各种才能，包括愚蠢在内。

还是当今世界“第一钻石王老五”摩——纳哥继位王储阿尔贝王子有经验，婚前合约上写道：“未来王妃将不可能有太多时间和阿尔贝王子睡在同一张床上，但她至少得为摩纳哥王室生下两名男娃，当然三个更好。阿尔贝王子将为此付给王妃一亿美元。”

——钱不少，难度也够大，不经常睡在一起，还要求生两三个小王子。但是，随着科技的发展，实现这样的合同当不是难事。以后人类任何感情的细微变化，不仅是“轻松愉悦”，即便是“欲死欲仙”，也可以测试考核，将具体指标写进合同书。

可以预言，未来的合约将越写越长，越来越好看。

## 14

创立于一八八七年的日本花王日化用品公司，经过二十年的调查得出结论：当日本经济迅速发展时，女性更愿意留长发，当经济出现停滞、衰退时，她们则多留短发。

美国女人对经济的敏感则体现在裙子上，一项调查结果显示：美国经济萧条时女人们喜欢穿长裙子，经济繁荣时则流行超短裙。

——经济已成为最敏感的社会神经，其走势如过山车，忽上忽下，一会儿“风暴”，一会儿“崩盘”。而经济学家的判断又云里雾里，还常常不靠谱。因此各行各业都有自己的“风向标”，根据社会风向的变化做出自己的判断和调整。

在中国，对经济最敏感的是开饭馆的：高档酒楼一冷清，说明中央反腐倡廉动真格的了；连低档饭馆也冷清了，说明物价又涨了。

但，这个规律只适合长江以北，在广东一到周末，大小饭馆都爆满，他们对经济形势的敏感体现在“凉茶”上。凉茶销量猛增，说明经济状况不太好；喝凉茶的人少了，经济形势看好。

## 15

现在忽悠老年人的段子很多，比如：“黄忠六十岁跟随刘备，德川家康七十岁打天下，姜子牙八十岁为丞相，佘太君百岁挂帅，孙悟空五百岁西天取经，白素贞一千岁下山谈恋爱。老小伙子们，看你们谁还敢说自己老了！”

不说古代说当下，网上报道一个中国老头，九十多岁了，每天骑自行车去海边的老人院，邻居问他为什么老往那儿跑？他说："那里有很多七八十岁又年轻又单身的女人呀！"

干大事的也有，加拿大第六大城市密西沙加市市长麦卡利恩，已经八十九岁了，连续三十三年担任该市市长，现在"依然身体健康，思维敏捷，雷厉风行"。

——我还不到八十岁，每天早晨游泳六百米到八百米，上岸后非常轻松，自觉真是离老还远着哪。可前两天被刚上小学一年级的小孙子问了两道作业题，一下子把我问老了。第一题："小明不喜欢穿高跟鞋，小明换灯泡不用梯子，小明是谁？"我想了半天无法破解这道鬼题，问他老师给了标准答案吗？他说正确答案是"姚明"。天哪，姚明能叫小明吗？你们老师又不是他奶奶！

第二题："米的妈妈是谁？"这个容易，我说是谷子。小孙子说又错了，是"花，花生米"。这是你们老师说的，还是赵本山说的？他说是老师说的。

真的老了，不承认不行。而且老得不如一个孩子，超过了"老小孩"的阶段，那就是接近老糊涂了。

## 16

何谓"口福"？世界上哪个国家的人最有"口福"？

——白俄罗斯。地处欧洲中部，因有上万个湖泊，故而享有"万湖之国"的美誉，有广袤的森林、富饶的土地，给白俄罗斯带来发达的农业和畜牧业，是真正的"天府之国"。

数据时代，以数据说话："平均每个白俄罗斯人，一年要消费七十五公斤肉类、二百三十四公斤奶制品、二百八十个鸡蛋、一百九十公斤马铃薯、一百四十四公斤蔬菜瓜果、三十九公斤糖、九十公斤面粉类食物……"

平时节食、吃素的人们，看到这一组数字是不是会吓一跳？必然心生一问：白俄罗斯人会不会都吃成大胖子？

所谓"口福"，是能够享受食物带来的幸福，而不是为食物所累。只说一个现象就可以化解上述疑问：白俄罗斯盛产美女。

而“盛产美女”，说明白俄罗斯人的上辈及上上辈，一定有众多优良的基因。

## 17

一朋友从叙利亚回来，见面不谈那里的战火和废墟，开口竟是“叙利亚的黄瓜、西红柿太好吃了！所有青菜和水果的味道都特别正……”

这令我想起一九八二年第一次去美国，对那个“头号资本主义”充满好奇，却发现他们的黄瓜、西红柿以及苹果等蔬菜水果不如国内的好吃。一开始不敢确信自己的感觉，几天后问同去的作家，他们竟有同感。每到超市看到“天津鸭梨”，感觉又亲又甜。当时有些费解，那么发达的国家，他们的青菜、水果为什么不如我们的青菜、水果好吃？三十多年过去了，我们终于弄得蔬菜、水果比美国的还难吃，好赖换来了一个“世界第二大经济体”。

发达了变味，落后了挨打。人有好受的时候吗？

## 18

有一种时髦的东西，叫“干手机”。

求职者、相亲者、推销员、卖保险的、大小官员……总之一切需要主动和人握手的人必备，在握手前将自己的手烘干。

英国一家干手机制造商的一项调查显示：“很多信心不足的面试者、求职者，在等待会面时，往往会紧张得手心冒汗。而一个紧张湿滑的握手会让对方印象很糟糕，以至于因此失去自己渴望得到的机会。”该公司还调查了两千名面试官，其中百分之二十的人承认自己会“以手取人”。

握手有一套学问，尤其是与陌生人见面的第一次握手，是闯入对方隐私的瞬间，可以是获得信任和发展亲密关系的开始，也可以是应付性的一般礼节，甚至可以表达厌恶、鄙视。人是一种不能离他太远又不能离他太近的动物，握手时对身体间的距离要掌握得合适。

握手时高抬手臂，说明手里没有刀或枪，表示真诚的善意；握手时躬身向前，表示恭敬；握手时眼睛不看着对方，是一种轻慢；握手时手背向上，暗示自己是主导，高高在上；握手时手心朝上，表达谦卑……

求人或被人求时，知道该怎么握手了吧？

## 19

读报看到一南一北、一小一老两个人，都是在半夜不睡觉的故事。心里万千滋味，有凄清，也有感动。重庆巴南区界石镇一八岁男孩，夜里三点独自在街上溜达，家里大人外出赚钱，他一个人在家害怕，想到学校里有老师和同学，就半夜去上学。出了家门才想起学校还没开门，只好在大街上磨蹭。

——康德说，有三种东西可缓解生命的辛劳：希望、睡眠和笑。哲学乃至经典大道理在这个小男孩面前是多么的苍白无力。他还太小，只需要一个亲人陪伴，没有亲人老师同学也行……小小年纪就开始饱尝金钱社会的孤苦。

沈阳七十四岁的王忠臣，每天凌晨两点起床，为了照顾七十五岁瘫痪在床的妻子，要让她一睁眼就能看到自己。他鄙视睡眠，甚至鄙视自己的年龄，得空就出去跑步，为了不让自己先倒下。他有一种孤独的强大。因为他有希望，就是让老妻知道他随时都清醒强健地守在她身边。

他比上面的小男孩更辛劳，也更幸运、更幸福。因为他有亲情可享，有亲人可守护。“爱一个人要付出很大代价，但不爱任何人，代价就更大。”

## 20

我一直对沈阳这座城市有种特别的敬重。其儿童福利院每年要接受一百二十名孤残儿童，对姓名不详的一律让他们姓“沈”，发放“儿童福利证”，如同居民身份证。

所不同的是，有了这个证，在生活、医疗、康复、教育、住房、就业等方面就有了保证。这是因为辽宁省有一项具体救助孤儿的政策，叫《关于加强全省孤儿救助工作的意见》。辽宁全省有孤儿八千七百四十一人。

我想不到已经进入还是快要进入“小康社会”了，竟还会有这么多孤儿。

不知其他省市及全国，对孤儿也有这样详细的统计和救助措施吗？

## 21

在电视上见过一段采访周有光先生的视频，他谈到在宁夏劳改时的一个细节，几十年过去了老先生不能忘，我只听了一遍也再不会忘。有一天出工时接到通知，带着农具到麦场上集合，劳改队头头先训话，然后再干活。天气已开始转凉，不知为什么那天周先生抓了顶草帽戴在头上，或许潜意识里怕头头训话时看到自己的脸色……

总之那天几百个劳改犯和右派分子，齐整地站在空旷的麦场上，只有他一个人戴了草帽。正当头头训话训到愤慨激昂处，天空突然一阵发黑，数万只大雁飞过头顶，飞鸣声声，然后雁屎便如大雨点子一样落了下来。训人的和被训的又都不能动，即便想躲也躲闪不及，除去周先生，其余的人都被砸得满头满身的雁屎。

——真是奇观！大雁一般是十几只或几十只一起飞，“雁点青天字一行”“万里一行飞”，最多也就是李益的诗里有一句“江上三千雁”。几万只大雁排空齐飞，还不是千古奇观吗？

大雁一直被视为忠诚、坚毅的候鸟，是获得人类同情最多的大禽，“失群寒雁声可怜，夜半单飞在月边”，“羽毛摧落向人愁，当食哀鸣似有求”。这么有灵性又活得同样不容易的大鸟，为什么要向地面上这些连自由都没有的人头上拉屎？是提醒他们，风凉了不要这么多人傻站在旷野，赶快离开，还是劳改队头头的高腔刺激了雁群，一种本能的还击？

## 22

有美的生态，方有“生态美文”。美文是生态的附属物。“生态美文”被提倡和重视，是因为人们对生态有了危机感。美文营养精神生态。“生态美文”是人们精神上渴求生态美的体现。

文学表现人类的天性，美文给人以慰藉和希望。大自然是神的杰作，美文是人的艺术。大自然的真实与单纯，是“生态美文”最重要的基点。“生态美文”，不能虚构。所以，凡美文描写的地方，是陷入严重危机的生态现状中的亮点。

大自然的自然是极致之美，文字及意蕴不自然就不是美文。美文美在自然，美在真实。生态文明是“绿色文明”，或许可以称是现代人类的最高文明。《尚书》里论道：“经天纬地曰文，照临四方曰明。”生态关乎“经天纬地”，美文反映“照临四方”。

生态的恶化，教训了人类的狂妄无知。当置身大自然之中时，“最谦逊的人也会感到他自己是‘人’”，这是一种自信。与之相比，现代人“自视甚高的浅薄自负算得了什么”！

世界是一本书，旅行是最生动的阅读。走出去，越远越好，去发现生态之美，收获“生态美文”。

## 23

同样都是人，不同国家或地区的男女会有巨大的差异。

在伯尔尼斯·卡纳的新书《当谈到男性，什么是正常的?》中，用数据揭示了美国男人的许多“小秘密”：“百分之十的男人从未洗过衣服，百分之四十的男人知道用三分之一锅的生米就能蒸出一整锅的米饭，而知道这一点的美国女人只有百分之二十八。”

“百分之五十五的美国男人有和自己的汽车聊天的习惯（在中国这很容易被视为精神有毛病），一半以上的男人曾在车里做爱。他们告别处男的平均年龄是十六岁，一生中坠入爱河的平均次数是六次，一生中的性伴侣是十四位，百分之四十四的男人曾经一见钟情。”

“一九六〇年之前的美国妇女，平均结婚二十四年半后才发生第一次外遇，而现在，妇女有婚外情者往往始于结婚第五年。出轨的比例甚至比同龄男性还要高出一成，因为女人们可以更真实地去生活。”

——这话说得有些绝对了，不出轨的男女就不是在“真实地生活”吗？或许美国男女间的这点事比较公开、坦率，为防止夫妻一方出轨或偷情，出谋献计的人也多。美国心理学家丽贝卡，对一千四百人进行调查研究后，总结出一套“睡眠中的建议法”：妻子如果想规劝或吩咐丈夫该干什么不该干什么，不必唠唠叨叨，以免惹他反感乃至引起争吵，只要在配偶熟睡后将自己的想法像唱催眠曲一样讲给他听，便大功告成。用这种办法，想让丈夫怎么做，他都会照办。

真的假的？催眠曲难道有魔力？看来美国女人唱歌都不错。欧洲的瑞典发布了最新研究成果，要比美国人的办法简单得多：“丈夫比妻子年长十五岁，婚姻就最美满。”美国担心的那些事将不会发生。

中国没有人像卡纳那样也写一本揭示男女“小秘密”的书，在中国要调查研究这些“小秘密”很不容易。但，并不是没有化解之法，其中使用最多的是四两拨千斤的“幽默之道”，将男女间那点酸甜苦辣统统化作调侃。如西谚所云：“上帝造了世界，造了男人和女人。然后为了从大毁灭中让一切继续，又发明了幽默。”所以，男人们聚会，最沉重的话题就是谈自己的老婆，最轻松的话题是谈别人的老婆。最近正流行一个这样的段子：“刚毕业时：弟兄们，后会有期；毕业一年：弟兄们，后会有妻；后来：弟兄们，后悔有妻；再后来：弟兄们，会有后妻；最后：弟兄们，悔有后妻。”

## 24

一位素食主义者的宣言：我不吃任何有脸的东西。

## 25

《羊城晚报》载：曾敏之先生以九十八岁高龄在仙逝之前，每天都有人到病房探望，有时还与来人举杯，小酌几口。这才是老神仙的境界，能让同行敬重、喜欢，愿意跟他亲近。我跟曾老只见过几面，并无深交，若在广州也一定要去看望一下。

不禁想起这些年文坛上去世的其他作家。陈忠实先生可称得上是“备极哀荣”，毕竟是有经典留世的。民间自发地写悼念文章最多的是张贤亮先生，他去世的第二天早晨，连游泳馆里都有人在谈论他，一位五十多岁的旅游公司老总对我说，他是在张贤亮的小说里得到了性启蒙教育。

一位进城的老作家，在病重期间向一度曾脱离过父子关系的儿子抱怨某某作家不来看望他。他儿子抢白道：人都被你得罪完了，谁还来看你！

所谓“死亡是公正的”，是指必须偿付一切欠债。

老出版家曾彦修九十岁时作诗自寿，最后两句：“夜半扪心曾问否？微觉此生未整人。”生在这样一个长期视“与天斗、与地斗、与人斗其乐无穷”的年代，他反思一辈子没害过人，感觉是最大的愉快、很大的幸福。可见无论是以权势整人，还是造谣诬陷、整黑材料告黑状害人，到死灵魂都不得安宁。

## 26

“鸡汤”大热，尤以“曾（国藩）记老汤”最为畅销，其中卖得最火的一碗是“百种弊病，皆从懒生”，“天下古今之庸人，皆一惰字致败”。

西方也有类似劝“勤”的鸡汤，哈佛大学图书馆的训诫高悬于正墙：此刻打盹，你将做梦；而此刻学习，你将圆梦。

然而从养生学的角度看，懒惰并不是坏事。德国富尔大学保健学教授彼得·阿克斯特博士在《懒散之乐：如何放松和活得更长》一书中说：懒散实际上是长寿之道，是解除职业压力的灵丹妙药。动物园的狮子平均能活二十年，而野生狮子大约只能活八年，这正说明懒散有益长寿。

特别是懒洋洋、慢吞吞地走到人生尽头，更会发现落在那些勤快人的后面是多大的福气！但是，这个懒和曾国藩深恶痛绝的懒可不大一样，曾厌恶的是“大懒”“真懒”。世界卫生组织二〇一三年发布公告：全球每年有三百二十万人是懒死的！

现在像鸡汤一样流行的是“新懒散主义”，即小懒大不懒，身懒心不懒。懒得动弹就发明遥控器，懒得走路就发明自动驾驶汽车。就像电影明星吴秀波，平时可以赖在床上一天天地不动弹，动手能力很差，一旦开始拍戏，则全身心投入创作。

## 27

二〇一八年早春，世界爆发了一场引人瞩目的所谓“贸易战”，不禁想起英国政治家丹尼斯·马克沙恩形容英法关系的一句话：我把法英关系比作一对极老的夫妇，他们常常琢磨杀掉对方，但做梦也没想过离婚。

——地球上恐怕有不少国家间的关系，可用此喻。

## 28

有一种病最普遍，却各个医院都不管治——“话痨”。拥挤之所以让人烦躁得难以忍受，除去身体的硬挤强压，还有声音的狂轰滥炸。每个人都不再有隐秘，都无处躲避。

摘引两段从报纸上看到的“病历”：挤成一体的车厢内，突然爆起一女子的高声叫骂，原来她发现自己的手机被偷了，于是撕破脸拉开架势开骂，这一骂可就收不住了，越骂越难听，越骂越来劲，不干不净，入骨三分。从小偷的七姑八姨到祖宗十八代，一并问候了个遍。一车人有的皱眉，有的像听相声快板一样露出大饱耳福的神情，这更鼓励了骂女，骂得更加丰富多彩了。你别说，这通淋漓尽致的痛骂还真管用。车到站一开门，一男的跳下车，随后掏出个手机往那骂女的方向一扔：“手机还给你，嘴也太毒了！”

一位中年妇女，上了公交车坐在前部的位子上，一上车嘴就不闲着，像是自言自语，却又让车上的人听得清楚：“倒霉，又赶上了这个司机开车！”司机回头瞪了她一眼。不料这一瞪可捅了马蜂窝，那女的立刻将嗓门提高了八度，“怎么，我冤枉你了吗？我坐这趟车有年头了，你们这些司机我哪个不熟悉！你××时候轧了一个女孩的自行车，××时候和别的公交车抢道撞了树，还有一次和小轿车怄气停在路边跟人家吵架，我说得对不对？没冤枉你吧，冤枉你了吗！”大家都以为她要告一段落了，不想她只咽了口唾沫又接着数落，虽然没有一句脏话，却句句都连钩带刺，十分厉害。刚才眼神那么凌厉的司机竟被数落得连嘴都插不上，居然一声不吭，满脸郁闷地开着车。想必是这口恶气咽不下，一不留神在拐弯时剐蹭了路边的私家车。骂女更得意了，“我说得没错吧？怎么样，又出事了，哈哈……”

有这样的人在车上，能不出事吗？还有在地铁和公交车上举着手机说话的人，可以一路不停嘴，旁若无人，或高腔大嗓，或亲昵肉麻，或故意炫耀，或絮絮叨叨……

虽然男子患“话痨病”的人也很多，但程度不及女子。根据电视纪录片《人类足迹》提供的数据：“女人每天说的词汇量在六千四百个到八千个；而男人是两千个到四千个。”

由于国门大开，全民旅游成为时尚，世界各地，包括中国人自己也对中国游客的素质多有诟言，其中一个主要因素便是“话痨”所致。

（原载《人民文学》2018年第9期）

# 忘不了的泰姬陵

◎梅　岱

## 一

人的记忆是有选择性的。在你经历的人、事、物中，有些过不了几天便从你记忆的屏幕中消失得无影无踪，有些则过了多少年都清晰可辨、依然如初。

那是在二〇〇五年，我到印度访问，三四天的时间，走了几个城市，参观了不少地方，没过多久大都模糊淡忘，但唯有泰姬陵永远地定格在我的记忆中。以至这些年，一提到印度，便想到泰姬陵。仿佛在我的意识中，泰姬陵就是印度，印度就是泰姬陵。

先前对泰姬陵的了解，都是从媒体报道和旅游手册的简略介绍中得到的，想象中的泰姬陵也没有离开曾经见到过的陵园墓冢的景象。还是使馆同志一番诚恳的劝导，才下了决心去参观的。他们说，到印度来不去泰姬陵，一定会遗憾的，就像到了中国，不看看长城怎么可以呢？这是一个最简单的理由，也是最能打动人、说服人的理由。和长城挂上钩，这对于中国人来说，自然就有了格外的吸引力。

记得那一天，我们一大早乘汽车从新德里出发，公路坑坑洼洼、坎坷难行，常有不守规矩的大卡车和横冲直撞的摩托车挤占在道路中间。也就二百多公里的路程，整整走了大半天。等我们从汽车下来，个个灰头土脸、疲惫不堪，出发前的兴致荡然全无。

人们常说，看景不如听景，这也是许多人的经验之谈。大凡人们要介绍一个地方的名胜，不免要有点儿夸张和渲染，包括一些文章对泰姬陵“无与伦比”“空前绝后”之类的赞颂，我总觉得未必如此，心里难免要打一点折扣，正像文人们写文章，往往会夸张一点、过头一点，不然怎么可以招徕读者呢？

可这一次看到泰姬陵，倒是应验了那么一句话：百闻不如一见。亲眼所见、身临其境的那种感受和体味，是任何人的描述和介绍都无法代替的。看到泰姬陵的一刹那，只觉得惊艳叫绝，神情为之一振。呈现在眼前的，是一座宏伟壮美、富丽堂皇的宫殿，雄伟的中央穹顶在四座精巧亭阁的烘托下，高高升向天空，映衬在湛蓝的天际里，仿佛是天堂里的琼楼玉宇。通体乳白色的大理石，使主殿、宣礼塔和宽阔的台基浑然一体，有一种童话般超凡脱俗的气韵。下意识地感到，这不就是一件充满美的旋律、美的意蕴，精美绝伦的艺术杰作吗？似乎应该放置在一个晶莹剔透的玻璃柜内来陈设。人们常用“夺目”来描述人物和景致的美妙，可泰姬陵不光“夺目”，而且“夺心”——夺人心魄。

做过美国总统的克林顿看完泰姬陵后曾说，世界上只有两种人，一种是见过泰姬陵的，一种是没有见过泰姬陵的。其实最早说这话的，是十九世纪英国的水彩画家李尔。一位政治家，一位艺术家，他们有不同的价值观，看来在艺术面前是有共同语言的，他们在以一种特别的表述赞美泰姬陵，实际上是赋予了泰姬陵在人类文明史上的特殊地位。是啊，全世界七十多亿人，见过泰姬陵的毕竟是少数。在克林顿和李尔看来，这部分人不光是饱了眼福，重要的是他们多了一份人生的幸运，也因此多了一份经历，从而“见过泰姬陵”成为一种身份的标志。

泰姬陵带来心灵的震撼，自然让我对它的“今生前世”产生了兴趣。泰姬陵是莫卧儿王朝的第五个皇帝沙·贾汗为他的皇后泰姬·玛哈修建的。泰姬·玛哈是莫卧儿王朝一个波斯官员的女儿，由于她生性聪颖、多才多艺、貌美如仙，深得沙·贾汗的宠幸。印度的史学家说，“她集三千宠爱于一身，以致对待其他妻妾不及对她的千分之一”。他们一日不可分开，即便是征战沙场或外出巡视，也要把泰姬·玛哈带在身边。就是在一次南征途中，泰姬·玛哈为沙·贾汗生下第十四个孩子后不久便在布尔汉普尔的军帐中香消玉殒，年仅三十八岁。临终时泰姬·玛哈要沙·贾汗为自己修建一座最美的陵墓，以使人们能够永远地记住她。

据说失去爱妻的沙·贾汗哀痛欲绝，几乎不理朝政，整日郁郁寡欢、以泪洗面，没有多久便须发花白。唯一可以使他聊以宽慰的是，他已下定决心，要以一言九鼎的权威，不惜一切，全力建造一座天下最美的陵墓，以满足爱妻的遗愿。他亲自勘察，在亚穆纳河畔选定地址，请来当时著名的土耳其、波斯建筑师。当然，沙·贾汗本人就热衷于大兴土木，沉迷于豪华宫殿建设。因此，泰姬陵的建造，使他对爱妻的深情厚意和对建筑的痴迷融为一体，自然要倾其毕生的智慧和心血。从泰姬·玛哈去世的一六三一年开始，历时二十二年，动用两万余人，终于在一六五三年落成。从此，沙·贾汗每隔几天都要身穿白色礼服到泰姬陵来看望亡妻的棺椁。本来，沙·贾汗还要在亚穆纳河对岸给自己造一座和泰姬陵一模一样的陵墓，区别在于泰姬陵用的是白色大理石，他的陵墓用黑色大理石，中间架一座银色的桥梁连通，以表他和爱妻生死相依、连理不分，生在一起，死后有“鹊桥”相连。这是多么浪漫美妙的构想！可悲的是，就在他的陵墓将要动工的时候，他的四个儿子趁着老子萎靡不振、懒于问政之机，为争夺王位打开了内战。一六五八年，三儿子奥朗泽布胜利，在德里称帝，废黜了父王，并把沙·贾汗幽禁在泰姬陵不远处阿格拉堡的一座塔楼里。这狠心的三儿子可能看在父亲对母亲的一往情深上，把他关在了一处可以从一扇小窗户看到远处泰姬陵的房间。整整八年，已是风烛残年的沙·贾汗每天都是从这扇小窗望着孤寂的泰姬陵度过的，直到一六六六年郁郁而终。奥朗泽布总算良心还没有完全泯灭，答应了父亲临终前的请求，把沙·贾汗的灵柩安放在泰姬陵里他母亲的棺椁旁边。

这确实是个有点凄楚悲凉而又缠绵悱恻的故事。一些文人们常把泰姬陵称作是永恒不朽的爱情象征，称之为爱情纪念碑，借颂扬泰姬陵来歌颂爱情。年轻的导游们则喜欢借用爱情这个话题，穿凿附会、添枝加叶编造出有滋有味的八卦故事，以满足游客们的兴味，这自然也使这座冰冷坚硬的石头建筑多了几分亲近和温情，以至吸引了世界各地的少男少女们带着婚纱来拍照留念。

对于帝王们的爱情，我总以为是不必歌颂赞扬的。每当听到这类故事，本能地觉得浑身不舒服。在莫卧儿王朝的帝王中，沙·贾汗本就是最为挥霍无度、奢靡荒淫的。作为权倾天下的一国之君，不惜耗费国家大量人力物力，穷奢极欲、劳民伤财，只为爱妻遗愿，这本该受到世人唾骂的，怎么可以冠以爱情的名义来赞颂呢？按此逻辑，周幽王为了博得褒姒的一笑，导演烽火戏诸侯的闹剧岂不是也可用爱情来粉饰了？前些天看到电视里一档文艺类访谈节目，嘉宾在解读传统文化时，把唐明皇李隆基和杨玉环的关系拔高为“伟大的音乐家和伟大的舞蹈家之间、心有灵犀一点通式的纯洁爱情”，就更感觉不是味道了。且不说唐玄宗强行夺走自己儿媳本身就有悖伦常，作为一国君王，沉湎女色、昏聩无道，整日里“芙蓉帐暖度春宵”“从此君王不早朝”，爱美人而不惜江山，本应千夫所指，大可不必夸赞颂扬。有讽刺意味的是，他们曾经的海誓山盟在马嵬坡都化为三尺白绫“此生休”的悲剧。文人们咏诵李、杨故事的诗词歌赋甚多，李白的《清平调》，白居易的《长恨歌》，李商隐的《马嵬》等，都从不同视角，或赞美，或同情，或嘲讽，无不有之。我倒是推崇清代文人袁枚写的四句诗：莫唱当年长恨歌，人间亦自有银河。石壕吏里夫妻别，泪比长生殿上多。袁枚对李、杨的爱情不屑一顾，他的同情之泪洒向百姓。

泰姬陵的价值在于建筑艺术，与爱情无关。它之所以受到来自世界各地人们的青睐，之所以能够入选世界新七大奇迹，主要在于其艺术之美征服了人们的魂魄，从而确立了它在世界建筑艺术史上独一无二的地位。我们随便翻开一本建筑艺术书籍，肯定不会没有泰姬陵的身影。

## 二

有人说过，有时候一座建筑比一个王朝更重要。曾经盛极一时的莫卧儿王朝早已灰飞烟灭，可泰姬陵却依旧巍然屹立在那里，人们可以从泰姬陵了解莫卧儿、走进莫卧儿。人们对泰姬陵的景仰，自然也景仰那个缔造泰姬陵的时代；人们称颂泰姬陵的伟大，自然也会认可那个建造这一伟大建筑的王朝，泰姬陵成了莫卧儿的标志。人们说，建筑是凝固的音乐，其实建筑也是凝固的历史，是考量一个朝代文明的尺度。因此，不应该把泰姬陵仅仅看作是座建筑，它是莫卧儿的精神和魂魄。

看到泰姬陵，人们都会追问这样一个问题，泰姬陵为什么会出现在莫卧儿王朝？我带着这个问题翻阅了好几个版本的印度史、印度文明史、世界文明史，想找到可以自圆其说的答案。

说实话，过去对印度的了解，只停留在文明古国的概念中，要不是到泰姬陵来，引发了一探究竟的兴趣，还真对印度历史上曾经有过的莫卧儿王朝不甚了解。莫卧儿人是来自中亚的外来征服者，莫卧儿帝国的开创者——巴布尔是著名的帖木尔大帝的后代，母亲则是成吉思汗第十三代世孙。莫卧儿是阿拉伯语或波斯语“蒙古”的意思，莫卧儿王朝当然也可称作蒙古王朝了。莫卧儿统治印度三百多年（一五二六年——八五七年），是印度历史上最强盛的时期，也是印度最后一个封建王朝。在莫卧儿统治中期，国力臻于鼎盛，堪与当时的康乾盛世媲美。当时中国和印度都处于国力上升期，同时创造了亚洲的经济奇迹。国力强大、物资丰富、国库充盈，为大兴土木提供了可靠的物质支撑。据史料记载，修建泰姬陵时，莫卧儿一年的国库收入已超一亿卢比，而泰姬陵建设每年支出也就是二十多万卢比，这当然是轻而易举的事了。

史学家们说，莫卧儿王朝前期的帝王们几乎都对修筑城堡、建造宫殿有着特殊的迷恋。作为外来征服者，这其中很重要的在于他们对社稷安危的政治考量。阿克巴大帝说：“我们兴建宏伟的堡垒，保护弱小，吓阻叛军，让良民们心悦诚服。我们营造舒适华丽的宫殿，不但为后宫们提供慰藉，更能壮大我们身为世界强权的国威。”这正如世界上几乎所有的银行都要投资兴建豪华大厦，为的是赢得客户的信任。高墙巨堡的背后是政治因素。其实一个王朝的政治力量，根本的是来自民众。得民心者得天下。倘若民心涣散、一盘散沙，你的城池纵然固若金汤，也必然会轰然倒塌，这个王朝也就会走到尽头。

当然，莫卧儿帝王们醉心于建筑，也与他们的兴趣和素养有关，像沙·贾汗本人就爱好广泛，他曾资助哲学家、诗人、画家和音乐家，当然，他最大的爱好是建筑，在建筑艺术方面就有很高的造诣，被后人称作“印度历史上的建筑狂”。阿格拉堡的扩建，德里红堡的兴建，还有大清真寺、珍珠清真寺，都是他的手笔，泰姬陵则是他的登峰造极之作。当然，沙·贾汗不是设计师，但他是鉴赏者、拍板决断者。是他的审美鉴赏水平，是他的理念视野，决定了泰姬陵的辉煌于世。是啊，如果没有沙·贾汗，就不会有泰姬陵，而没有泰姬陵，人们也不会记得三百多年前被儿子罢黜的沙·贾汗皇帝。从这个意义上说，泰姬陵既是泰姬·玛哈的陵墓，也是沙·贾汗的纪念碑。

这倒使我想到中国历史上也有这样几个皇帝：唐玄宗李隆基、南唐后主李煜、宋徽宗赵佶、明熹宗朱由校。他们有一个共同特点，就是“本职工作”不怎么样，业余爱好却风生水起。李隆基曾有过励精图治、“开元盛世”的光鲜，但后来怠于政事、耽于所溺，陶醉梨园粉墨、霓裳乐舞，被后人奉为梨园鼻祖，却差点丢了江山。李煜开创了一代词风，可算得上词赋大家，却成了亡国之君。赵佶书法绘画自成一体，成就斐然，却做了金朝的俘虏而客死他乡。朱由校热衷鲁班事业，喜欢和桌椅板凳打交道，开明式家具先河，国家大权却落在奸臣魏忠贤手里。

当然从历史的远处看，他们不过是中国历史上众多昏庸皇帝中的几个罢了。帝王们的主业是治国，不务正业必然误国误民，从江山社稷、百姓安危讲，他们都落了个千古骂名。可不同的是，他们在文化艺术某一领域发展的历史长河中的地位和贡献又是他人不可替代的。如果没有李隆基，便没有后来的梨园一行、弟子传承。如果没有李煜，便没有词的自成高格，登上大雅之堂。如果没有赵佶，便没有书界“瘦金体”和画界“院体”。如果没有朱由校便没有明式家具的独领风骚。所以，从文化意义上讲，他们应该得到尊重，中华文化史上应该有他们的位置。只不过，历史常会开玩笑，是历史把他们的椅子放错了位置，金銮殿的龙椅本不应该是他们坐的。

泰姬陵的出现，还与莫卧儿作为外来统治者奉行的开明宗教文化政策有关。莫卧儿的帝王们主张不同教派相互宽容，不同文化和谐共生，这使得包括建筑在内的所有艺术都得到发展。前不久在电视里看到故宫举办印度珠宝艺术珍品展，令人惊叹的堪称艺术巅峰的展品都出自莫卧儿王朝。研究泰姬陵艺术的专家们说，泰姬陵是多元艺术的结合体，是当时艺术的创新之作。它像印度建筑又不像印度建筑，像波斯建筑又不像波斯建筑，具有伊斯兰风格又不完全是伊斯兰建筑，甚至有欧洲学者从建筑风格的角度考证，设计师竟是意大利人。也有蒙古艺术家说，泰姬陵那浑圆的穹顶，灵感一定来自“天似穹庐”的蒙古包。这“像与不像”，俨然像齐白石“似与不似”之说。太似为媚俗，不似为欺世，既似又不似自然就精彩了。其实就艺术来说，泰姬陵既有印度艺术雄浑大气的底蕴，又有伊斯兰阿拉伯艺术精柔别致的特色，还有波斯艺术空灵简洁的气韵。应该说，它是多种艺术风格融合、创新的综合体，是多元文化碰撞结出的硕果。是融合和创新造就了最令印度骄傲的建筑，造就了世界建筑史上的一座丰碑，使之名垂千古。生物界提倡远缘杂交、提纯复壮，其实艺术也一样。多元的结合才能创造出更新奇、更有生命力的作品，近亲繁殖的结果是停滞和退化。泰姬陵的伟大，就在于它融合了多种传统。泰姬陵属于莫卧儿，属于印度，也属于全世界、全人类。

记得当年我参观泰姬陵、阿格拉堡、红堡这些令人震撼的古迹后，曾发出过这样的感慨：印度有几千年的文明史，莫卧儿王朝不过三百多年，但留下的文明成果却是印度文化艺术最高级、最华彩的部分，当然也大大提升了印度在世界文明史上的地位。假如没有这些，印度文明会逊色许多。假如到印度来，看不到红堡、泰姬陵、大清真寺，印度的“伟大”会大打折扣！

## 三

半年多前，我在新加坡《联合早报》看到一篇《对泰姬陵围攻》的文章。文章说，泰姬陵遭到本国政府的抵制，政府将泰姬陵排除在主要旅游目的地之外，政府拒绝给予泰姬陵任何文化资助，并规定不得将泰姬陵模型作为政府礼品向贵宾赠送，取而代之的是印度教圣典《博伽梵歌》的复制品。围攻泰姬陵的头面人物，正是泰姬陵所在地的首席部长尤吉·阿迪提亚纳。理由是泰姬陵是莫卧儿穆斯林皇帝沙·贾汗建造的纪念碑，没有“体现印度文化”，不应在印度历史上占据任何地位，甚至称泰姬陵是“印度文化的一个污点”，凡是跟穆斯林统治印度历史有关的一切事物都要反对。这当然激起印度大多数人的愤怒。有人批评说，二十一世纪的政治家还不如几百年前的封建帝王。可不是吗？被称为莫卧儿大帝的阿克巴，作为一个穆斯林的外来统治者，居然非常明智地推行了宗教平等政策。为了安抚信奉印度教、佛教的臣民，废除了只向非穆斯林征收的特别税，甚至还分别选了信奉印度教、伊斯兰教和佛教的皇妃。他注意到宗教矛盾和冲突带给国家和民众的麻烦，因此吸收各宗教的优点，独创了“神授信仰”的新宗教，并修建了“联合宗教庙宇”，目的是各宗教平等相待、和平相处。印度人自然对这位有着开阔包容胸襟的皇帝有好感，而莫卧儿帝国当然也日益强盛、空前辉煌，阿克巴也被称作是孔雀王朝阿育王之后最开明、最卓越、最伟大的帝王。

在现代文明社会，一切以政治的、宗教的名义向人类文明成果发难、抹黑甚至攻击的言行，理所应当遭到蔑视，应当引起人们的警惕。几年前巴米扬大佛被炸、叙利亚帕尔米拉古城被毁引发全球愤慨，这也提醒印度人，既然现在有人围攻泰姬陵，会不会哪一天巴米扬的悲剧也发生在泰姬陵？前不久在新闻报道中看到，那位不合时宜的首席部长，在众怒之下服了软，还拿起扫帚到泰姬陵参加清扫活动，并改口说，泰姬陵是独一无二的珍宝。这位政客的言行不知会不会得到谅解。

印度文明有着鲜明的宗教多样性特色，是操着不同语言、有着不同宗教信仰的不同民族、不同人种，创造了举世瞩目的印度文化。印度人的身份认同，当然也是构建在一个多元文化大格局之上的。因此，印度人早已把泰姬陵当作印度最具代表性的文化圣殿。二〇〇七年新七大奇迹基金会发起评选活动，印度人倾注了极大的热情，光他们在网络和手机上就为泰姬陵投了三千万张选票。泰姬陵入选的结果揭晓后，印度人为之欢欣鼓舞，报纸上最醒目的也是最能代表印度民众心境的标题是：绝不要小看印度。显然，印度人已经把泰姬陵作为国家的象征，作为一种力量的标志，他们以印度有泰姬陵而感到骄傲。

## 四

据说，当年泰姬陵建成，沙·贾汗下令把泰姬陵设计者的两只手砍掉，原因就是怕再有第二座泰姬陵出现。我怀疑这故事的真实性，但封建帝王的残忍和独霸天下的本性我是相信的。不过人世间，美的力量是无法抗拒的，美是没有谁可以独享，也没有办法封锁的。在美面前，一切力量都显得软弱无力，一切自大傲慢都会低头。对美的敬畏，对美的向往，对美的拥抱，是人类的天性。不分男女、老少，不分种族、地域，爱美之心人皆有之。

泰姬陵受到广泛赞誉，也得到建筑师们的倾慕。泰姬陵建成后，没过多久在印度很快便出现了大大小小的山寨泰姬陵。修陵墓仿照泰姬陵，修宫殿仿照泰姬陵，英国殖民者在加尔各答修建的维多利亚纪念堂，还有什么官邸王府也成了泰姬陵的翻版。即便是现在到印度旅行，也会看到许多建筑“似曾相识”，都有泰姬陵的影子。前几年到国内一个较偏远的县级城市，看到当地一个民营企业家新建的博物馆，建筑造型、基本风格和泰姬陵十分相似，被当作是地标性建筑，常常出现在电视广告的画面中。企业家说，人们都喜欢这个建筑，常有人到这里来拍照留念。问我的看法。我说，你的建筑如何，当然要听大伙的评价，大家都喜欢不就是很好？我半开玩笑地说，不过你要注意，不要因为知识产权问题有人来找你的麻烦就行。

我一直以为，如果抛开其他因素，单从审美角度讲，建筑和书法、绘画、音乐等所有艺术一样，标准很简单，就是四个字：赏心悦目（耳）。只要好看好听，看了舒服，听了舒心，心里高兴，精神愉悦就够了。对美的东西，不管什么人，标准都是相通的。真正的美是无需叫卖的，也不必推广。不叫有人买、不推即广，这就能说明一切。

大凡模仿，就会有模仿好的，尤其是能在模仿基础上有自己的创造；当然也有东施效颦式的模仿，走了样、跑了调，不伦不类，俗不可耐，贻笑大方。不过模仿就是一种学习，起码是对被模仿者的追捧和致敬。许多艺术正是在模仿、追随、竞秀中，实现创新发展的。文化领域常讲传统、传承，今天的创造得到大家的认可，到明天可能就变成传统，需要后人去传承了。至于传承得好还是不好，就看后人的理解和把握了。

## 五

翻开人类文明史，可以发现一个难以解开的悖论，即人类在创造文明的同时又在不断破坏文明。如果到世界各地游走，特别是到那些创造了灿烂古代文明的地方，比如埃及、希腊、意大利、伊拉克、叙利亚、印度、伊朗，当然还有中国，便会看到一处处残垣断壁、荒城废堡、野草瓦砾。要知道，这些地方都曾经有过灿烂辉煌、恢宏壮美、繁盛强大。究其原因，不外是天灾人祸，其中最甚的还是战争炮火、殖民掠夺、恐怖袭击等人祸。文明人不得不反思，对文明成果，人们在享用，得其恩泽、滋养的同时，又要毁坏、侵蚀它们，这不能不说是人类自身的悲哀。

如今看上去赏心悦目的泰姬陵，其实也差点毁于英国殖民者的斧锉之下。一八〇三年，东印度公司雷克将军占领了阿格拉，殖民者们垂涎于泰姬陵上镶嵌的玉石珠宝，经常带着榔头斧锉，挖凿珠宝碎片。英国人还将泰姬陵辟为寻欢作乐的场所，在那里举办宴会、舞会，在建筑的墙壁廊柱上随意刻下他们的名字。殖民者们认为，既然这里由他们当家作主，他们当然可以为所欲为。曾做过印度总督的哈斯丁侯爵把阿格拉堡一间大理石澡堂打碎，运回英国赠送给当时的摄政王，把精美的雕刻作品和镶嵌的宝石挖下来公开拍卖。甚至有人暗地里策划，企图把泰姬陵拆毁，一起拉走当古董去拍卖。

好在一个叫寇松的人被任命为印度总督，可能是出于笼络安抚印度百姓的政治需要，也因为这个人酷好建筑和历史遗存，他制定了保护文物古迹的法规，并多次造访泰姬陵，认为泰姬陵是印度最值得骄傲、也最有价值的建筑，泰姬陵才得以保护，幸运地逃过一劫。但英国人在以后的维修中，按照他们的审美风格改造了花园，其风格与沙·贾汗当年的设计相去甚远。英国人自认为他们的欧洲式花园可以为泰姬陵增光添彩，印度艺术家们却认为这是画蛇添足式的败笔，是在蒙娜丽莎脸上加了两撇胡子，纯粹是“建设性的破坏”。

去年夏天，美国篮球明星杜兰特在媒体发表的有关泰姬陵周边环境状况描述的图文，引发了人们对泰姬陵这处世界著名文化遗产命运的担忧。不少媒体都在报道泰姬陵周围兴建的大量现代化工厂排放出的废气和烟尘，使原本白如象牙、熠熠生辉的泰姬陵像泼上污水一样灰暗浑黄，泰姬陵旁的亚穆纳河被严重污染，吸引和繁殖了大量蚊虫，像雾团一样的蚊虫排泄物使泰姬陵污渍斑斑。也有人评论，泰姬陵遭到宗教沙文主义和现代工业的双重围攻。享誉世界的印度诗人泰戈尔赞誉泰姬陵是“永恒面颊上的一滴眼泪”，如今泰姬陵可真要流泪了。当然这泪也是浑浊的、凄苦的。

要说泰姬陵周边的环境问题也不是始于今天。记得那一次我们从泰姬陵出来进入阿格拉市区，好像从一个世界进入另一个世界。万万没想到，泰姬陵周边的环境如此糟糕。人、畜、车混杂在一起的街道拥挤不堪，噪音嘈杂，污水横流。尤其让人无奈的是，不时有一双双乞讨的手向你伸来，本来愉悦的心境一下子变得烦躁不安。同行的导游是一个很幽默的印度年轻人，可能怕大家扫兴，有点自嘲式地说，你们看，一边美轮美奂，一边脏乱差，这种对比和反差更能凸显泰姬陵的美，“孤独的美”更可贵，大家也更不会忘记泰姬陵。

其实，也不只泰姬陵，世界上许多文物古迹、文化遗址，在现代化飞速发展的今天，都会遇到泰姬陵这样的境遇。还是好多年前，去大同看云冈石窟，那可是北魏王朝留给中华民族的文化瑰宝。但当时的景象却令人揪心。石窟里栩栩如生的石造像蒙上厚厚的灰尘，像是从古墓里出土的泥俑。石窟前是一条尘土飞扬的运煤公路，一辆辆满载煤炭的卡车呼啸而过，周边的建筑物包括树梢上都落上一层黑乎乎的煤灰（当然后来彻底整治，公路改道，石窟得以保护，并被联合国教科文组织列为世界文化遗产）。现代工业的发展，如果不顾及文物古迹的保护，受伤害的当然是后者。

几天前，从媒体看到一则令人高兴的消息。对泰姬陵遭到污染，印度最高法院大动肝火，质疑当地政府对遗产保护和管理不力，责令要采取坚决有效的措施改变现状，包括可以寻求国际专业人士的帮助。一个国家的最高司法机关出马，介入一处文物古迹的保护，这自然是一种强大的法律力量和国家力量，其中所传递出的信息，对泰姬陵乃至印度所有的文化遗存都将是一种福音。

令文物专家们担忧的是，商业浪潮、旅游浪潮如果得不到遏制，对文物古迹造成的伤害也是致命的。现在每年有八百万游客到泰姬陵来，周末和节假日日接待量超过七万人次。随着交通的改善，渴望一睹泰姬陵芳容的游客还会大量增加，让这处有着三百多年历史的古迹的确有些不堪重负。因此，印度考古机构在深入调查后不得不提出一项限制泰姬陵游客的建议，提出合理的流量应该控制在每日四万人次，每位游客参观时间不超过三个小时。这样的建议是否完全科学，是否能够得到采纳，尤其是能否得到热衷于门票收入的旅游部门的同意不得而知，但我十分赞同专家们的建议背后体现出的保护文物就要抵御资本侵入和诱惑的思想。

我看到一本英国人写的介绍泰姬陵的小册子，里边写到早在二〇〇二年的时候，有人打着开发旅游资源的幌子，要投资四千万美元大兴土木，计划在泰姬陵和阿格拉堡之间修建吸引游客的商业观光走廊，引起公愤，反对声浪四起，最后作罢。这倒使我想到，我们的一些文物古迹遗址却没有泰姬陵那么幸运了。从媒体报道中常常看到一些地方打着开发文化资源的旗号，简单化地随意把文物古迹当一般的资源去开发利用，尤其是为了吸引游客的眼球，竟然用所谓的现代元素，用五光十色的灯光去装扮和演绎古代建筑和文物，用艳俗可憎的化学油彩给古人留下的遗产去化妆。强行给满头白发的老奶奶描眉画眼、涂口红成何体统？那不是对祖宗的不敬吗？这样的现代与传统的融合是万万要不得的。到一些地方旅游，可以看到很多古寺老庙变成了乌烟瘴气的商业场，慈眉善目的菩萨佛像变成了“吸金佛”、摇钱树。一些地方还动不动搬出一些名人来说事，甚至把手伸向一些文艺作品中虚构出来的人物，像西门庆、潘金莲之类，然后在景点杜撰一些荒诞离奇、生硬乏味的故事来取悦游客，目的只有一个，就是使出浑身解数来吸引人家慷慨解囊。现代人应该是文明的建设者和守护者，文物古迹在我们手里不应该变成被资本肆意操纵、被科技随意装扮的符号。切不可把自己家的祠堂和祖坟也乔装打扮一番去卖门票，这是不肖子孙干的事。

我不相信有钱能使鬼推磨的话，因为这世上压根就没有鬼，但我相信资本的力量是巨大的。当然，人类还是有比钱或资本更强大的力量，历史的车轮总不会只靠资本的力量去推动。盗墓者和考古学家之所以有着本质的区别，就是因为盗墓者是为了文物中的商业利益，而考古学家是为了文物中的历史文化价值。当代人应该在一些最基本的问题上有我们的是非和判断，有我们的文化自觉和文化定力。

自觉代替不自觉，文明代替愚昧，这是规律。我们讲文化自觉，是因为我们曾经有过不自觉，或者说未来还会有不自觉，然后觉醒后变自觉。重视文化遗产、文物古迹的保护就是一种自觉。保护遗产就是保护我们的历史，保护我们自己，千万不可把老祖宗留给我们的宝贝压碎在现代化、商业化的履带下。

忘不了，就是一种欲望。一个忘不了的地方，就一定会是吸引你再次光顾的地方。那一次到泰姬陵，匆匆去、匆匆回，只是“到此一游”而已。我很希望，有一天以一个背包客的悠闲，从容不迫地漫步在泰姬陵的花园和廊道，抚摸大理石墙体是冰冷还是温暖；以一个异国游客的眼光，随心所欲地打量在黎明时分沐浴在柔和阳光下的泰姬陵，是否像诗人们笔下描绘的那样美妙。当然也会默默地盘坐在中央水池边的白色大理石座椅上，静静地思索泰姬陵是建筑、艺术还是历史，思索这泰姬陵是莫卧儿的、印度的还是世界的，思索它的过去、今天和未来。

时间容易衰老，泰姬陵这个名字却永远鲜亮年轻。

忘不了的泰姬陵。

（原载《中国作家》2018年第8期）

# 鞑靼海峡

◎张承志

我和女儿做伴，来到北海道的最北端稚内。

她已经不是松户北部小学那个四年级的小女孩了。订旅店、查车次、问路和打交道我一律推给她。我听着她的日语，像一个不打分的老师。

人生总想尽力抵达自己的极限。

在野寒布岬，顶着冰冻的寒风，我们父女眼睛一眨不眨。传说的鄂霍斯克海怒涛滚滚，吞吐着寒冷，就在眼前喧响。

有时到达一个地点，望一眼就算大愿得遂。刚满五十岁那年我只想看一眼黑龙江。而此刻人在稚内，新鲜的地名和海风一块扑面而来，桦太、库页岛、鄂霍斯克海。

正面是东北的东北、亚洲的极东。鞑靼海峡，在视野的尽头。

## 一、貂皮路

以前，眼睛一直牢牢盯着蒙古。我从来对这一隅视而不见。它从来都是配角，远远躲在地球的东北角。它好像总是偏离历史中心，在边缘沉默，令人不在意它的蕴藏。

但是千真万确：一条像双叉子枪一样的路，缓缓地跨着大陆与海洋，藏在那片沉默的陆海之间。

我这个可悲的蒙古史“研究者”！……只是由于这次来北海道，到稚内之前读资料时，我才看见这张《元世祖狩猎图》。

忽必烈穿着一件点缀黑斑的白色大氅，样子不像帝王，看着有点怪。

在匪夷所思的稚内，肚子里的蒙古知识复苏了。我想起了铁木真——日后的成吉思汗——小时候随父亲去相亲的故事。那故事很有名，细节记在秘史里：他未来妻子孛儿帖的翁吉剌惕部落，曾以一件黑貂皮大氅为信物。

后来他到了“除了尾巴没有鞭子、除了影子没有朋友”的穷途末路，就靠这件貂皮大氅作抵押，借了军队去报仇。

我记着这个故事，却没想过那件黑貂氅的含义。在《蒙古秘史》里它的名字是“Kara Burugan”，马可·波罗说“它是毛皮中的王者”。

对那张帝王图感到奇怪，是因为我不懂貂皮的价值。而忽必烈懂，所以画上的他一副满足的表情。大氅上的黑斑，是更罕见的银貂的黑尾巴，银貂更胜黑貂，是貂中的极品——我恍然意识到这种毛皮有多珍贵！

献上貂皮裘的，是极北之地的渔猎之民。

一条路，一条以能换铁骑三千的貂皮为极品、兼及毛皮海产杂货工具的交易路，缓缓绕过黑龙江，再绕过鄂霍斯克海和日本。间宫林藏探险后它在地图上被名为间宫海峡，但是文人喜欢“鞑靼”一语的质感，留下“蝴蝶飘过鞑靼海峡”的诗句。或者，学着丝绸陶瓷的叫法，称它貂皮路？

——再看去，视野里的北海道以北，景色滋味不同了！

它从辽东半岛开始绕一个大圈：

难怪为了遥远的航行，吉林境内建起了“船厂”……我到过船厂，眼界却只在清朝。我甚至在松花江里游泳，但却不知它的流向。

先沿着松花江，再借助黑龙江，水道一直入海。然后沿海南下北海道，最后从北海道南端的要塞松前城，指向日本列岛甚至远指中国——或者从北方出发逆向南下：从乌苏里的密林，先西行再南转，一直指向山海关。

献给忽必烈那件银貂大氅，究竟沿弧线的哪一半送到元大都？貂皮氅只是川流不息中的一滴。物产和人无声地穿梭往来着。平凡或神奇的物资，鱼干或貂鼠，甚至官用的锦缎、铜雀台的板瓦——都向着朝鲜或日本、辽东或桦太，在鞑靼海峡的两侧涓涓分流。

瞥一眼地图，看一眼风景，原来视野里藏着一条古老的陆海通道……它几乎是秘密的，除了游牧或渔猎民族无人知晓。

它溢出了一般的常识。若不是到了这里，我会依旧觉得这条路难以想象。离开野寒布岬，到了宗谷岬，此刻，我身在知识边界的宗谷海峡。

对面的萨哈林（也叫库页岛或桦太），山影依稀可辨。消息随地点一起涌进，我看见了：路隐现于森林与海浪，鞑靼海峡是路的咽喉。

这里可能是我一生行旅的北限。隔着大海，左右南北一片静谧，静得宛如一个谜语。

## 二、蒲公英

从宗谷海峡对岸，沿着那条隐现的路，一种人，撑着独木舟渡过海峡，踩着石头上的苔藓，蹒跚走来了。

他们皮衣细目，背着弓箭，唰唰趟过枯萎的蒲公英。黑泽明导演的苏联电影《德尔苏·乌扎拉》，把这种人描写得出神入化。

他们的名字繁复，费人猜想。世界用各样称谓来称呼他们：通古斯人、爱斯基摩人、埃文基人、爱依努人，甚至印第安人。还有古代的称呼，翁吉剌惕人。

他们沿着黑龙江和乌苏里江向着东北，再向着更东更北，抵达鞑靼海峡之后和从南方北上的人群，以物易物，像水一样浸漫汇合。他们把东北亚密密的森林莽原里的貂皮、兽皮、干鱼和参茸，运往文明的彼岸，不用说也从其中获得了自己的生计。

成吉思汗的岳丈德薛禅曾自豪地表白说：我们翁吉剌惕部落的惯习是——向王族嫁女结亲，用这法子熄灭争战。这种不战的传统太罕见了，所以被《蒙古秘史》特记一笔：

> 我们翁吉剌惕的百姓
> 自古就有
> ——外甥女的容貌，处女的颜色
> 与别国之民不斗争
> 儿子守着营盘
> 女儿靠着姿色

翁吉剌惕（Unggirad，词尾-d是复数），应该就是俄国的埃文基、中国的鄂温克；temečid一词我有意不译“打仗”而译“斗争”，因为它在强调阶级斗争的年代，每天被人挂在嘴上，居然古今未曾转义。

他们生活在浩渺的密林水道之间，远离每一个中心焦点，从不掠地夺土。但他们视野广阔，也许人类中数他们跑得最远：不仅北海道，他们脚步的轨迹，一直伸延到阿拉斯加和整个南北美洲。

“不斗争”——也许，已经该强调他们的和平性格？

一种温和的性格，也沿着这条远岛冰海的路，从东北亚传到了南北美。无疑一种和平基因，也掺在血里一路南下，传给了美洲的原住民。

所以我们从墨西哥到秘鲁，一路到处都感到了这种血统。同样，由于太善良所以才失败，因为和平的传统所以遭受屠杀的雷同历史，也顺着这条路线比比皆是地重演。

在杀伐攻战为日常茶饭的北亚草原，这支渔猎部族，可能就是因为不喜欢恃勇斗狠，所以才默默无名？

时光如水，十几个世纪过去后，从北美到日本，他们消失了。没有留下墓冢，除了蛛丝马迹。也没有留下遗言秘史。顾盼整个地球，除了拉丁美洲，没有一个人群像他们：几乎不曾存在，残存得微乎其微。

在所谓证据——史料的缄默中，神秘的东北亚渔猎民族不见了。秘史传述的翁吉剌惕，那习惯把自己的女儿和外甥女嫁给强者成为哈敦（王后），再让她们成为防止冲突的盾牌的，以美人和黑貂自豪的古代倏忽消失了。

荒野上，只有点点的蒲公英，在不易察觉地摇曳。

日文网络上这样写着：

> 和人带来的天花等传染病，使得爱依努人的人口变少了。1804年估计大概是23797人的人口到了明治6年（1873年），减少到了18630人。以后爱依努人的人口减少依然不能停止，北见地区到了明治13年（1880年），只剩下955人，而这一人口数字继而到明治24年（1891年），只剩下381人！

不仅在北海道，“这一种人”的人口减少，是一个瞩目的世界现象。

如今旅行在这块土地上，谁都会觉得爱依努人太少了，少得不可理解，少得几乎为零。

这一种人，被忽略了。

## 三、走马灯

记得满五十岁那年，我头一次抵达了黑龙江。《北方的河》把黑龙江写成了梦，是因为我没去过。朋友为成全我的夙愿，把车一直开到瑷珲江岸。

那一天瑷珲就在眼底，黑龙江的波浪拍打着坍塌的城墙。古代的痕迹只见一座长满蒿草的寺，寺里没有阿訇，乡老无影无踪。同样，那时我也没有意识到：就在这里，隔一道黑水，二十世纪之前，清朝与俄罗斯——两个帝国在对峙。

五十岁那年我使劲瞭望过河对面的布拉戈维申斯克，它被中国人叫做海兰泡。我眺望它，漫无目的，像在新疆波马眺望对面的苏联集体农庄。我那次眺望和旅游大妈的观景台没有什么区别：虽然眺了望了，什么也没看见。

此刻从稚内北望，只隔三十七海里就是俄领的萨哈林。如今无论谁都知道：进入二十世纪以后，又是两个帝国——俄罗斯与日本的对峙。

在稚内的副港市场，参观了日本的桦太移民史展览。我可真是孤陋寡闻，不知道日俄战争后，日本帝国在桦太（即库页岛或萨哈林岛）的北纬50度以南，建成了一个殖民乐土。有港口有城镇有村庄——铁道交叉、市街繁华、中小学邮电局电影院一应俱全！

发生在布拉戈维申斯克的黑龙江大屠杀，是从石光真清自传里读到的。

这是一部明治帝国的间谍回想。二十世纪肇始之际响彻日本的民族主义呼声，使他选择了放弃警卫皇宫的近卫军官前程，不顾后路，“为祖国研究俄国问题”，跨过了鞑靼海峡，把一生抛在了黑龙江两岸的旷野。

对豆腐渣帝国大清，俄罗斯随时可以一刀剁了它的一条腿或一只手。1900年北京发生了义和团事变，宣示谁是老大的机会来了。石光真清手记的第二卷《旷野之花》里记载了这一惨剧：

俄国男人不问老幼都配发了步枪和弹药，在留守队长指挥下被布置在江岸以防备清军登陆。野炮阵地也加强了，上下游都派出斥候监视敌方的动静。同时，对住在布拉戈维申斯克的清国人的抓捕一齐开始……

短时间里抓到中国街的三千清国人，又被拉到黑龙江边上惨杀，不分男女老少的死尸，像筏子一样被推入黑龙江的浊流。这是东亚有史以来最大的屠杀和最大的悲剧……从那天起，大东亚争霸的血斗史，就拉开了幕布。

病入膏肓的大清，不再吹嘘崛起。康熙和乾隆都不能想象，他们开疆拓土把版图一直开拓至未知的远方，但在祖宗发迹的鞑靼海峡，堤防却呼啦啦地一溃千里。

用铁道高速推进远东的俄罗斯，是这块大地上后来居上的新帝国。他们毫不踌躇，把那些苦力和肮脏的人，简直充满快感地屠杀着，然后向着滔滔江水撮下他们的死尸。

可是曾几何时？只在五年后，傲慢的白种殖民帝国到了1905年就遭了霉运。陆战败，海战败，岛战还是败。原来当享受屠戮别人的快感时，自己的地狱也建好了——从旅顺口到萨哈林，俄罗斯的崩溃，演出得更让人瞠目结舌。

十年河东，四十年河西，轮到日之丸帝国演出一场崛起戏时，历史又一模一样地重演了。发了痴的军事炫耀，拦不住的兵败山倒，熬到1945年，一切都化成了齑粉。

不用说，到了帝国倾覆时，从稚内副港渡过宗谷海峡去桦太（萨哈林）殖民的日本人，就像“满洲国”的“开拓团”一样——森林铁道，撒手一空，人不分老幼，全体都舍了新家，逃回故里。

帝国如走马灯，转得令人目眩。最后的一场角斗，演出在日美之间。一艘在下关击沉了几条日本船（其中有运送平民的船）的美军潜艇，功勋累累一路北行，走完了日本海。待它右转进入宗谷海峡时，等候良久的日本舰艇出现了，它无路可逃。

宗谷岬立着一块宣称“为所有死者”建立的纪念碑。当然从海浪中不能辨出哪儿埋着被击沉的美军潜艇，又在哪儿沉下了日本的驱逐舰。

我们父女站在宗谷岬。

心里似乎感触万千，其实什么也看不见。无论是大连和长春的繁华，无论从札幌到桦太的开拓，连同日本人的时代心理——国家崛起腾飞中对他者的蔑视，都像空气一样流失了，像谎言一样消失了。

## 四、殖民者

在宗谷岬附近我们寻到了一处武士墓。女儿念着碑上的俳句：

たんぽぽや会津藩士の墓はここ

（蒲公英及会津藩士的墓在此）

除了会津藩外，东北诸藩比如津轻藩都曾派去戍边的武士，如今除了墓碑和徘徊的游魂，清冷的莽原上空无一人。“蒲公英”，是这一首的点睛之笔。宗谷岬一带遍生蒲公英，确实，人消失后，荒野上便只余蒲公英。

这也是一种人：

他们可能是日本的异类，是流放者，是穷民，是遭处罚的败军残兵；但他们也是带刀武士，是“文明人”，是殖民主义者。他们可能被命运抛到了僻荒之地，他们也可能渴望新的家园梦，但他们到来伊始，血液里流着一种歧视——对茹毛饮血的野蛮人，对未知的异俗。

我总在想，赤穗藩的四十七士若是到了北海道，会怎样呢？

对自己主公忠诚不贰、一命可抛的武士，当面对的是野蛮人、是穿着不可思议的毛皮树叶、是唱着呕哑嘲哳难听怪曲的“爱依努”时，究竟残忍怎样被煽动，究竟欺骗怎么被选择，究竟杀人的刀被怎样举起？

武士戍边的早期，难以追究细节了。

到了1863年，《知床日志》记载说：爱依努的女子到了年纪就被发派到国后岛，充当渔夫的玩物。土著妻子被公所的守卫拿去当小妾，男人则在离岛上被人酷使，动辄五年十年。

不用说，文明的“和人”像一切边疆故事一样：一袋米换一头熊，一盆鲍鱼换一根针——

在超出经济学能分析的贸易掠夺中，原住民渐渐不能忍耐。有过两三次武力反抗：夏库夏因（シヤクシヤイン）、寇夏玛因（コシヤマイン）、国后目梨（クナシリ・メナシ）。但是，就像今天毁灭中东的屠杀型战争一样，在绝对的军事优势下，“野蛮人”被打败、被夺走家园，最后人口剧减。

武士刀的征服之后，是商人算盘的搜刮。随着日本商人的渔场开发和残酷劳役，爱依努人被逼入了穷境。1789年爆发的国后目梨暴动，是最典型的一次。有意味的是，暴动的矛头，指向当时的承包资本家飞倬屋商人。他们杀死商人，烧毁商船，火焰一时烧遍北海道东部。

日本征服虾夷地的桥头堡——松前藩出兵镇压。事件收拾的最后一幕，是对三十七名爱依努犯人的残酷斩首。日本网上有如是记载：

> 7月20日审问，当天立即宣布三十七人死罪。第二天21日，犯人被挨个从牢里拉出来砍头。到砍了五个人轮到第六个的时候，牢里开始喧嚣四起，众人唱起了叫作“抛坦开”（ペウタンケ）的咒语，企图弄坏牢房。于是镇压的军人向牢内开枪，用矛刺逃跑者，杀死了其中的大半。最后，把破牢的三十七人全部处死。然后割下所有首级，洗后装箱，用盐腌上。再把胴体一个个用席子包起挖了大坑埋了。在松前城郊外的立石野，对三十七个人头进行了验明。

在民族关系的处理中，有时模式是诱杀：

集武勇和儒雅于一身的“和人”武士，设下鸿门宴。他们像西班牙人在墨西哥一样，利用对方的淳朴，以酒引诱太缺心眼的爱依努人。然后席间拔出利刃，把醉倒的客人杀害。

从优越地歧视，到被残忍地屠杀——其间只有一纸之隔。

《共同奏响——巴勒斯坦与爱依努》一书的逐年系列，是进步的日本知识人献给爱依努人的悼念。他们悼念和反省的方式，是把日本式殖民主义与巴勒斯坦发生的殖民暴行一起批判。板垣雄三在此书结语里写道：

> 假称和睦，设宴谋杀，手段恶辣——然而又搁置可耻事实，且使人不能直视它的作业，即美化武士精神性的“武士道话语”……日本作为一个战斗的、不绝讨伐的国家形象，其亮相之处，即在东北及虾夷地。

板垣雄三的武士批判，还不间歇地发掘了暴力行径背后的文化。他俯瞰全球的殖民行为及其经济类型，一针见血地戳破了本质：

> 在基督教徒的《旧约》圣经、也是犹太教圣书开篇的《创世纪》中，讲到亚当的儿子们，该隐和亚伯的兄弟故事。亚伯是游牧民，该隐是农民，非常象征地显示了游牧（包括狩猎和采集）与农业的对照的生活方式。圣经中该隐杀死亚伯的兄弟相杀，是人类最初的杀人事件……杀人犯是农民这一点，暗示着农业的攻击性。日本的农本主义也许觉得唯农业才是和平，而游牧和狩猎采集民乃是搅乱秩序者，换个时髦说法乃是恐怖分子；但圣经所说全然相反。占有自己的土地并总想扩张它的，是农民。唯因不改造和破坏自然，农业就不能成立。反之，若问谁是适应着生态和环境、与之共生并且存活的，毋宁说，正是从事采集、狩猎、渔捞、游牧生活的先住民族。

对于我这个原牧民来说，这样的概括，一半如自身的切肤体验，一半是发蒙般的启发。对我这青春时代在草原奥深放牧，后来又企图咀嚼《元朝秘史》的蒙语原文、天真地想象着“和平的翁吉剌惕”的人来说——这样的认识，简直像撕裂自己。

写那本关于日本的书时，对其中《四十七士》一章我曾有过不安的感觉。但我找不到解开的绳扣。也许在中国看腻了背叛的我，被那些殉死的故事掳掠了。没想到在这次旅行途中，我意识到了自己的肤浅。是的，写那本书时，我并无概括“武士”的能力。

我突然忆起2012年的上海。那次我只顾自己的宣泄，忘了把时间为板垣雄三先生留够。今天我痛感那一夜我很对不起上海的听众，因为他们更需要听的是板垣的思想。

我睁大眼睛。北方的大海，在我面前洪波涌起。

人，若是他直到五十岁才第一次见到黑龙江的波浪，他不可能奢望太多。见识的缺少和认识的浅薄是一对不幸的畸形兄弟，那一次我抵达了黑龙江，但什么也没看见。人的启蒙，连时机都有前定。

一条路，一个无声的古代，一种人——都消失了。病毒般蔓延的法西斯言论中，不是常见对异色他者的诅咒说他们人口增加得太快么？

此时此地，没有谁再谈论爱依努人的被歧视、被杀戮和濒于绝灭了。但是“不斗争”的翁吉剌惕，仿佛在视野的尽头，与我默默对视。女儿似乎也怀着心事思索。比我早很多年，她今天就有了这些常识。

在接续熄灭的走马灯中，在成串沉没在漆黑浪底的帝国中，一种突破地理的视野，一种返归朴素的原则，像一束光，穿过云缝照亮了海面。

吸引是真实的。从翁吉剌惕人的传奇到爱伊努人的消失，从被抹杀的人到被践踏的心情，在海天尽头的鞑靼海峡，远远地隐现。

海峡上寒风怒号，手冻得甚至无法按下快门。波浪空寂地冲响，乌云滚滚的海上，疾行着凛冽的肃杀之气。

（原载《山花》2018年第3期）

# 也是冬天，也是春天

◎迟子建

在我这样的外地人眼中，上海是中国城市历史中，最具沧桑美感的一册旧书，蕴藏着万千风云和无限心事，这里的每一处老弄堂，都是一句可以不停注释的名言，注脚层叠，于我来讲是陌生的。但有一处地方，在记忆中却仿佛是熟知的，就是四川北路。这条路留下了许多历史名人的足迹，而其中最难抹去的，当数鲁迅先生了。鲁迅曾在致萧军萧红的信中，提到这条路："知道已经搬了房子，好极好极，但搬来搬去，不出拉都路，正如我总在北四川路兜圈子一样"；而萧红一九三六年在日本写给萧军的一封信中，也提到它——"在电影上我看到了北四川路"，她也因之想到了鲁迅先生。

二〇一七年岁尾，在《收获》杂志六十周年庆典上，在太热闹的时刻，很想独自出去走走，有天上午得空，我吃过早饭，叫了一辆的士，奔向四川北路。

我先去拜谒原虹口公园的鲁迅先生墓，这座墓从当年的万国公墓迁葬于此，已经一个甲子了。天气晴好，又逢周末，园里晨练的人极多。入园处有个水果摊，苹果橘子草莓等钩织的芳香流苏，连缀着世界文豪广场。红男绿女穿梭其间，不为膜拜文豪，而是踏着热烈的节拍，跳整齐划一的舞。他们运动许久了吧，身上热了，大多将外套脱掉，只穿绒衣。广场边一棵粗大的悬铃木，此刻成了衣架，被拦腰系了一圈白带子，穿着吊钩，紫白红黄的外套挂在其上。我努力避让舞者，走进广场。文豪们的铜雕均是全身像，或坐或站。可怜的托尔斯泰，他右手所持的手杖，挂着一个健身者的挎包，一副苍凉出走的模样，可惜我不吸烟，不然会在他左手托着的烟斗上，献一缕烟丝，安抚一下他。与他一样不幸的，是手握鹅毛笔的莎士比亚和狄更斯，鹅毛笔成了天然挂钩，挂着色彩艳丽的超轻羽绒衣。最幸运当数巴尔扎克，他袖着手，深藏不露，难以附着，这尊雕像也就成了一首流畅的诗作。

出了世界文豪广场，再向前是个卖早点的食肆，等候的人，从屋里一直排到门外。想着多年前萧红在这一带，有天买早点，发现包油条的纸，居然是鲁迅先生一篇译作的原稿。萧红愕然告知鲁迅，先生却淡然，复信调侃道：“我是满足的，居然还可以包油条，可见还有一些用处。”也不知这里的早点铺，如今用什么包油条？还能包裹出这拨云见日般的绮丽文事吗？

绕过食肆向前，更是人潮汹涌。我望见了推着童车散步的中年妇女，玩滑板的疾驰而过的少年，聚集在电动车上打牌的老人，立于树间吊嗓子的小生，以及在路中央手持毛刷、蘸着水写下“江山如此多娇”的歪戴帽子的男人。当然更多的是占据着每一处空地，跳广场舞的人。尽管立在路旁的音频显示器提示分贝不超，但各路音乐汇聚起来，还是无比喧嚣，将自然的鸟语湮没了。只见鸟儿一波一波飞过，却听不到它们的叫声。

这幅世俗生活的长轴画卷，在渐次打开的时候，我也领略了背景上的植物风光。槭树正在最美时节，吊着一树树红红黄黄的彩叶，被阳光照得晶莹剔透，看上去激情饱满，像要与旧时代决裂的起义者。除了槭树呈现壮丽之色，也有耐寒的杜鹃绽放，那红的粉的花朵，在我这个刚经历了哈尔滨十二月飞雪的北方人眼里，无疑是日历牌上被漏撕的春日，零零散散，却透着春的消息。

鲁迅墓很好寻，无论哪条甬道，都有通往那里的指示牌。赏过如火的槭树，直行约三百米左转，绕过一群咿呀唱戏的人，再右转北上，在公园的西北角，就是鲁迅先生的墓地了。

墓前广场比较开阔，最先看到的是长方形草坪上矗立着的鲁迅塑像（这块草坪是不是一册《野草》呢），他坐在藤椅上，左手握书，右手搭着扶手，默然望着往来的人。由于塑像有高大的基座，再加上草地四围，有密实的冬青做了天然藩篱，肃穆庄严。不过基座过高了，感觉鲁迅是坐在一个逼仄的楼台看戏，让人担忧他的安危。

墓地两侧的石板路旁，种植着樟树、广玉兰和松柏，树高枝稠，长青的叶片在阳光下如翻飞的翠鸟，绿意荡漾。我随手摘下一片广玉兰的叶子，拈着它走向鲁迅先生长眠之所，将它轻轻摆在墓栏上，想着烘托了一季热闹花事的叶片，是从花海中荡出的一叶扁舟，心房还存有花儿的芳香吧，权当鲜花。何况在我的阅读印象中，鲁迅是不怎么写花儿的，《从百草园到三味书屋》和《秋夜》中，提到蜡梅一类的花儿，要么一笔带过，要么对所描述的花儿，连名字也叫不出来。他最浓墨重彩的写花，是在《药》中，结尾处瑜儿坟头的那圈红白的花儿（也是无名之花）。可见他笔下的花儿，是死之精魂。

鲁迅墓由上好的花岗石对接镶嵌，其形态很像一册灰白的旧书，半是掩埋半是出土的样子。因为是园中独墓，看上去显赫，却也孤独。其实无论是鲁迅的原配夫人、为他寂寞空守了四十年的朱安，还是无比崇敬鲁迅的萧红，都曾在遗言中表达了想葬在鲁迅身旁的想法，可惜都未能如愿——怎么可能如愿？鲁迅曾在文章中交代过后事："赶快收敛，埋掉，拉倒"，也曾在《病后杂谈》中表达过，他不喜欢被追悼，不喜欢挽联，倘有购买纸墨白布的闲钱，不如选几部明清野史来印印，这些表述绝非是故作超拔，这像他的脾气，这像一个目光如炬的人穿行于无边的黑暗后，留给自己的大解脱——最后的光明。可鲁迅的一生，是雷电的一生，身后必将带来风雨，不会是寂寞。

鲁迅墓前并不安静，左右两侧的石杆花廊下，一侧是两个男人在练习格斗，互为拳脚；另一侧是三位大妈，在热聊什么。我脱帽向着这座冷清的墓，深深三鞠躬，静默良久，之后转身，眺望鲁迅长眠之所面对的风景，有树，有花，有草，有路，也算旖旎，也算开阔，只是那尊端坐于藤椅上的雕像，阻碍着视线。也就是说，不管鲁迅是否愿意，他每天要面对自己高高在上的背影。

墓前甬道尽头相连的路，人流不息，向右望去，可见虹口足球场的一角穹顶，像一团铅灰的云压在那里。健身和娱乐的各路音乐，此起彼落，让我有置身农贸市场的感觉。我想鲁迅被葬在这闹市的园子中，纵有绿树青草点缀，春花秋月相映，风雨雷电做永恒的日历，但终归少了一个人去后，最该拥有的宁静清寂，所以我不知道他是否真的安息了。

当我怅然离开墓地的时候，忽然间狂风大作，搅起地面的落叶和尘土，在半空飞舞。公园所有的树，这时都成了鼓手，和着风声，发出海潮般的轰鸣。我回身一望，我献给鲁迅先生的那片玉兰叶，已不见踪影，我似乎听到了他略含嘲讽的笑声：敬仰和怀念，不过是一场风，让它去吧！

离开鲁迅墓地，迎着风中被撕扯下来的艳丽的槭树叶，我去参观鲁迅纪念馆。馆藏丰富，我留意的是那些曾与鲁迅相依相伴的实物，他戴过的硬硬的礼帽，这礼帽是再也不能为他挡风了；他穿过的棉袍以及蓝紫色的带花纹的毛背心，这样的衣物也再也不能为他御寒了；他用过的白瓷茶碗依然好看，但它再也不能为他送去茶香了；他用过的吸痰器，不能再为他排解胸中郁积之物了

（真正的郁积，靠它也是排解不了的吧），而那一支支笔，也再也不能随他在纸上叱咤风云了。展厅里还陈列着鲁迅逝世后，送殡者登记册，我俯身辨识那上面的名字时，有面对星空的感觉，因为那里登记着的，都是些灼灼闪光的名字。

离开纪念馆，风小了一些，我出了公园，一路打听，步行去鲁迅在大陆新村的最后寓所——山阴路一百三十二弄九号。

大陆新村是一带红砖的三层小楼，木格高窗，旧时住的多是日本侨民，鲁迅故居在九号最深处。一走进去，先看见一家紧闭的店门外，挂着一个牌子，上写“老板出去流浪了，月末回来”，而有烟火气的地方，窗前和檐下多摆着盆栽的花草。我走进鲁迅故居售票处时，已是正午，只有一个保安坐在里面，他告诉我参观要等到五十分钟后，因为故居开放是分时段的。见我沮丧，他说你不也得吃午饭吗，出去吃点东西，回来后时间就到了。我接受了他的建议，走出九号院，去了对面的万寿斋。这家小吃店是上海的老字号吧，店面不大，食客甚众，无一闲位。我排队买了一屉蟹粉小笼，打包出来，又回到鲁迅故居售票处，问保安可否容我坐下，边吃边等开馆时间？保安同意了。一屉汁水浓厚的蟹粉小笼包落肚，卖票的回来了，她身后跟着四位要参观的游客，一对母女，还有两个中年男人。我们买了票，由保安带领，出了售票处。

一壁之隔的鲁迅故居门前，已有一个纤细的女孩迎候在那里，她是鲁迅故居的志愿者讲解员。保安像个大管家，掏出钥匙，打开黑漆的铸铁门，将我们带进去。由于屋内没有开灯，加之房间格局紧促，虽是坐北向南的房子，一进去还是给人阴冷的感觉。讲解员介绍着一楼会客室的陈设，餐台餐椅，墙上的画，等等，而我的目光聚焦在了瞿秋白寄存此处的那张著名的书桌上了。只三两分钟吧，就被保安吆喝着去二楼。二楼是鲁迅的书房兼卧室，不很宽敞，南窗和西墙摆放着书桌、藤椅、镜台、茶几、台灯等旧物。最让人触目惊心的是近门处东墙边的那张黑色铁床，上面还摆放着棉被和枕头，鲁迅先生就是在这张床上，吐出最后一口气的。而那最后一口气是真的散了，还是附着在了室内的台灯上，做夜的眼？或是附着在了南窗的窗棂上，做曙光的播撒器？

保安又催促着上三楼了，海婴的住屋，以及客房都在此。看着小小的客房，想着瞿秋白曾在此避难，也曾在此奋笔疾书，无比伤怀。这时参观者中最年轻的初中生模样的女孩发现了问题，她问讲解员，二楼有鲁迅的床，三楼有海婴的，许广平睡在哪里呀？讲解员一时被问住了，女孩的母亲赶紧说，许广平要么和鲁迅睡一张床，要么就是海婴。我加了一句，海婴有保姆的。女孩依然很不满地嘟囔道：许广平为什么没有自己的床啊！

保安已下到一楼，他在下面大声呼唤讲解员，让她赶快带游人出来，说是时间到了，其实我们进来不过一刻钟。下楼时我走到最后，又在二楼鲁迅卧室门前驻足片刻。等我下去，保安在训斥讲解员，说她不该把游人留在最后，说这是重点文物保护区，好像我走在最后，似有不轨意图。

我郁郁出了鲁迅故居。其实我很想看看灶房的陈设，萧红不是在这儿为鲁迅烙过东北特色的韭菜合子和油饼吗？

我回到山阴路上，风又起来了，这条路成了风匣，回荡着风声。我去寻访不远处的瞿秋白故居。走到近前，见黑漆大门紧闭，按了门铃，无人应答。铁门中央留有的菱形贴纸印痕，分明昭示着“福”字曾居其上，想来这里还住着人家吧。而这扇门，却也是瞿秋白生命中难得的一扇福门，因为在此期间他与鲁迅交往频繁，纵有时时被捕的危险，但有倾心长谈的挚友，仍是人生的黄金时光吧。

鲁迅先生与很多青年人结下了深厚的友谊，萧军、萧红、台静农、瞿秋白，等等。读鲁迅书信时，发现他最喜欢与两个人谈病情 （当然他们也深切关心着他的身体），一个是母亲，一个是小他二十几岁的台静农。谈病如同谈隐私，多半是对亲人才讲的话题。而同样比鲁迅年轻许多的瞿秋白，更是深得他欣赏，有鲁迅赠予瞿秋白的手书“人生得一知己足矣，斯世当以同怀视之”为证。瞿秋白就义后，鲁迅抱病为他编校《海上述林》。我读瞿秋白的《多余的话》时，感觉他在生命的最后时刻，流露的还是对做一个文人的万般不舍。

在瞿秋白故居吃了闭门羹，我赶紧折回，因为午后《收获》杂志有作品朗诵会，我怕迟到，所以赶紧打车，想回到酒店稍事休整。可是往来的出租车，基本都载客，显示空载的车辆，停下的一瞬，总问我是约车的人吗？我这才明白，因为我不用手机上网，不能随时网上预订出租车，空驶的出租车与我这个不与时俱进的人来说，多半无关了。也就是说，我在漂泊的河流上，看见灯塔闪亮，那也不是引我上岸的。

这倒让我淡定起来，轻松起来，想着万一迟到，那是为着鲁迅先生而迟到，不无美好。我迎着风，在山阴路上徘徊。

相比鲁迅的杂文，我更偏爱他的小说，尤其喜欢《故事新编》，尽管他在致捷克汉学家普实克的信中，说这本用神话和传说做材料的书，并不是好作品（我以为那是自谦的说法）。其中的《铸剑》，惊心动魄，我是把这个短篇当史书来看的。鲁迅是个高超的人物雕塑家，他小说的人物，像是青铜锻造的，叩击时会有深沉的回声。而且这些人物身上洋溢着一股动人的光芒——悲凉的诗意之光，像《孔乙己》《阿Q正传》《祝福》《风波》《药》《伤逝》《在酒楼上》《明天》等堪称经典的篇章，那些栩栩如生的人物，是一个人以笔蘸着自己的生命之血，化解心中块垒时，播撒于春日晚雾中的纯美幽灵。因为他们充满了有筋骨的象征性和寓言性，成了精了，因而太阳出来也不会被照散。我想鲁迅公园中世界文豪广场的雕塑，如果换成阿Q、祥林嫂、孔乙己、单四嫂子、九斤老太、闰土、眉间尺、吕纬甫，也是极相宜的——这些人哪个不是负重的高手呢？

我还喜欢鲁迅与许广平在厦门广州间的一封通信，鲁迅说那里的点心很好，但不敢多买，因为有小而红的蚂蚁，无处不在，啃噬点心，害得他常把附着蚂蚁的点心丢掉；许广平给他回复，让他在点心周围，用石灰粉画一个圈，就可以防蚁，他的点心就不会被蚂蚁糟蹋了。记得当时我读这段时，会心一笑，因为我想起了幼时，祖父怕小孩子去偷他菜园的瓜果，常给熟了的瓜果拦腰拴上线绳做记号。我去偷摘他的柿子吃时，得先把那“护身符”小心解下。对待如我这般偷吃的孩子和蚂蚁来说，许先生所言的石灰粉，祖父的那圈“绳索”，多半是不顶用的，但从中可以看出他们感情的美好。

走在山阴路上，我浮想联翩，鲁迅在厦门所钟爱的点心，还在年复一年地出炉吧？那样的红蚂蚁也还在妖娆地匍匐吧？可当年为蚂蚁所烦恼的人，是另一个世界的星辰了，教他趋避蚂蚁之法的“小鬼”（许广平与鲁迅通信时常用的自称）也与高天为伍了。在鲁迅的各种纪念日上，有多少人是真心地怀念，视他为奇迹和爝火？

从鲁迅谢世之所到他长眠之地，并不遥远。但这条路在我眼里却很长很长，它仿佛记录着一个人半个多世纪的跋涉。走在异乡的街头，只觉得这里的冬天与我故乡相比，更像春天，因为闪烁的花朵，像黑夜的笑声，从苍绿中挣扎而出。这样的花朵也就格外明亮和湿润，就像感动的泪。我想起了看过的一个报道，对东方音乐很感兴趣的俄裔音乐家齐尔品，曾托贺绿汀带信给鲁迅，想请他写歌剧《红楼梦》的剧本，而鲁迅也答应了，可他不久就告别了世界。

鲁迅曾在文章中几次提到《红楼梦》，他对最终“披大红猩猩毡斗篷和尚”的宝玉，有个评价，说是和尚多矣，但披这样阔斗篷的能有几个；他在《言论自由的界限》中，说贾府是言论颇不自由的地方，而仗着酒醉骂主子的焦大——“实在是贾府的屈原”。我想鲁迅若写歌剧的《红楼梦》，最华彩的乐章，会出现在焦大、刘姥姥这类人物身上吧？因为那是鲁迅熟谙的人物，也是照映繁华终归是虚妄一梦的最透彻的镜子。

神化鲁迅，将他符号化；矮化鲁迅，将他妖魔化；强化鲁迅作品无人能及的思想性，视他作品的艺术创造性而不见，都不是客观评价。作为一个读者和文学后来人，我更认同一个文学上的鲁迅，一个也彷徨也呐喊的鲁迅，一个也会面对人生很多无言以对时刻的鲁迅，一个在《社戏》和《故事新编》等篇章中，洋溢着动人的浪漫主义情怀的鲁迅。

快走出山阴路时，我终于打到一辆车。这辆车虽然破旧，但司机健谈而随和。我一上去，他就说听你口音，是东北人吧？我说是。他又问你知道有一个歌手叫李健吗？我说知道。司机说你听过他的《贝加尔湖畔》吗？我说当然，非常好听。这时我才反应过来，他是因为一首歌的地名，才对来自东北的我格外热情——觉得贝加尔湖离东北比较近吧。司机放慢车速，放出《贝加尔湖畔》。那舒缓忧伤的旋律，让我在异乡有了特别的感动。我惆怅地对司机说，我去过贝加尔湖，爱极了它，要是它还在我们手里就好了。司机惊讶地说：它什么时候是我们的，不可能吧？我不知该怎样对他讲贝加尔湖的前世今生，那不是三言两语能解释清楚的。

司机见我无语，又放了一遍歌曲。我将目光放在窗外，往来的车辆都急匆匆的，车辆侧面，是缩着脖子仄身而行的人，是摇晃着的树和招幌，一种呜呜的声音，让《贝加尔湖畔》的独唱变成了合唱。

风很大——很大很大的风。

（原载《文汇报》2018年2月7日）

# 人　家

◎贾平凹

在秦岭，去一户人家。院子没有墙，是栽了一圈多刺的枳篱笆，篱笆外又是一圈荨麻。我原本拿着棍，准备打狗的，狗是不见，荨麻上却有螫毛，被蜇了胳膊，顿时红肿一片，火烧火燎。

主人是老两口，就坐在上房台阶上，似乎我到来前就一直吵着，听见我哎哟，老婆子说：馍还占不住你的嘴吗？顺手从门墩上拿起一块肥皂，在上边唾几口，扔了过来。我把肥皂在胳膊上涂抹了一会儿，疼痛是止了，推开篱笆门走进去。

你把棍扔了，老头子说，你防着狗，我们也防着你么。

他留着一撮胡子，眼睛里白多黑少，像是一只老山羊，继续骂骂咧咧，嘴里就溅出馍渣来。一只公鸡在他面前的地上啄，啄到脚面上的馍渣子，把脚啄疼了，他踢了一下公鸡。

老婆子已经起来从台阶下来，她的腿脚趔趄着，再到院角的厨房去，一阵风箱响，端了碗经过院子，再上到上房台阶。院子里的猪槽，捶布石，还有一个竹篓子，没能绊磕她。她说：没鸡蛋了，喝些牡丹花水吧。

牡丹花水？我以为是用牡丹花煮的水，接过碗，水是白开水。

哦，我笑了一下，说：这里还有牡丹？

咋没牡丹，我就是种牡丹的。

老头子是插了一句，径自顺着牡丹的话头骂起来。骂这儿地瘦草都生得短，人来得少门前的路也坏了，屋后那十二亩牡丹，全是他早年栽种的。那时产的丹皮能赚钱，比种包谷土豆都划算。包谷是一斤×毛×分，土豆是一斤×毛×分，怎么能不栽种牡丹呢？日他妈，他咳出一口痰来，要唾给公鸡，却唾在公鸡背上。现在牡丹长得不景气了，收下的丹皮也卖不了，没人么，黄鼠狼不来来谁呀，来了一次，又能来两次，拉的全是母鸡。拉母鸡哩，咋不把你也拉去?!

老婆子手在空中打了两下，好像要把他的话打乱，打乱了就不成话了，是风。她说：水烧开了，翻腾着不就是和牡丹花开了一样么，你是城里来的？

是城里来的。

我儿也在城里！

在城里哪个部门？

老头子又骂起儿子了，说屁部门，浪荡哩！五年前还跟着他栽种牡丹卖丹皮哩，这一跑就再没影了，他腿脚不行了，卖丹皮走不到沟外的镇子去。日他妈，养儿给城里养了！

秦岭深似海，我本是来考察山中修行人的，修行人还没找到，却见着了很多这样的人家。遂想起我在城里居住的那幢楼上，就有着五六个山里的孩子合租着一间房子，他们没有技术，没有资金，反靠着打些零短工为生，但都穿着廉价的西服，染了黄头发，即便只吃泡面，一定要在城里。

是树就长在沟里么。老头子说，要到高处去，你站在房顶了，缺水少土的，就长个瓦松?!

我儿是个菟丝子，纠缠它城里又咋啦？老婆子说：他说他挣下好日子了，还接咱去城里哩。

你就听他谎话吧！

啥树上的花全都结果啦？有谎花也有结果的花么。

老两口就再次吵起来，他们可能是吵惯了，吵起来并不生气，就那么你一句我一句，不紧不慢，软和着嘴。

我站在那里，先还尴尬着，后来就觉得有趣，我说我会掏钱的，能不能给我做顿饭呢？老婆子说：做啥饭呀？老头子说：你还能做啥饭？熬碗糊汤，弄个菜吧。老婆子说：弄啥菜？老头子说：树上不是有熟菜么，这你也问我?!

院子里有两棵树，一棵是紫薇，一棵是香椿。老婆子拿了竹竿在夹香椿树上的嫩芽，嫩芽铁红的颜色，倒像是开着的花。我过去帮着捡掉在地上的香椿芽，她嘟囔说：他说我没生下好儿，种瓜得瓜种豆得豆，那怪地呀？我应该噎住他，刚才倒没想出来。

却突然问我：你知道燕麦吗？

我说：知道呀，麦地里长的一种草。

她说：那不是草，燕麦也是麦么。

我说：你是说你儿？

她说：我儿好着哩，燕麦就要长到麦地里，你越要拔它，它越疯长哩。

我靠在了紫薇树上，树叶都是羽状，在哗哗地响，这树是想飞的。

吃过了饭，老两口又开始吵嘴，我离开了继续往深山去。黄昏时经过另一个村子，也就七八户人家，村口的一丛慈竹下是座碾盘，碾盘旁站着几只狗，而一只一直坐着，坐着的狗比站着的狗高。

（原载《当代》2018年第2期）

# 拜访伊凡·克里玛先生

◎苏　童

去伊凡·克里玛家里拜访，早到了半个小时。

正好抽支烟。我和徐晖站在路边抽烟。路的一边是安静的居民区，多为两三层的独立别墅。建筑的外观小心翼翼的，似乎不想冒犯天空，或者路人的视线。花园多被规划为正方形，从面积到装饰，都很有节制。路的另一边，却不寻常，是一大片树林，很幽深，很茂密，黄了，满地落叶从林子里溢出来，爬到路上，粘在我们的鞋子上。

韩葵和李素两位女士或许是在看我们抽烟，或许是在看树林，我们四个人一定说了些什么，但我忘了。我朝克里玛家的小花园瞥了一眼，看见一个穿着驼色毛衣的老头出来倒垃圾，他与肖像照片上的克里玛很像，但眼神不像，并非那么锐利，不像鹰，他的脸型也显得方正一些，年轻一些，与我的想象稍有出入。所以我提醒他们注意花园里提着垃圾袋的老头，那是不是克里玛?

结果就是克里玛。我们看着他把一袋垃圾放进了花园门口的垃圾箱。他也在打量我们，一种无动于衷的表情，带着些许困倦，也像一个劳累的外科医生，打量着新来的病人。李素上去跟他说话，他的表情在阳光的映衬下，活泛了一些。这样，我们提前半小时，进入了克里玛的家。

第一次进入捷克人的家。一个典型的知识分子的家居，除了墙上随意挂了几个捷克木偶，似乎无意过度装饰，看不出主人喜欢什么，不喜欢什么。里屋有轻轻的脚步声，估计应该是克里玛太太。有一只吸尘器躺在地上，也许刚刚还在工作，也许是准备工作，我们的提前到来，不知道中断的是克里玛先生还是他太太的吸尘工作。

客厅里有一个茶几几把椅子，散落有序，对于中国人来说，怎么坐从来都是一个问题。我们几个人都看着克里玛，但他并没有如此的安排，他用鼓励的眼神看着我们，意思是怎么坐都可以，那我们就随便坐了。坐下以后，一时无话，隐隐觉得气氛古怪，窘迫，此时我才想起来，主人略去了必要的寒暄，克里玛先生甚至没有对我们说，你好，所以我也始终没有机会完成那个必要的问候，你好，克里玛先生。

但是他们都看着我，等我说话。是说话，不是寒暄。我必须像谈生意的商人一样，单刀直入地谈文学了。

我对克里玛先生并不是那么了解，这让我在得知徐晖、韩葵夫妇的安排之后，始终有点不安。所幸他们在Jecna街的公寓里留下了克里玛的好多中译本作品，整整一个上午，我都在恶补，像一个临考的中学生。长篇看不了，看了些中短篇。欣慰的是他的一个中篇小说《我的故土》，我很喜欢，又有疑问，很明显，这是谈话的资本。《我的故土》写二战结束后一个少年随父母去一个农庄旅馆度假，遇到形形色色的波西米亚资产阶级的度假家庭，大人们每天在茫然中狂欢，少年独自沉浸在一份貌似真切实则虚妄的爱情中。他受到了隔壁房间的医生太太的挑逗与诱惑，身心处于燃烧状态。少年在夜里苦候医生太太来敲门，却隔墙听见了医生夫妇床戏的声音。少年也许是被忽略了，也许是被遗忘了，又或者，是被愚弄了。这样的崩溃与幻灭施加于一个少年身上，令人印象深刻。小说里还有个细节，特别有意思：少年追逐医生太太去看戏的路上，看见田野里飘起一只热气球，一个女演员悬吊在热气球上，做出似真似幻的劈叉动作。如此写法，很夸张，感觉是受到了当时某些潮流绘画的影响，将超现实与梦幻元素植入了小说，但是这植入是妥帖的，恰好是这个故事的点睛之笔。我觉得这是一部极好的小说，有深入骨髓的浪漫和哀伤，疑问是：这篇本该行云流水的小说，横空飞出一些经典作家的作品片段，计有高尔基、肖洛霍夫、莫泊桑、司汤达、巴尔扎克，与小说并无必要的关联，我一头雾水，不知道那些片段的用途。这个疑问，与我对《我的故土》的喜欢一起，构成了我与克里玛先生探讨小说的一个假想话题。

这当然是我的想法。我先表达喜欢。我提及《我的故土》这篇小说时，李素提醒我，中文版的译本名字并不一定与捷克文原著对应，这也常见，是翻译与出版社的问题，对于我不是问题，那我就详细复述小说故事，我在复述故事李素在翻译的时候，我注意到克里玛先生的眼神忽明忽暗，他偶尔点头，大致记得我在谈论他的哪一篇小说，但当我提到那个热气球的细节时，我看见他的眼神中不仅有困倦，还有了歉意，他不记得热气球的细节了。我很意外，在窘迫中又谈起那个疑问，他在小说中录入的那些经典小说中并不经典的片段，我想问其用意，却不知道怎么问，对于这些片段，他倒是记得的，他似乎看懂了我挣扎的眼神，告诉我，我喜欢的《我的故土》，其实还是他年轻时候的作品。

年轻是一种答案。我懂。不过伊凡·克里玛先生的年轻时代，我不一定能懂。我是忽然想起来的，我面前这位老人，伊凡·克里玛先生，是纳粹集中营的幸存者，与众人不同，他今年已经八十六岁了，不再写作。用他的话说，他想写的已经都写出来了，没有必要再写什么了。这样的生命履历如今已不多见，这样赤诚地与写作告别，相忘于江湖，也不多见。坐在我斜对面的这位犹太裔捷克老人，他的写作，他的生活，横亘了几个时代，穿越了记忆的极限，他因此有权利选择记住什么，遗忘什么。无论是生活还是写作，该记住的他一定记住了，可以遗忘的，当然可以遗忘，包括他年轻时候写过的一只热气球。

然后问了另外一个问题，或许是我本人的疑惑，也或许出于很多中国作家的"捷克"好奇，我问他，从他评价米兰·昆德拉缺乏捷克经验的言辞中，我记住了捷克经验，那么，捷克经验到底是什么？它与匈牙利经验、波兰经验或者保加利亚、罗马尼亚经验有什么不同之处吗？这时克里玛先生陷入了长时间的考虑，回答很简短。我记得李素最后的翻译是这样的：克里玛先生说是法制，我们和他们，法制不一样。这回答乍听过于简单，旁边的韩葵对这个话题也有兴趣，她又追问，克里玛先生又考虑了很久，他说，我们捷克的历史上很少流血，很少流血。

迟缓的回答或许代表老人思维的迟缓，但同时它是深思熟虑的真知灼见。我有点懂了。我联想到了伟大的卡夫卡，奥匈帝国时期，他曾经也生活在布拉格这个城市，生活在布拉格的法制中。如果我有幸穿越时空去拜访他，如果我问他，"土地测量员"与城堡之间究竟隔着什么？他也有可能如此回答我，法制。就是法制——不管是奥匈帝国的"法制"，还是捷克的法制。如果我问他一个土地测量员与城堡之间的距离究竟有多远，回答可能是：并不远，但是"永远"。

克里玛先生明确宣称，自己的创作与哈谢克或者《好兵帅克》无关，但与卡夫卡有遗传关系。我问克里玛先生，是否真的做过土地测量员的工作，他竟然有点腼腆，说做过，大概一个多月。想想他的名字，这真的很有意思，不管怎样，克里玛先生曾经就是土地测量员K，他也是要去城堡的人。与其说是巧合，不如说这短暂的经历，暗示了他与卡夫卡存在的清晰或者模糊的血缘关系。

当然，必须说到“很少流血”那个答案，这实际上是一个更令人浮想联翩的答案。这个世界上的所有国度，其历史大致分为“流血”“少流血”或者“不流血”。但这个深邃宽大的话题，一时无从谈起。我只是忽然为布拉格的美丽、宁静与雅致找到了某种答案。我在布拉格的日子里，多次沿着伏尔塔瓦河散步，目光所及，皆为疑惑，这个城市何以在动荡岁月里保持这样古老而洁净的美貌？我很感谢克里玛先生精妙的答案，流血的河水会酿造某种风光，不流血会酿造另一种风光。后者理应美丽一些，雅致一些，洁净一些。

克里玛先生其实仍然充满活力。想到他已经八十六岁，不宜多扰，我后来莫名地如坐针毡，当我试探着起身告辞，发现周围气氛旁枝逸出，其实与我无关了。克里玛先生被漂亮的李素女士所吸引，他开始只与李素女士说话，我不懂捷克语，但我从李素女士害羞的表情中猜测，他大概在对李素女士说，你那么漂亮，你别走，让他们走吧，你多坐一会儿——这或许是妄加猜测。我希望我的猜测不会冒犯克里玛先生或者李素女士。用中国人喜欢的方式：此处一笑。

大多数情况下客人总是要一起走的。当我们四个人一起离开克里玛家，我看见路那边的树林被下午的阳光映照，树林呈现出一种金黄的色泽了，风不大，但依然有纷纷的树叶卷到路上，金黄色的。这是布拉格的落叶。金黄色，这大概也是布拉格的色彩。只是这条通往克里玛先生家的路，此生大概只能走一次吧。我往徐晖的汽车里走，回头，并没有看见克里玛先生，他还是没有客套，不送客。但我真的满意地笑了。我对自己说，当我八十六岁的时候，我很想成为八十六岁的克里玛先生。

（原载《十月》2018年第3期）

# 济南二安　文中龙凤

◎陈世旭

题记：济南地灵，名泉倾国：四大泉域，十大泉群，七十二名泉，八百天然泉……生生不息；济南人杰，“二安”盖世：李易安、辛幼安一代词宗，文中龙凤，济南因成文学之国。戊戌春日，有机会访济南，得遂寻访二安故地的夙愿。不揣浅陋，谨以有限的才具寄予无限的崇敬。

## 天下英雄谁敌手

——凭吊辛弃疾

济南城北，小清河边，遥墙镇上。

苍然万山色，忽拥岱宗来。

四风闸。辛弃疾故居。磅礴的仿宋建筑群。巍峨的四柱三门石。庄严的六角碑亭。历城特产“绣川绿”花岗石雕像。

石头来自山上，在这里站成宏伟的姿态。英雄倒在了路上，历史把他高高托起。饮恨苍天的目光，在云端下面闪烁。

我久居赣地，更切近地触摸到辛弃疾遗留的脉息。

曾经在郁孤台，注视词人的背影。远山沉入暮色，隐隐传来鹧鸪的啼号，一江清水多少泪：西北望长安，可怜无数山。

曾经在黄沙道，跟随词人的足迹，看明月和清风怎样惊动树枝上的鹊和蝉，听无边的蛙声中农人诉说稻花香里的丰年，溪桥边的茅店外，数头上的疏星，山前的雨点。

曾经在博山庙，感受词人的落寞，饿鼠绕着床脚乱蹿，蝙蝠围着青灯翻飞，秋夜的疾风骤雨撕裂了窗纸，仿佛是命运在自言自语。塞北江南辗转了一生，归来已是白发苍苍。在单薄的布被里醒来，眼前依稀是梦中的千山万水。

曾经在鹅湖寺，想象词坛挚友的长歌相答，极论世事。青山欲共高人语，联翩万马来无数。极目天地方圆，内心的鸿鹄一次次飞扬：“男儿到死心如铁，看试手，补天裂。”

二十年的闲居，二十年的忧愤，二十年的壮志难酬。即便是“文墨议论尤英伟磊落……笔势浩荡，智略辐辏，有权书衡论之风”，即便是“风节建竖，卓绝一时，才气纵横，可吞吐八荒”，“而机会不来。每有成功，辄为议者所沮”。不为权臣所容，不为王朝所用，报国无门，经纶委地，或“浮现闲居”，或“沉沦下僚”，“一腔忠愤，无处发泄”，“自诡放浪林泉，从老农学稼”而号“稼轩”，将万字平戎策，换东家种树书。至国难思良将，诏命到达的日子，已老病不起。

走过少年，走过壮年，走进老年，从不曾失去慷慨壮烈。渴望荣誉的决战，在最深的淤泥里挺拔。秦时明月现苍穹，壮岁旌旗拥万夫，白骨骷髅血流成河，马革裹尸千秋一梦！明知这样的结局，也决不庸碌一生，无可追忆。

“……呜呼，以孝皇之神武，及公盛壮之时，行其说而尽其才，纵未封狼居胥，岂遂置中原于度外哉……呼而来，麾而去，无所逃天地之间；挠弗浊，澄弗清，岂自为将相之种！公没，西北忠义始绝望。”

“以气节自负，以功业自许”的一世之雄，“抱恨入地，赍志以殁”，再也不会回返。只留下语言的金戈铁马，在中国的文学史气吞万里如虎。

这是真正的英雄末路：本该一剑横空，令后世动容，怎奈烽火扬州路，不堪回首。舞榭歌台，风流总被雨打风吹去。千古江山，斜阳草树，寻常巷陌。拍遍栏杆，无人会，登临意；无人问，廉颇老矣，尚能饭否；更无人，唤取红巾翠袖，揾英雄泪！酩酊中挑亮残灯观看兵刃，细数着点点殷红；睡梦中回到当年的营帐，士兵的呓语在诉说血腥的征程。草苍苍风猎猎，号角声接连响起，在秋日的战场阅兵。坐骑像飞快的的卢马，弓箭似霹雳。给部下分送炙热的牛肉，让琴弦奏起塞外的乐曲。不知不觉，韶华似碧水东流，属于征战的岁月已经过去。对于一个志在寥阔的豪杰，闲散便是囚禁，弃用便是扼杀。

天色开始昏暗。不屈的毛发日益枯干，终于你只能沉默。倔强的头颅疲惫了，那里曾翻卷过咆哮的风暴。黑夜降临之前，太阳颤抖着说了再见。身躯像岩石一样风化，曾经像山一样站立，后来像山一样倒下，巨大的声响惊醒沉睡的人群。裂缝中的身影隐藏着无声的悲鸣：谁的刀斩断了牺牲的激情，封存了辉煌？

斑驳的时间屏住呼吸。这个时刻，一切化为了忧伤。天空和鸟，阳光和风，以及色彩和芬芳，以及树下的荫凉，以及所有的温暖平静，都变得空空荡荡。

一代王佐之才，百无聊赖以诗鸣，唯落得以词人终老。醉卧历史的纵深，用不甘的吟唱赢得生前身后名。纵然被奉作词宗，“大声弢鞳，小声铿鍧，横绝六合，扫空万古，自有苍生以来所无”，千载之下，亦不能不为人浩叹！

是一个时代的悲剧，更是一个民族的悲剧。

八百多年后的一个过客，依然不免潸然。

战士不会死亡，在一个残酷的时代，保留着烈火浓酒，热血悲歌。“英雄之才，忠义之心，刚大之气”弥漫在史册，永远不会消失。对于他，所有的头衔冠冕都无足轻重。当时的帝王将相，早已尘封无息，而英名辛弃疾永存。其色笑如花，其肝肠如火。来自历史深处的耀眼光芒，从来不曾暗淡。他的性情与风骨，他的豪放与婉约，他的刚拙自信，他的宽厚仁慈，他的铁血传奇，他的旷世文字，人们俯仰已千年，还将一直为后世珍爱。

痛失的历史，也许只能用岩石来呈现。永恒的固态，让所有后来者的疼痛无法释放，只有深情的凝望。把道路擦亮，把花枝插满，把所有的痛碾碎，随风飘散。只要春风吹到的地方，到处是蓬勃的生命。

“我见青山多妩媚，料青山见我亦如是。”

是最大的失败者，是最大的胜利者。

是最悲惨的哀曲，是最昂扬的颂歌。

热衷不朽的人，把名字刻上石头，但名字比尸首烂得更早。而英雄挥动天才的如椽巨笔，在岁月的原野耕云播雨，在时间的城池守护梦想与光荣。每一个世纪过去，都会有人翻开古老的卷帙，赞叹山岳一样的丰碑。

注：本文引号中的文字除“男儿到死心如铁，看试手，补天裂”“我见青山多妩媚，料青山见我亦如是”出于辛词，余皆出于南宋刘克庄《后村先生大全集》。

2018.3.25

# 梦里的兰舟

## ——访章丘清照园

章丘，千年古邑。齐长城，汉城垣，明清古村，绵延于漫漫历史；战国邹衍创始五行学说，唐房玄龄乃是赫赫名相；书法，黑陶，彩绘兵马俑，皆领一代风骚。

李清照，就在这样的土地上，诞生，成长，走向风云激荡的天下，也让文学的天下风云激荡。

轻轻地，放慢了脚步，走近百脉泉清照园。小阁藏春，闲窗锁昼，画堂无限深幽。生怕惊动了一种难言的愁绪，一种无边的寂寞，一种旷世的优雅。

书香门第，早不是九百多年前的模样。堂皇美艳的庭院，消弭了经史子集的肃穆；精雕细刻的匾额，遗忘了诗词文赋的感伤。

穿透千年的，依旧是黄昏时分梧桐雨的点点滴滴，依旧是三杯两盏淡酒的朦朦胧胧。

雁行在斜阳里长叹离别。地下的泉水，像九曲柔肠。隐秘的心事，涌动在空寂的石窟。苦涩的忧愁，才下眉头，却上心头。悠闲的白鹭，从容漫步，挽起盛装，陶然在藕花深处。情真意笃的神仙眷侣，天各一方，唯有冰冷的悔恨。梦中柔柔的眼神，浅浅的微笑，暖暖的爱抚，都在无眠中寂灭。

月亮，轻轻太息，穿过丝绦，把心思留在柳梢头。兰舟载不动许多愁，在时光的水面，划出暗淡的痕迹。明月三千里，丝弦上颤着细细的蛩声，如泣如诉。隔帘的竹影憔悴，人比黄花瘦。

一蒿独去，天涯陌路，是那么遥远。裙裾临水，一袭清香摇曳一个尘外清梦。看你看过的云，听你听过的雨，走你离去的路，羞怯的思念，是锥心的疼痛。颤抖的情感沉入浓稠的夜晚。一个又一个朝朝暮暮，等待云中的锦书，纵使轻解了罗裳，又何以承欢。月满西楼的时候，心已残缺。

以故为新，以俗为雅，炉火纯青，仙姿独秀；不为题束，不为意苦，直如行云，舒卷自如；纯用浅俗之语，尽发清新之意，不受前人约束，不以辞采取胜，信手拈来的口语，全无雕饰的痕迹，朴素而天下莫能与之争美，让一代代后人吟咏不衰。

如果这就是命运的全部风景，那李清照仅仅是多愁善感的贵妇。锦衣玉食的日子，难免无病呻吟。所有喧嚣的寂寞，所有甜蜜的愁苦，所有娇嗔的幽怨，都不过是五味杂陈的咀嚼，一种奢侈靡费的品味。绝顶的聪慧，只是养尊处优的华丽妆容。

而遥不可及的云端，风暴正在咆哮。

所谓世事无常，所谓天妒英才，所谓国家不幸诗家幸，所有这类魔咒，没有放过李清照。自是花中第一流，在阆苑绽放，在俗尘凋谢。浩浩阴阳移，年命如朝露。

国破家亡，流离奔命，暮年飘零，卒于江湖，以至“猥以桑榆之晚景，配兹驵侩之下材”；以至以“不终晚节”“然无检操”“晚节流荡无归”为腐儒们诟病。

这个世界上没有一个人能读懂她的内心。才情冠绝当时，声名撼动京华，却只有一院独守的冷清，一门在秋风中盘旋的黄叶。曾经的清丽，典雅，“别是一家”，只剩了沉郁，悲怆，“凄凄惨惨戚戚”。

无情的岁月，在脸上写下沧桑。背负一生的疲惫，抖落星光，不再乞讨意境。心如止水，包容世间的丑陋；一灯如豆，标注世间的混浊。静夜如此漫长，斟满没有尽头的凄风苦雨，与孤独的烛火干杯。

世界空空荡荡，只能回到自己的内心，只有自己的眼睛照亮自己，不被黑暗吞没。语言堆积成残破的尺牍，在黑夜里揉碎为落英的缤纷。

国难、家难、婚难、业难，一个女人可能遭遇的磨难，集于一身。而这并不是非人的不幸。李清照最大的悲剧在于，人格像作品一样清高：作为女人，处在社会底层；作为诗人，立于文化巅峰。见人所未见，达人所未达。以平民之身，思公卿之责；以女性之身，求人格之尊。决不迁就，决不苟且，决不妥协。

这样的孤独唯其超越时空，因而无法解脱。

“易安体”高标一帜，卓尔不凡，有巾帼之淑贤，兼须眉之刚毅；语尽而意不尽，意尽而情不尽，将婉约进行到极致，又笔力横放、铺叙浑成，“不徒俯视巾帼，直欲压倒须眉”。同为词坛双璧，辛弃疾时称“效李易安体”。惺惺相惜，只有天才深知天才。

对于一种绝代的风华，所有的辩诬其实都属多余。

也许恰恰是那个十岁的女孩说出了朴实的道理：“才藻非女子事也。”如果一切可以重来，我愿她是——仅仅是妩媚尤物、幸福女人，而不是什么“第一才女”“词国皇后”；我愿她是——仅仅是小鸟依人、春情荡漾，而不是什么“词压江南，文盖塞北”；我愿她是——仅仅是绿肥红瘦的婉约唯美，而不是铁板铜琶的雄健豪放；我愿她是——仅仅是永远住在天下所有尊贵男子的梦中，而不是供奉在那些金碧辉煌却庸碌不堪的堂馆神祠里。

去过青州洋溪湖，去过济南柳絮泉，去过金华八咏楼，去过杭州清波门，去过大明湖藕神祠，一一寻访清照的踪迹。但我最想做的是穿一袭古时的长衫，乘着一叶兰舟往访，听舟子在平静的夜晚摇动久远的想象：明月清风中，有一阵惊喜宽慰她茕茕孑立的等候、依依凭栏的渴望。露水敲响荷韵，洗却年深月久的忧烦。云帆高挂，桂棹如风，欸乃声中，青衫薄履，长箫独引，踏波而去，一枕青山到白头。

晓风残月，踟蹰在杨柳岸，迟迟不肯起程。不敢回头，看一眼那个名叫易安的女子，那个对欧、苏、秦、黄不以为然的词人，那个柔如弱柳的倩影，那双风中含泪的眸子。一个有关诗词的故事，人们讲了一千年。主人公的衣袂，飘然为书卷，满是无可高攀的文字。追慕虚荣的我们，只能搜索枯肠填写浅薄的词句，徒劳地遥望迷茫的烟波。

流水的尽头，早已消失了梦里的兰舟。

附注：

1. “青州洋溪湖，济南柳絮泉，金华八咏楼，杭州清波门”，皆有李清照纪念馆。“大明湖藕神祠”即李清照庙。

2. “欧、苏、秦、黄”指欧阳修、苏轼、秦观、黄庭坚。

3. “才藻非女子事也”参见陆游《夫人孙氏墓志铭》。

（原载《人民日报》海外版，2018年6月8日）

# 父亲的画像

◎莫 言

父亲现在是我们村子里最年长的人。他生于1923年，按农村算法，今年九十三岁。前不久，小父亲十岁的叔叔因病去世，我回去想劝慰他，他反过来劝我不必难过，说八十三岁而逝也算得享高寿了。

父亲从不讳言死，我记得他过了八十岁后，就经常说自己已经活不了几年了。他的根据就是我祖父、伯祖父都是寿限八十三岁。说心里话，我对父亲这种说法有点不高兴。我常拿一些著名的高寿的乐观老人为例子劝他，希望他不要老是把死挂在嘴边上。但随着年龄的增长，父亲谈到死的时候更多了。无论是我们为他买一件新衣或是送回去一点好吃的东西，他都会说到自己的年龄，说自己的年龄已经欺了祖，该走了，不再需要任何东西了。对父亲的这些说法，我们习惯了，也就不再大声喊着劝导他。父亲的身体很好，除了耳背一点，视力、记忆力、反应的敏锐程度，都不弱于中年人。我偷偷地想，父亲活过一百岁是没有问题的。

父亲读过几年私塾，蒙师是我们邻村的范二先生。我儿时见过这位老人，模糊的印象中是稀疏的白胡须，干瘦的脸，小指或是拇指上留着长长的指甲，斜襟大棉袄的第二个纽扣上拴着一条灰色的手绢。我听祖母说过父亲因调皮被范二先生用戒尺打肿手掌的事。祖母说父亲将《三字经》改编成“人之初，性不善，烟袋锅子炒鸡蛋，先生吃，学生看，撑死这个老混蛋”。这让我感到不可思议，因我无法想象威严的父亲竟然也是从一个顽皮少年演变过来的。

在我参军离家前近二十年的记忆中，父亲可敬不可亲，甚至是有几分可怕的。其实他轻易不打人，不骂人，也很少训斥我，但我说不清楚为什么要怕他。记得我与伙伴们一起玩闹时，喜欢恶作剧的人在我背后悄悄说：“你爹来了！”我顿时被吓得四肢僵硬、脑子里一片空白，好大一会儿才能缓过劲儿来。不仅是我怕，我的哥哥姐姐也怕。不仅是我们怕，听姑姑说，他们那一代人，我的那些堂姑、堂叔们也都怕。我听姑姑说她们年轻时，姐妹们在一起说笑，听到我父亲远远地咳嗽一声，一个个立即屏气息声，等我父亲走了才慢慢活泼起来。

曾不止一个人问我为什么那么怕父亲，我不知该如何回答。许多年后，我也曾经与两位兄长探讨过这个问题，他们也说不出个所以然。倒是母亲生前曾对我们说过：你爹身上有“瘆人毛”啊！

搜索我的童年记忆，父亲也曾表现过舐犊之情。记得那是一个夏天的炎热的中午，在家门右侧那棵槐树下，父亲用剃头刀子给我剃头。我满头满脸都是肥皂泡沫，大概有几分憨态可掬吧，我听到父亲充满慈爱地说：这个小牛犊！

还有一次是我十三岁那年，家里翻盖房子，因为一时找不到大人，父亲便让我与他抬一块大石头。父亲把杠子的大部分都让给了我，石头的重量几乎都压在他肩上。当我们摇摇晃晃地把石头抬到目的地时，我看到父亲用关切的目光上下打量着我，并赞赏地点了点头。

近年来，父亲有好几次谈起当年对我们兄弟管教太严，言下颇有几分自责之意。我从来没把父亲的严厉当成负面的事。如果没有父亲的威严震慑，我能否取得今天这样一点成绩还真是不好说。

其实，父亲的威严是建立在儒家文化的基础上的，他在私塾里所受到的教育确定了他的人生观、价值观。他轻钱财，重名誉，即便在读书看似无用的年代里，他也一直鼓励子侄们读书。我小学辍学后，父亲虽然没说什么，但我知道他很着急。他曾给我在湖南一家工厂的子弟学校任教的大哥写信，商讨有无让我到他们学校读书的可能。在那个年代，父亲的想法是不现实的，但由此也可见出他对我失学的焦虑。在无望上学后，父亲就让我自学中医，并找了一些医书让我看，但终因我资质不够又缺少毅力半途而废。

学医不成，父亲心中肯定对我失望，但他一直在为我的前途着想。有一次，他竟然要我学拉胡琴，起因是他去县里开会期间看了一场文艺演出，有一个拉胡琴的人给他留下了深刻的印象。叔叔年轻时学过胡琴，父亲帮我把那把旧琴要来并要叔叔教我。叔叔拉了一段样板戏，告诉我学拉琴应该首先学会识谱，如果不识谱，尽管天长日久也能拉出曲调，但难登大雅之堂。但那个年代，谁来教我识谱啊，我只能像农村的那些乐师一样，心里想着曲调，手在弦上摸索，虽然后来也能拉出几首流行的歌曲，但最终还是不了了之。

1973年8月20日，我到县棉花加工厂去当合同工。每天挣一元三角五分钱，一半交给生产队，一半归自己所有。这样的事在当时是美差，农村的青年人都心向往之。我之所以能得到这份差事，是因为叔叔在棉花加工厂当会计，这当然也是父亲的推动。我到棉花加工厂工作后，父亲从没问过我每天挣多少钱，更没跟我要过钱。每月发了工资我交给母亲，交多交少，母亲也不过问。现在想起来，我在棉花加工厂工作期间，家里穷成那样子，母亲生了病都不买药，炕席破了都舍不得换，我却图慕虚荣买新衣新鞋，花钱到理发铺里理大分头，与工友凑份子喝酒……挥霍钱财，真是罪过。后来，我从棉花加工厂当了兵，当兵后又提了干，成了作家，几十年一转眼过来，父亲从来没问过我挣多少钱，更没跟我要过钱。每次我给他钱，他都不要，即便勉强收下，他也一分不花，等到过年时，又分发给孙子孙女和我朋友的孩子们。

父亲解放前就跟着共产党的征粮队去征集粮食，解放初期也曾在区里帮忙干过财会工作，因他有文化，工作极其认真负责，区领导好几次动员他出来当干部，但都因祖父不同意而罢休。

祖父是劳动技艺高超的农民，也是方圆几十里有名的木匠，但他脾气倔强，思想十分保守。互助组时他还勉强能接受，到了合作社阶段就开始闹情绪。到了人民公社时期，他索性拒绝参加集体劳动。他的理论就是："亲兄弟都要分家，一帮子杂姓人怎么可能齐心？"他一个人去割草，开荒地，做一些风箱、板凳之类的小家具赶集去卖。祖父开出来的荒地，种上一年半载，就被集体没收。赶集卖小家具，也经常被收税的将货品扣留。这些遭际，非常明确地告诉人们，搞个体、搞单干是不行的，但祖父不觉悟。地被没收了他骂大街，货物被扣留他跟收税员打架，有一次他一拳将收税员打到水沟里。祖父在当时的社会背景下，干这样一些事情，给一心追求进步的父亲带来许多麻烦，但他是孝子，只能忍受。与祖父的保守相比，父亲是社会改革的积极参加者。五十年代初父亲曾有过加入共产党的梦想，但终因伯祖父的地主成分与祖父的"顽固倒退"而被拒之党外。虽然没能入党，但父亲对共产党的耿耿忠心始终没变。他从人民公社成立之初就担任大队会计，一直当到八十年代中期。按说大队会计是不需下地干活儿的，但父亲一直坚持白天下地干活儿，晚上记账算账。这在我们县的范围内，大概没有第二人。1982年暑假，我回家探亲期间，有一天傍晚在河堤外草滩上放牛，听到广播喇叭播放父亲的模范事迹。其中提到父亲当了将近三十年会计，没记一笔错账，没贪污一分钱，被同行们誉为“万笔清”，当然也提到了父亲几十年来一直坚持白天下田劳动、夜晚义务记账的事迹。这篇广播稿子是我的一个朋友写的。他写过很多夸大成绩，掩盖或缩小错误的稿子，但写父亲这篇，确实是实事求是的。他对我说他的原稿上有一句“他虽然不是共产党员，但比共产党员还共产党员”的话，但被县广播电台的编辑删掉了。

也就是在那个暑假里，我接到了部队战友的一封信，告诉我提干命令已经下来的消息。当时我大哥也从湖南回来探亲，我把信给他看了，他高兴地把信递给扛着锄头刚从地里回来的父亲。父亲看完了信，什么也没说，从水缸里舀了半瓢水，咕嘟咕嘟喝下去，扛着锄头又下地干活儿去了。农村青年在部队提成军官，这在当时是轰动全村的大事，父亲表现得那样冷静，那样克制，为我们树立了榜样。

我写小说三十多年，父亲从未就此事发表过他的看法，但我知道他是一直担着心的。他不放过一切机会地提醒我：一定要谦虚、谨慎，看问题一定要全面，对人要宽厚，要记别人的恩，不记别人的仇。现在想起来，父亲这些几近唠叨的提醒，对我的做人、写作还是发挥了作用的。父亲经历过很多事，对近百年来高密东北乡的历史变迁了如指掌，他自身的经历也颇有传奇色彩。但他从来不说，我也不敢直接去问他。只是在家里来客，三杯酒后，借着酒兴，父亲才会打开话匣子，谈一些历史人物、陈年旧事。我知道这是父亲有意识地讲给我听的，我努力地记忆着，客人走后就赶快拽笔把这些宝贵素材记下来。

2012年10月我获得诺贝尔文学奖后，父亲以他质朴的言行赢得了许多尊敬。所谓的“莫言旧居”，父亲是早就主张拆掉的，之所以未拆，是因为有孤寡老人借居。我获奖后旧居成为热点，市里要出资维修，一商人也想借此做文章。父亲说，如果硬去拆掉，也不通情达理，但维修不应由政府出钱。父亲拿出钱来，对房子进行了简单维修。今年夏天，父亲又做出决定，让我们将“旧居”捐献给市政府。当然，我知道，父亲内心深处更希望来一场暴风骤雨，将这几间旧房子夷为平地，然后种上庄稼或是植上树木。我也是这样企盼着，但既然这所谓的“旧居”，真的能给乡亲们带来一些好处，那就姑且让它立在那儿吧。

当有人问起获奖后我的身份是否会变化时，父亲代我回答："他获不获奖，都是农民的儿子。"

当有人慷慨向我捐赠别墅时，父亲代我回答："无功不受禄，不劳动者不得食。"

获奖后，父亲对我说的最深刻的两句话是："获奖前，你可以跟别人平起平坐，获奖后，你应该比别人矮半头。"父亲不仅这样要求我，他也这样要求自己。儿子获奖前，他与村里人平起平坐；儿子获奖后，他比村里人矮半头。当然，也许会有人就我父亲这两句话做出诸如"世故"甚至是"乡愿"的解读，怎么解读是别人的事，反正我是要把这两句话当成后半生的座右铭了。真心实意地感到自己比别人矮半头总比自觉高人一头要好吧。

前面写我父亲"轻易不打人"，意思是说父亲还是打过人的。父亲一辈子没打过外人，但打过我们三兄弟各一次。大哥挨打是因为学不会打算盘，而起因是爷爷在一旁一边做木工一边说："这么简单的东西还用专门学？看一眼就会了！"于是父亲抄起算盘，对我大哥的脑袋砸了一下。二哥挨打是因为白天在生产队给棉花喷药时与女孩子打闹，不小心喷到一个贫农女儿身上，而这贫农女儿以为我二哥是故意使坏，回家向她爹告状，她爹在晚上记工时又把这事上升到阶级斗争的高度。那晚上，如果不是我二哥在众人掩护下逃跑，后果不堪设想。我挨打是因为在桥梁工地上当小工时到邻村萝卜地里拔了一个萝卜被捉住，工地上的领导让我当着数百人的面在毛主席画像前"请罪"，父亲认为我给他丢了脸。这一顿打也相当实在，幸亏爷爷给我解了围。

现在想起来，我们兄弟三人挨的打，除了大哥有点冤枉外，我与二哥都是罪有应得。我不知道二哥怎么想，在我心里，是经常地忆起那挨打的场景的，这场景除了成就了我的小说《透明的红萝卜》与《枯河》，也使我对人生、对社会有了比较深刻的认识。

在父子关系问题上，父亲曾经多次说过两句话，一句是"虎毒不食自儿"，一句是"无恩无仇不结父子"。第一句无须解释，第二句应该是从佛教的因果报应里化出来的。如果生了有出息的孝子，当是这做父亲的前世积下的功德，而生了逆子，这做父亲的应该意识到是前世所造罪孽的结果。从这样的角度来理解父子关系当然并不正确，但也可以由此想到这样说的父亲们的无奈与悲凉。

拉拉杂杂地写了这么多，还未写到父亲的画像。为我父亲造像者何人？当代画坛巨擘江东范曾也。

上世纪七十年代末，我在山东黄县当兵时，就从《中国青年报》上读过介绍范曾先生艺术事迹的文章，并看过附载的他的画。当时，我这个站岗的小兵，做梦也没想到三十年后会与范先生成为中国艺术研究院的同事。其实，说与范先生同事，有点自我抬举了。我读过范先生的书，听过范先生多次演讲，在内心里，是一直将他视为师长的。

有一次开会与范先生坐在一起，他悄悄地对我说，很敬佩我父亲的为人，并说要为我父亲画张像。我见过范先生为杨振宁和陈省身两位大师所造画像。以为那是大师笔下的大师，天造地设，不可多得。范先生如椽巨笔，会为一个老农民造像？当然我绝没怀疑范先生的真诚，但也没太往心里去。

今年4月30日，我在高密读书写作，忽然接到范曾先生电话，他说已为我父亲画了像，并将于5月1日乘动车到高密亲手将画像交给我父亲。

5月1日晚范先生到高密，第二天上午，我陪他到乡下去看我父亲。范先生向我父亲深深地鞠了一躬，然后从金黄色的画筒里取出了这张127cm×92cm的画像，当着我父亲的面展开。

真是满堂生辉啊！

这是我父亲吗？

这是我父亲的画像。

只见画像上的父亲，头戴一顶有几分调皮的棒球小帽，右手抚案，左手持一本线装书，正在聚精会神地观看。父亲读书入神时，嘴是嘟着的，那神情十分逼真。真是寥寥数笔，形神兼备啊！

父亲看着自己的画像，脸上漾开幸福的笑意。

当天晚上，我开了一瓶珍藏多年的名酒，并向父亲炫耀着这酒的珍贵。父亲抿了一口杯中酒，摇摇头说，也尝不出特别的好来。接下来父亲又讲起了支援淮海战役时，他推着三百斤小米，跟着小车队，在冰雪泥泞中跋涉了八天，到达临沂粮站卸下粮食后，去路边的小饭馆里买了二两散酒，在柜台边上站着喝下去，然后走到街上，感到脚下像踩着云彩一样。父亲说：

“这辈子我再也没喝过那样的好酒。”

（原载《作家》2018年第1期）

# 大敦煌

◎徐　可

## 一

从兰州出发，沿河西走廊一路西行，过武威、张掖、嘉峪关，最后到达敦煌，凡一千一百余公里。七十余年前，当莫高窟的第一代保护者常书鸿与他的同伴们奔赴敦煌时，他们乘坐的是一辆破旧的敞篷卡车，在破烂不堪的公路上整整颠簸了一个月，才到达甘肃安西。从安西到敦煌的一百二十多公里路程，连破旧的公路也没有了，他们雇了十头骆驼，在一望无际的戈壁滩上走了三天三夜，才终于到达敦煌。而现在，现代化的高速公路缩短了时间与空间。我们坐着舒适的大巴，虽然走走停停，沿途走马观花，但只用了两天一夜就到达目的地。其间在武威、嘉峪关短暂停留，蜻蜓点水地看看雷台汉墓和明代长城；张掖则歇了一宿，夜晚对着穹庐似的“笼罩四野”的天空、明晃晃的月亮和一天繁星赞叹不已。

敦煌是我们这趟旅行的终点，也是旅行的重点。一路西域风光，沧桑雄浑，美不胜收，而敦煌则达到顶点。仿佛一条飘逸的丝绸，缀满了珍贵的珠宝，敦煌无疑是其中最大最亮的一颗；仿佛一部恢宏的交响乐，前面所有的名胜都是序曲、是铺垫，敦煌才是最激动人心的乐章；仿佛一部厚重的大书，前面的是序言、是引子，敦煌才是博大精深的正文。这一路的风景，仿佛只是为了烘托敦煌，如众星拱月一般。

敦煌，一座总面积只有3.12万平方公里、总人口只有18万的蕞尔小城，就敢取这么一个大气磅礴的名字，让人不得不佩服她的气魄。查史书，“敦煌”一词，最早见于《史记·大宛列传》。张骞在给汉武帝的报告中说，“始月氏居敦煌、祁连间，及为匈奴所败，乃远去”。公元前111年，汉朝正式设敦煌郡。东汉应邵注《汉书》中说：“敦，大也；煌，盛也。”唐朝李吉甫编的《元和郡县图志》进一步发挥道："敦，大也。以其广开西域，故以盛名。"尽管现代大多数学者都说，"敦煌"一词是当地少数民族语言的汉语音译，但是敦煌人宁愿相信古人的解释。我也信，敦煌当得起这样大气的名字，她有这样的气魄，也有这样的自信。就是这块土地，曾经是丝绸之路河西道、羌中道（青海道）、西域南北道交会处的边关要塞，是丝绸之路上的璀璨明珠，连接起汉唐盛世与西域文明，手挽着长安城与波斯湾，见证了无尽的繁华与沧桑。在汉代，当时的敦煌疆域辽阔，统管六县，西至龙勒阳关，东到渊泉（今玉门市以西），北达伊吾（今哈密市），南连西羌（今青海柴达木），被誉为"华戎所交，一都会也"。在唐代，敦煌更是成为一座拥有140万人口的大城市，仅次于首都长安。现在，敦煌虽然没有了当年的显赫地位，规模也大大缩小，然而，历经汉风唐雨的洗礼，文化灿烂，古迹遍布，敦煌文化的独特价值和迷人魅力与日俱增，吸引着越来越多的国内外游客。

这是我第二次来敦煌。二十年前，我曾经来过一次敦煌。虽然时间仓促，只能浮光掠影、匆匆一瞥，但却惊艳无比，被她的美深深震撼。这么多年来，我一直盼望有机会重访敦煌，再次献上我的敬意。现在，这一心愿终于实现了。在读书人心目中，敦煌是一个必须朝拜的圣地。不止一次。

## 二

地处甘肃、青海、新疆三省区交会点，东峙峰岩突兀的三危山，南枕气势雄伟的祁连山，西接浩瀚无垠的塔克拉玛干大沙漠，北靠嶙峋蛇曲的北塞山，敦煌天生就具有一种万邦来朝的威仪。

敦煌古称"沙州"，春秋时称为"瓜州"，它是高山、戈壁和沙漠环抱中的一块小绿洲。在这个群山环抱的天然小盆地中，清清的党河水滋润着肥田沃土，绿树浓荫挡住了黑风黄沙；粮棉旱涝保收，瓜果四季飘香……在它的周围，沙漠奇观神秘莫测，戈壁幻海光怪陆离。这里遍布名胜古迹：被誉为"塞外风光之一绝"的鸣沙山，有"沙漠第一泉"之称的月牙泉，具有我国保存最完好的古代军事防御系统和农田水利灌溉系统的锁阳城，敦煌文明历史的发源地三危山，因地形奇异而有魔鬼城之称的雅丹地貌，当然还有著名的嘉峪关、玉门关、阳关……

到达敦煌，暮色四合。来不及掸去一路的风尘，我们直奔著名的沙州夜市。沙州夜市是敦煌最大的夜市，以其鲜明的地方特色和浓郁的民俗风情，被誉为敦煌“夜景图”和“风景画”。现在是九月，正是敦煌的旅游旺季，沙州夜市游人如织。吃一口特色小吃，喝一口冰镇啤酒，仰望星空，神清气爽。深秋的敦煌显得格外清朗，夜晚的天空格外高蓝，明月洒下一地清辉。从来没有见过这样晶亮的满天繁星，好像一天的星星都集中到这块天空了。城市不大，但建设有序、干净整洁、规划整齐。汉唐的建筑，街头的飞天雕塑，满墙风动的壁画，让人疑在历史与梦幻之中。它没有林立的高楼大厦，没有现代的立交桥，但是它有历史的厚重，它有“葡萄美酒夜光杯”的精致。

一夜小雪，鸣沙山披上一层洁白的轻纱，空气像水洗过一样清爽。登上山顶，举目四望，那一道道沙峰如奔涌的波浪，气势磅礴，汹涌澎湃。山坡上的沙浪，如碧波荡漾的涟漪，跌宕有致，妙趣横生。微风吹来，扑人心怀，爽人心肺，心胸顿觉空明。下山最为有趣，顺坡而下，只觉两肋生风，软软的流沙让人犹如腾云驾雾，飘飘欲仙。

鸣沙山的沙粒有红、黄、绿、黑、白五色，当地人称它“五色神沙山”。阳光下的鸣沙山，如大海中的波涛，奔涌起伏，甚为壮观。登临此山，听到山与泉的同振共鸣，犹如钟鼓管弦齐奏，令人动魄惊心。《后汉书·郡国志》引南朝《耆旧记》云:敦煌“山有鸣沙之异，水有悬泉之神”。《旧唐书·地理志》载，鸣沙山“天气晴朗时，沙鸣闻于城内”。

相传，古时候有一位将军，在此打了败仗，全军覆没，积尸数万，忽狂风四起，飞沙走石，天昏地暗，伸手不见五指，一夜之间，吹沙覆盖成丘，后沙丘内时有鼓角声相闻，人们就称其为鸣沙山了。因其绵亘横卧，宛若游龙，形如土龙身，又称其为“白龙堆”。

被誉为天下沙漠第一泉的月牙泉，千百年来不为流沙而淹没，不因干旱而枯竭，茫茫大漠中有此一泉，在满目苍凉中有此一景，造化之神奇，令人心醉神迷。月牙泉有版本众多的美丽传说，听导游说，月光下的月牙泉更美丽。最好在农历十五月圆之夜时来，露宿在鸣沙山才可以亲历那梦幻仙境般的意境。

## 三

来敦煌不能不去瞻仰莫高窟。是的，是瞻仰，不是参观。

瞻仰莫高窟是敦煌之旅的压轴大戏。

莫高窟，俗称千佛洞，坐落在敦煌城东南25公里的鸣沙山东麓的崖壁上。它始建于十六国的前秦时期，历经十六国、北朝、隋、唐、五代、西夏、元等历代的兴建，形成巨大的规模，有洞窟735个，壁画4.5万平方米，泥质彩塑2415尊，是世界上现存规模最大、内容最丰富的佛教艺术圣地。

进入莫高窟，我的心情变得特别肃穆，仿佛虔诚的信徒进入神圣的殿堂一般。1600多年的开凿与修复，彩塑、壁画、飞天，集佛家思想和天马行空的艺术于一身，静下心来，仿佛还能听到风中飘荡着1600年前的斧凿声。

洞窟门一打开，历史的味道迎面而来，栩栩如生的泥塑和壁画好像带你走进了历史，走入了千年前。你可以看见千年前的画工巧匠们一点一点描绘、上色。可是那些泥塑的残破又告诉你时光已逝、光阴变换的事实。那些佛像用着千年不变的平静面对你，微微上扬的嘴角述说着乐观豁达。其实他们面对的不只是你，还有千年的历史，那些进入盗宝的强盗，那些谦卑的祈福的平民。他们只是豁达平静地看着。直到今天，他们迎来一批一批特殊的或者普通的客人，来研究或者观摩这些历史遗留的艺术珍品。

在我们参观的十来个洞窟中，最使我赞叹的是莫高窟第一大佛，它是唐朝时期制造的，造型宏大，体态丰满，面容雕刻十分精巧。它的手制作得更是惟妙惟肖，特别是左手自然放置在腿上，被称为“天下第一美手”。在这座大佛的脚下，有两个进出的洞，通过这两个洞可以钻过佛像的两只脚，据说古人正是用这种钻佛脚的方法祈求平安。这个大佛脖子上有三道肉环，手有四节，这栩栩如生的造型充分体现了佛的特点。更让人惊叹的是，这座巨大的佛像是一座完全从石壁上凿出来的坐佛，令人不得不佩服古人的智慧。

敦煌文化源远流长，博大精深。公元前111年，汉朝正式设立敦煌郡。为防御匈奴侵扰，汉廷从令居（今永登）经敦煌直至盐泽（今罗布泊）修筑了长城和烽燧，并设置了阳关、玉门关，敦煌成为中原通往西域的门户和边防军事重镇。汉廷对敦煌的战略地位极为重视，汉武帝几次从内地移民于此，带来了内地先进的生产技术和文化，使敦煌逐渐发展成为繁荣的农业区和粮食生产基地。通过修筑长城和烽燧，敦煌与酒泉、张掖、武威连成一线，对内保卫着陇右地区的安全，对外有力地支持了汉王朝打击匈奴经营西域的一系列军事活动，并逐渐发展成为中原王朝统辖西域的军政中心。三国北朝魏文帝曹丕即位以后，派兵消灭了河西的割据势力，继续推行西汉以来的屯田戍边政策，保护来往商人，使敦煌成为丝绸之路上的重要商业城市和粮食基地。

汉代丝绸之路自长安出发，经过河西走廊到达敦煌，继出玉门关和阳关，沿昆仑山北麓和天山南麓，分为南北两条道路。南线从敦煌出发，经过楼兰，越过葱岭而到安息，西至大秦（古罗马）；北线由敦煌经高昌、龟兹，越葱岭而至大宛。汉唐之际，又沿天山北麓开辟一条新路，由敦煌经哈密、巴里坤湖，越伊犁河，而至拂林国（东罗马帝国）。自汉至宋，丝绸之路是通往西方的交通要道，敦煌也由此成为丝绸之路上的一颗璀璨明珠。

沿着丝绸之路，中国的丝绸及先进技术不断向西传播到中亚、西亚甚至欧洲，而来自西域的物产亦传播至中原地区。丝绸之路上，各国使臣、将士、商贾、僧侣络绎不绝，而敦煌成为“咽喉锁钥”，据丝绸之路之要冲，成为中西方贸易的中心和中转站。西域胡商与中原汉族商客在此云集，从事中原丝绸和瓷器、西域珍宝、北方驼马与当地粮食的交易。

与此同时，中原文化、佛教文化、西亚和中亚文化不断传播到敦煌，中西不同的文化在这里汇聚、碰撞、交融，使得敦煌成为“华戎所交，一大都会”，人文荟萃，文化粲然，这些繁荣的景象在莫高窟第296窟窟顶的壁画上有着生动的记载。

莫高窟是敦煌文化的集大成者，堪称“明珠上的明珠”。

前秦建元二年（公元366年），僧人乐尊路经敦煌附近的鸣沙山，忽见金光闪耀，如现万佛，于是便在岩壁上开凿了第一个洞窟。此后历经北朝、隋、唐、五代、西夏、元等朝代修凿造像，蔚为奇观，人称“千佛洞”。隋唐时期，随着丝绸之路的繁荣，莫高窟更是兴盛。隋代存在的37年，在莫高窟开窟77个，规模宏大，壁画和彩塑技艺精湛，同时并存着南北两种截然不同的艺术风格。唐代的敦煌同全国一样，经济文化高度繁荣，佛教兴盛。莫高窟开窟数量多达1000余窟，保存至今的有232窟，壁画和塑像都达到异常高的艺术水平。安史之乱后，敦煌先后由吐蕃和归义军占领，但造像活动未受太大影响。西夏统治者崇信佛教，不排斥汉文化，在文化艺术方面取得了长足的发展。据统计，在宋、夏时期，共开凿洞窟100个。至今，莫高窟和榆林窟保存着大量丰富而独特的西夏佛教艺术。“敦煌遗书”即在西夏统治时期（1036年）封藏于莫高窟第17窟内。元朝以后，随着丝绸之路的废弃，莫高窟也停止了兴建并逐渐湮没，直至清末被重新发现而为世人所知，甚至形成了一门专门研究敦煌莫高窟藏经洞典籍和敦煌艺术的学科——敦煌学。1987年莫高窟被列为世界文化遗产。

## 四

“敦煌者，吾国学术之伤心史也。”

——陈寅恪

走进敦煌研究院大门，一块条石上镌刻着的大字格外醒目，也格外锥心。

如果不是因为一次意外的发现，也许莫高窟现在还静静地沉睡在沙漠的怀中；或者，她在合适的时间被合适的人发现，也许能够受到更好的保护。

可惜，历史不能假设。

1900年6月22日，敦煌莫高窟下寺道士王圆箓在清理积沙时，无意中发现了藏经洞，并挖出了公元4—11世纪的佛教经卷、社会文书、刺绣、绢画、法器等文物50000余件……

王道士在无意中发现了一段历史，从此敦煌不再平静，从此敦煌在被掠夺、被肢解中走向世界，从此无数的学者为她皓首穷经，从此世界上产生了敦煌学。

在前人留下的各种文献中，我们痛心地看到了敦煌文物被掠夺的历史：1907、1914年，英国的斯坦因两次掠走遗书、文物一万多件；1908年，法国人伯希和从藏经洞中拣选文书中的精品，掠走约5000件；然后是日本人橘瑞超和吉川小一郎，掠走约600件经卷；俄国人奥尔登堡，拿走一批经卷写本，并盗走第263窟的壁画；美国人华尔纳，用特制的化学胶液，粘揭盗走莫高窟壁画26

块……

如今，一些人把敦煌劫难的账算在王道士头上，指责他为敦煌的罪人。把一场民族灾难的责任算在一个小人物的头上，这是何等的不公平！事实上，王道士曾经为保护敦煌文物而努力、奔走呼号过，可是没有得到任何响应；他人微言轻、势单力薄，怎么支撑得起将倾的大厦？

面对敦煌遭遇的重重劫难，中国的知识分子拍案而起，他们义无反顾地站了出来，掀起了一场敦煌大抢救运动。

最先站出来的，是著名金石考古专家罗振玉。当他得知一批珍贵的敦煌文物沦落到法国人伯希和之手后，当即报告学部，要求即刻发令保护藏经洞遗书。同时，他还公开发表了《敦煌石室书目及其发现之原始》《莫高窟石室秘录》，首次向国人公布了地处边远的敦煌无比重大的发现，以及痛失国宝的真实状况。

紧接着，一批著名学者，包括胡适、郑振铎、王国维、陈寅恪、王仁俊、蒋斧、刘师培等，都投入到对敦煌遗书的收集、校勘、刊布、研究中来。更有罗振玉、刘半农、向达、王重民、姜亮夫、王庆菽、于道泉等，远涉重洋，到日本、到欧洲，去抄录和研究那些流失的遗书。

在保护和研究敦煌方面，贡献最大、最令人感动的是以常书鸿、段文杰、樊锦诗等为代表的敦煌守护者。他们放弃内地大城市优越的生活条件，奔赴偏僻荒凉的大西北，把一生都贡献给了敦煌保护事业。正是由于他们的艰苦付出和辛勤努力，敦煌才结束了无人看管的现状，走上了科学保护的路子。敦煌学研究也从无到有，从粗到精，彻底改变了“敦煌在中国、敦煌学研究在国外”的状况。

1943年3月，常书鸿一行六人，历尽艰难困苦，来到荒凉的莫高窟，开始了艰难的敦煌保护和研究工作。此前，从法国留学归来的他，被国民政府聘任为刚刚成立的国立敦煌艺术研究所所长。

常书鸿他们面对的是一座破旧凋敝、毫无保护的莫高窟。风沙侵蚀，人为毁损，使这座艺术宝库日渐衰败。常书鸿带领仅有的十余名员工，筚路蓝缕，白手起家，一切从头开始，从无开始，开始了敦煌石窟的清理、调查、保护、临摹等工作。从1943年3月踏上敦煌的土地，常书鸿在莫高窟默默工作和奋斗了五十年。他的生命的一大半都献给了敦煌，献给了莫高窟。他带领第一代敦煌人，为莫高窟的保护作出了巨大贡献。人们把他称为“敦煌守护神”。

继常书鸿之后，他的继任者段文杰、樊锦诗、王旭东，带领一代代敦煌人，在保护敦煌和研究敦煌的道路上继续摸索前行。如今，莫高窟保护已经从常规保护转变为科学保护。由原敦煌艺术研究所发展而成的敦煌研究院，已经成为国内外具有一定规模和影响的遗址博物馆、敦煌学研究实体、壁画与土遗址保护科研基地。我国的敦煌学研究，在国际上已经处于领先水平。由敦煌研究院第三任院长樊锦诗提出的“数字敦煌”的概念，已经应用于敦煌文物保护的实践中。他们将数字技术引入敦煌遗产保护，将洞窟、壁画、彩塑及与敦煌相关的一切文物加工成高智能数字图像。同时将分散在世界各地的敦煌文献、研究成果、相关资料，通过数字处理，汇集成电子档案，从而为敦煌保护和研究开辟了全新的道路。

不仅如此，敦煌人还做足了“敦煌文章”，用艺术的方法向世界生动展示敦煌文化。国内第一部以敦煌壁画为题材的动漫片《敦煌传奇》，首次以动漫形式展现了博大精深的敦煌文化，是继舞剧《丝路花雨》《大梦敦煌》之后的又一部艺术精品。已经推出的英语、韩语、日语和中文繁体等多种版本，在国内外引起很大反响。专家认为，它对于正在建设中的丝绸之路经济带和华夏文明传承创新区有着重要的文化意义。

敦煌是中国的敦煌，应该使敦煌学回到中国。这是三十多年前，一位老人的郑重嘱托。

现在，我们完全可以自豪地告慰这位老人：敦煌学已经回家了！

（原载《北京文学》2018年第4期）

# 何处有归乡

◎徐　剑

## 1

走下木心美术馆的台阶，心在下坠，犹如血压计的水银柱，渐次放气就急遽下降，直至归零。虽然此时江南已入梅雨季，可我并不觉得热，却有一种战栗般的冷。这种寒凉状，非为一个乌镇的儿子，而是为一位乌镇媳妇的美丽与凄怆。

我伫立于石桥上，蓦然回首，木心美术馆立于水中央，殿堂设计别致，融尽江南余韵，兀自一尊，雄睨众生，尽显贝氏设计风格。不由得空嗟一叹，木心何能何德，偌大一座祠堂，仅供奉其牌位?!

流连石桥，左右皆我道友。可我下意识地生出一种“渎亵”感，学生之意不在师，抑或是丹青先生为自己百年之后在做准备呢，借木心之壳，为身后……还是做古镇和水镇风生水起，赚一个钵满盆满的桐乡人陈向宏，偶一大撒币，过足了一把木心铁粉瘾啊。君子坦荡荡，小人长戚戚。彼时，二陈皆是君子，惟我当了一回小人吧，冒昧揣度之，大胆妄议，但愿丹青先生看到此处，春风大雅，雅量无边，不至火冒三丈。于学生，彼对恩师木心，真的是问心无愧了，没有陈丹青，神州何人知木心?!

乌镇旅游公司副总姚洁一直陪着我们，其身材亭亭，玉立如荷蕾。走在我前边，颇有几分得意，说，这个美术馆是我们陈总的杰作，最得意的一笔呀，怎么样?

问我？我观江南美女姚洁于小桥流水处，反诘了一句。

当然!

让我实话，还是假话?

当然是真话。

殿堂皇皇，我喟然感叹，只是人不配位。

啊！姚洁愕然。深圳女作家李遥音怔然，大连作家孙学丽亦肃然。

我坦然以对。于文，木心的讲稿只是一种艺术范的文学串烧，随想录罢了；于美术，亦不过画过一些插图，再加几幅现代派的小画。尺寸并不大，没有震撼九州的皇皇大作啊；于故里，木心对乌镇乃至桐乡的贡献，真不敢恭维。李遥音、孙学丽不干了，反驳道，木心吃了那么多苦，“文革”年代，坐了多年牢房，在狱中写了六十万字的书稿。你怎能视而不见啊。

是名著吗，还是巨著？其文学回忆录就是一些讲稿、故事和随想录的大杂烩啊。我叹道，你们女人啊，皆有慈母、圣母情结，对一位坐过牢的男人，尤其是木心这样的帅哥，陡生天然母爱、姐爱和情爱。

哈哈！李遥音笑了，越语呢喃，他的讲稿文字多美啊。古诗词功底厚实，警句连连。

读过顾随先生的讲课笔记吗？

顾随是谁？李遥音问我。

叶嘉莹的老师，你将北大出版社三卷本顾随讲稿读完后，我们再来讨论古典文学，再谈木心。我的话似乎有点刻薄。

你嫉妒木心。李遥音调侃我，一种男人的妒忌。

非也。我淡然一笑，他的神主牌供奉在乌镇，真有点镇不住啊。

姚洁在一旁听我们谈话，文人骚客之流，多没正经，权当疯话，不好再介入。喃喃道：下一站参观茅盾纪念馆。

乌镇人、桐乡人重男轻女？

此话怎讲？李遥音问我。

有木心美术馆，有茅盾纪念馆，都为男儿而建，而立名，其实最该为一个桐乡女儿、乌镇的儿媳建一座纪念馆。

这个女人是谁？

## 2

将近傍晚了，天空半阴半晴，因了梅雨天，有点想下雨的样子。中国作家走进乌镇的最后一站，是拜谒茅公纪念馆及安息地。每次入桐乡，这个程序必不可省。

抵茅公祠，游人稀落，与乌泱乌泱的古镇小桥流水人家，形成对照，与木心美术馆处在旅游线上的络绎不绝，落差也不小。不过，窃以为清净一点有何不好，文章本来就是春水浸润、秋水漂洗的经国大事，太多的商业气、烟火味，反倒失去了本真。我来过此地N遍了，择茅公纪念馆前一石凳坐下，看一个下午未复的微信。

茅盾纪念馆的大门洞开，马头墙角尖冲向天穹，犹如笔尖一般，与白墙黑瓦的江南显得不搭调，往里眺望，天井里玻璃墙仍清晰可见，人影恍然。忽听到导游在介绍沈家的家谱，讲完沈雁冰、孔德沚夫妇后，突然提到茅盾的弟弟沈泽民和弟媳张琴秋，我的心猛地被撞击了一下。

张琴秋，第一次看到她的真身，是一尊石雕，兀自而立于四川巴中烈士陵园的山顶上。戴着八角帽的红军女师长英姿飒爽，一人独孤。与当时红四方面军的领导人徐向前、陈昌浩、王树声、李先念等五人的高大雕像并排而立，只是相隔了数米，低了一个台阶。不远处，则是相背而行张国焘的雕像，仿佛风雪中，张教授踽踽独行，与自己的队伍和战友渐行渐远。

天色黯然下来了。我仰望乌镇的天空，悄然问天，乌镇，还有几人识得张琴秋？只有几只夏蝉的尖啸，仿佛在作答。

张琴秋，可是桐乡的女儿啊，彼出身于石门镇一个小康人家，因了与茅盾夫人孔德沚是发小，遂在上海与沈家相识。1921年就参加共产主义小组，并与沈家弟弟沈泽民相识、相爱，最终成为沈家的媳妇。彼半工边读，上过南京美专，在沈泽民建议下，又考入上海大学社会学系，系主任是瞿秋白，而沈泽民则是该系教授，师生之姻，当时堪称佳偶。后与张闻天、王稼祥、乌兰夫等留学莫斯科中山大学，生下一女张玛娅。而他的夫君沈泽民是何等了得人物，名盛其兄沈雁冰。一度任过中共中央宣传部部长，1931年王明归国后，在六届四中全会上当选中央委员，作为中央代表，被派往鄂豫皖分局任书记，监军金寨、红安。斯年，年仅27岁的她，追随夫君，乔装为富商阔太太，前往安徽金寨。从此，不爱红装爱武装，成了一位马背娇娘。第四次反“围剿”失败，张国焘、徐向前、陈昌浩等红四方面军领导人主张跳出鄂豫皖苏区，入川陕边界建立根据地。而沈泽民则说，我是苏区书记，不能离岗，坚决不走。时任红军七十三师政治部主任的张琴秋与丈夫一别，从此天各一方，遥遥相望。不久，沈泽民病殁于红安。时隔三十年后，经历婚姻与政治风雨磨难的张琴秋，携女儿入红安参加前夫的迁葬仪式，抱着沈泽民的墓碑泪雨纷飞。

## 3

天空飞雨了。细细的，犹如绣娘的妙手飞针，落了个丝雨成帘。

姚洁说，晚餐的地点定在“民国时代”，她就不陪了，就此别过。

我们穿越东栅栏的雨巷，往民国时代走去。

陈丹青是上世纪八十年代在美国纽约遭遇民国时代的。彼时，他画出了藏地组画《山地风》，轰动神州，堪与陈逸飞齐名。后来他们纷纷越洋过海，到美国求仙问道，以冀镀金成佛。我在采访油画家李自健时方知，那一批旅美画家混得好的并不多，不少人沦为街头绘画艺人。李自健与画僧史国良算是幸运的，遇上了星云大师。前者被星云30万美金买下了一百幅油画，有了别墅，过上了安稳的日子。丹青先生的际遇，我不知。到了老美的地盘上，第一关恐怕要过语言关。没有投师哈佛大学胡佛研究所去拜拜汉学大师，或远走杜克大学、爱荷华大学听听世界文学史，而邂逅了木心先生。这个生于乌镇，原名叫孙璞的55岁中国人，刚在美国纽约定居不久，丹青先生后来回忆时惊呼，木心先生“可能是我们时代唯一一位完整衔接古典汉语传统与五四传统的文学作者”。其虔诚可窥一斑。丹青先生也许说得没有错，一个从小在红色语境里长大的艺术家，突然遭遇了另一幕风景，走进一块清新的草地，像饥饿了很久的牛犊。木心那种将中国的、外国的先贤哲人的警句名言串成了超越时空的感悟和表达，确实让年轻的中国艺术家怦然心动，讶然万状。于是，他与曹立伟等人在纽约听木心讲世界文学史，一听就是五年，记了厚厚的五大本归。2006年，丹青先生将木心文稿陆续整理出版，天下始知有木心。2011年底，木心逝世于乌镇，丹青先生遂将木心的五大本笔记抱出来，录入电脑，交给了广西师大出版社，出版了厚厚两卷本的《文学回忆录》，那一年，可以称为中国的木心年。

陈向宏说他是1999年知道木心的。当时有一个人问他，知道木心吗？他摇头。对方说，是你们乌镇人呀，递给他一张《中国时报》。陈向宏一翻，上边刊了木心1994年回乌镇时写的一篇文章，流露出对故乡复杂的感情，或许此刻，陈向宏被木心受难的历程和纷乱的乡绪吸引了。孤陋寡闻啊，我怎么只知道乌镇有茅盾，不知世间还有木心啊，可到处打听，国人皆不知。新世纪之初，第四届茅盾文学奖在乌镇颁发，陈向宏旁边恰好坐着上海作协主席王安忆。他问，知道木心吗。王安忆点头道，他是陈丹青先生的老师呀。于是，陈向宏获得了联络方式，断断续续通了四年信。彼时，陈向宏的乌镇旅游模式已经做大，游人入雨巷，熙熙攘攘。乌镇摇身一变，变成一棵巨大的摇钱树，可它还需要一棵文化之树，双木成林啊。终于，木心答应归来，在故乡以享天年。陈向宏长舒了一口气，买下木心家的老宅，迁走工厂，按照木心的设计，恢复了孙家当年富贵人家的旧时模样。

木心去世后，一个由贝聿铭弟子设计，占地6700平方米的木心美术馆落成于水中央。乌镇也随着人流走进美术馆，走进了丹青先生惊艳的民国时代。

## 4

“民国时代”真的到了。晚餐的雅间在二楼，可观马头墙展翼，拱桥长虹，流水余韵。然君临雨巷，须对酒当歌，可桌上并无酒。

我冒了一句，如此浪漫之夜，身回民国时代，岂能无酒。于是黄酒上桌了，徐坤妹妹知性、大气，悄然买酒结账。人生有酒须尽欢，那天晚上，三盅两杯淡酒下肚，人若桃花面，神至微醺境，话也就多了起来。至晚上八点半，夜宴毕，绕乌镇东西栏，沿运河的河汊，跨过一座座石拱桥，散步回宾馆。时，夜游乌镇的游人正盛，摩肩接踵，流水而来。而巷边运河，一条条乌篷船也载满人在观夜景，桨声灯影，粉黛如云，香风脂粉飘散于深深的雨巷里。风从民国吹来，百年一瞬，一梦百年，如梦，如电，如幻，如泡。张琴秋若活着，应该是114岁了，可我的记忆仍定格在彼初嫁沈家，面若牡丹的羞怯上，仍凝固于彼洗却江南余韵，跃身上马的巾帼雄姿上。寻遍古巷不见君，环顾夜幕下的石板路，一个个娇娘与我擦肩而过，吴越之语，你依我侬，都似伊，亦都不是卿。

伊在何处？归宿何地？就在一片柏树森森之中，在四川通江到王坪红军烈士陵园的圆墟上。那天，我拾级而上，步入一块三亩地大的平台，地上，嵌着黑色的沙岩石板，风雨经年，早已变黑，石缝里长满了青苔。据称，此为当时一地主宅院，被付之一炬，建为烈士大冢，难怪风水极佳。平台中央耸立着一块红沙岩的石碑，为中国传统碑阙经幢造型，基座上两个方形石墩连心相接，一个倒三角，如犁头犁向大地，两边镂空荷花，中间次第而上是手枪、红五角星，再往上则是镰刀斧头，云纹朵朵，一只亡魂鸟向着太阳飞去，寓意颇深。往两边看镌刻碑文，右边竖写“为工农而牺牲”，左边则为“是革命的先驱”，中间则是一行正书：“红四方面军英勇烈士之墓”，横匾为：万世光荣。顶部像人民英雄纪念碑一样的屋檐和一个小圆经塔头尖，地道的中国风。多少年后，仍让人惊叹它设计之妙。纵使八十多年后，仍然不落伍。

讲解员说，这个设计出自当时红四方面军政治部主任张琴秋之手，果然是桐乡的才女啊，果然是南京美专的高才生，酥指纤纤，跨鞍跃马，可以杀敌，转身下马，丹青画笔，留在了风雨难蚀的灵碑汉阙里。

然，最令我惊诧的是，张琴秋为何要将八千壮士共一冢，每个人居然连名字都没有留下。斯时，翠柏森森，曲径通幽，鹧鸪鸟的叫声叫得人心碎。我们拾级而上，从两座香炉前绕过，然后登上一处平台，站成一排，向英烈三鞠躬后，步入一个巨大圆冢前，人人神情凄然，虔敬之情油然而生。一个随一个，缓步向前，默默地将一束束黄菊花放到英雄坟前。

尊前笑谈人依旧。就在离此不远的雅安的天全、芦山一带，红四方面军政委陈昌浩策马到政治部时间越来越多了。他对女政治部主任张琴秋多了一份关注，亦多了一份惜香怜玉。每次打马回去，陈昌浩仍觉得身后有一道秋波相望，像乌镇清波一样，在他的心湖卷起涟漪。斯时，沈泽民已病逝三载，张琴秋虽为新寡，仍是娇娘，令陈昌浩迷恋不已。当他直白表露时，张琴秋的情感天平仍倾斜在沈泽民一侧，那是引导她走进革命的导师与爱人啊。她还无法从情殇中走出来，接受另一个男人之爱。她也清楚，陈昌浩是有家室的，原配是位湖北乡下的小脚女人，育有一子。陈昌浩哈哈一笑，战乱年代生死无常，人生一世，草木一秋，生如朝露哟。对我们这些革命者，很多人连草木一秋都比不上，便捐躯沙场。你葬的那尊大坟，埋下了多少忠骨，七千八百名壮士共一穴啊。别说了……陈昌浩无疑像一股雪山草地上的凛冽之风，吹开了张琴秋的感情死穴。1936年7月，在红四方面军三过草地前，陈昌浩与张琴秋结为夫妻，红四方面军的将士颇为自豪，说自古英雄爱美人，今有才子佳人配。

走过万水千山。这些年，我数度去杭州中国创作之家休假，有一个安排必不可少，去乌镇祭拜茅公，也想寻一寻张琴秋留在乌镇上的屐痕，她与陈昌浩这段婚史，却被格式化掉了，不见痕迹。时至今日，我才知，他们曾是一对革命伴侣。

徐向前、陈昌浩率红四方面军西征，过黄河，入青海，进河西走廊，欲打通新疆与苏联的通道。张琴秋随夫西征，任组织部长。此时她已身怀六甲，陈昌浩令西路军政治部主任李卓然送她去总医院分娩。临泽守卫仗失败后，西路军被马步芳骑兵围追堵截，弹尽粮绝，张琴秋等被马匪兵所俘。许多女红军受尽污辱，张琴秋因怀胎十月，得以幸免。她生下孩子不久，便夭折了，一抔黄土掩埋后，她乔装为伙夫，被押至西宁羊毛厂做工。后因叛徒告密，马步芳逮到了一位红军大官，送到南京邀功，关入南京“首都反省院”，后被周恩来接回延安。

西路军失败后，陈昌浩与徐向前回到了延安，不久随周恩来去苏联治病，一去便是十四载。长期不归，夫妻关系名存实亡，并有了第三段婚姻。张琴秋向组织要求，解除了这段婚姻。1943年，与红四方面军老战友苏井观结婚。因为西路军那段经历，再无生育能力。解放初期，陈昌浩回国，任中央马列主义翻译局副局长。见到时任纺织工业部副部长的张琴秋，说了一句，对不起啊，琴秋，耽误了你啦。张琴秋扭过头去，欲说无语，从此不再相见。

见与不见，或因爱得太深，或因恨得太切。时间之河平静地流至1966年5月20日，“文革”风暴裹挟了每个家庭。后，张琴秋纵身一跳，以捍卫自己的尊严与清白。时隔不久，陈昌浩亦服毒而亡。

彼时，一位老人在大洋彼岸，遥望故国。他便是张国焘，住在加拿大一个老年公寓。当年出走延安，连警卫员都不愿跟他走，后来卖身投靠军统，伏案研究共产党。再后来，军统觉得他没有价值后，冷落于道。他颇觉落寞，先去香港，再远走加拿大。

历史的大宿命，又有几人能幸免！王侯将相，众生芸芸，概莫能外。

往事如烟，情事亦如雨，过尽烟雨终不是。前辈的前尘往事，令我辈晚生慨然无言。

## 5

夜行船，月落乌啼，可乌镇夜空不见这种神鸟的啼鸣。一如那个血与火的激情年代，早已化作逝水，唯有乌篷船的桨声依旧。从民国时代划至今夜，回家的路好漫长啊。

沈公回来了，木心亦回来了，都有巍然的文学与美术殿堂供奉香火。张琴秋却没有回来，乌镇没有留下这位沈家媳妇一丝痕迹。没有也好，何必要让人记住。有的人死了，就真的死了；有的人死了，却永远活着。张琴秋还活着，环顾雨巷，我的周遭，多少女、多美女、多娇娘、多老妪，她们或总角相交，或长发如瀑，或刘海染霜，或青丝落雪，个个都是张琴秋啊！她们笑着，闹着，嬉戏着，依偎在自己的恋人、情人、男人、老伴肩头，漫步在一个不用担惊受怕的月夜，做女人该做的事，生儿育女，相夫教子。做母亲，做奶奶，做外婆，多好啊。再不用横刀立马，作赳赳武状元状，才不争个女将军呢，那是男人的事。

夜游乌镇，终于走到出口了。我边走边填《虞美人·夜游乌镇》，也校好了平仄。录于此，献给乌镇的媳妇和儿子们。

暮浮灯海飘花雨，顾盼东栏遇。乌篷船影映清溪，木朽心空岂可作天梯。

妙音凤筑梧桐语，玉笛浮青浦。桨声歌舫美人悽，小巷石桥望伞映晨曦。

（2018年8月30日写于北京复兴门外甲7号院剑雨斋）

（原载《中国作家》纪实版2018年第12期）

# 走，去看看那湾长江

◎汤世杰

弟妹们相约，清明前回老家，去父母青草茵茵的老坟前敬杯水酒，点把香烛，插几串清明吊。父母在世时既非名流，也无丰功，想来那样寻常的一生，儿女们至今惦记着，也会得些安慰吧。

那是片山地果园，林木扶疏。站在半山放眼一望，就见不远处，从三峡冲出来的长江，到那里已放缓了脚步。春日阳光下，那湾波光粼粼的江水，如一枚亮亮的眸子，骤然就叫我有些动情。恰二月用那把春风牌剪刀裁出的几片春色，将好落在三月的肩上，春意早已浓郁地飘洒着。心里便骤起一念：既已回来，怎能不专程去看看那湾长江呢？于是突然有了冲动，要去江边走走，看看，想想。清明宜思故人。而我心中，太想跟江流这儿时就已稔熟的故人有一场清谈，就着些无椒盐的往事，细嚼慢咽那些一直没消化的空白，尔后坐看那湾江天的云起云散。

寻思以往回老家，也没哪回没见过长江。长江一直在那里流着，惟看到或想起，都在不经意间。那或是有些怠慢了。就如对长者，父母，晚辈子孙都该专程趋前问安的。她的恩情，何止于一道水源呢？只在不经意间或顺路扫上一眼，怎么都失礼了吧？

我说的故乡长江，是刚出了三峡，那湾变得有些悠缓的江流。紧邻的上游，乃东晋袁山松《宜都记》里描述过的“两岸高山重障，非日中夜半，不见日月，绝壁或千许丈，其石彩色，形容多所像类，林木高茂，略尽冬春。猿鸣至清，山谷传响，泠泠不绝”的长江，也是郦道元《水经注·三峡》中描摩过的“有时朝发白帝，暮到江陵，其间千二百里，虽乘奔御风，不以疾也”的三峡。一俟出了西陵峡口，过了南津关，便自改了性情——大自然极性情也极懂韵律节奏，一泻千里后便稍稍松了一口气，只是款款而行了。沱沱河一带的长江源头虽至今没去过，上游万山之中金沙江的渺若一线，往下云浮江汉的九派黄鹤，崇明岛一带的苍茫海天，倒是都见过了的。那些江流都有无数人赞颂过，惟故乡这段江水，倒少有人提及。文字总比肉身更长久。我虽从没忘记过她，从小到大，只当她是个相识多年的隔壁邻居，到底还是看得太寻常了些，愧对了。

先人当初选择这里住下来，显见是因长江在此留下了那片江湾。但后来又发现，江流到了这里并没真改了脾气，水灾是常有的。于是追究到“风水”，以为那座立于右岸金字塔形的磨基山，虽特意立在那里，既显着迎接，也像是送行，终究还是有些突兀了。而江流左岸作为主山的东山则低矮许多，便在江边建了座“天然塔”，以为那样的高度，庶几可抵消一些“客山”的挤压。另说，磨基山又名孤山，建塔以对，可略慰其孤寂。管不管用我说不好，但古人的思索倒满满都是诗意：无论“主”“客”之谓，还是为山寻侣，对人与山川的那种安顿，现代人都未必能想得出来。

如今，站在幼时春游仿佛要走很远才能到的宝塔河，感受到的正是视觉上的平衡：没了天然塔，或许天便倾了地便偏了，有了，江水便再不乱闯，径直往下游行去。于是小城便有了生生不息的人众，南来北往的舟船，有了人生公开或隐秘的悲欢离合；进而作为一个进出巴蜀的军家必争之地，也就有了史称为夷陵之战的那场大战，有了抗战时的“中国敦刻尔克大撤退”，有了著名的石牌保卫战……如今，往昔皆已化作雕塑、碑刻、公园，散布于那座城市——当某些历史时光倏然站起来时，大地便也辉映成了史鉴，面对它们，人就该恭谨地肃立了。

生活自然并非总那样撼人心魄。那天注目缓缓而行的江流时，更多想到的，倒是那段江流也曾像母亲那样，抚慰过无数人细微却深切的生命之痛，体味过他们隐秘的爱恨悲欢，成全过他们的志向与抱负。还别说我那些寻常的父母亲人，即便一度官场得意、却因追随范仲淹革新失败而被贬为夷陵县令的欧阳修，也曾受益。

景祐三年（1036年），未满三十岁的欧阳修初到夷陵，想必也见过我正面对的江天，领略过那番情致。总有一种坚定，让人能感受柔软，也总有一种柔软，让人顿生从容。其时的永叔先生尚未自称“醉翁”，初到夷陵也曾郁郁寡欢。但就像我那天一样，心怀着私属的秘愿，转身看了一眼长江，世事或许顷刻间便有了新意。不是吗？当有人感叹面对浩瀚天空，总觉得自己在变老时，面对这滚滚而来的大江，欧阳修是否也曾如我一样，觉着自己还没真正长大，理智与心性的修炼成熟还有待时日呢？在夷陵任上虽仅年许，他却留下了50余篇（首）诗文。其《望州坡》诗曾云：“闻说夷陵人为愁，共言迁客不堪游。”足见当时心情，而紧接的一句“崎岖几日山行倦，却喜坡头见峡州”，已略有欣喜。知否，那个任性旷达却内心柔软的诗人，总把朗声大笑播撒进白天的阔野，而把嚎啕痛哭丢弃在夜晚的田埂？当黑夜过去，一篇《至喜亭记》，正是他献给世人的欢喜。如今，横跨长江的至喜大桥，恰是据此命名的。几年后他早已离开夷陵，所作《和对雪忆梅花》却有句云：“昔官西陵江峡间，野花红紫多斓斑。惟有寒梅旧所识，异乡每见心依然。”野芳斑斓，寒梅旧识，皆是与一方山水暗通款曲的知性知心，诗人始终铭记着的，正是那湾江流与小城给予他的深情抚慰。

诗中的“野花斓斑”一语，常让我想起他那首《戏答元珍》中的“野芳”：“春风疑不到天涯，二月山城未见花。残雪压枝犹有橘，冻雷惊笋欲抽芽。夜闻归雁生乡思，病入新年感物华。曾是洛阳花下客，野芳虽晚不须嗟。”诗作于宋仁宗景祐三年（1036年）。初到峡州，欧阳修与峡州军事判官丁宝臣（字元珍）交好。红尘世间，人和人莫过两种吧，或虽相濡以沫，却厌倦到终老；或相忘于江湖，却怀念到哭泣。丁宝臣久闻欧阳修诗名，有诗相赠，欧阳修乃作诗以答。小小山城荒僻冷落，残雪累累，冻雷殷殷，却暗蕴生机一片。想起自己以多病之身在时光更迭中的客子之悲，以及早年做客洛阳，稔熟于洛阳牡丹的踌躇满志，遂有今日山城野花虽晚，自己全不在意之叹。一首看似俗常的应酬诗，透露的却是决不气馁的追求与志向，及极富哲理的人生思考：政治上的挫折虽叫他心潮难平，甚或有些许迷惘，但“野芳虽晚不须嗟”，来日仍可期待。人有志，竹有节。《东湖县志》（宜昌曾名东湖县）亦有载：欧阳修主政夷陵期间，“为政风流”、“教民礼让”，夷陵迅即“风移俗易”。足见他后半生的成就，早在夷陵已打下根基，且为后人认可。清人袁枚以翰林改官江南时，友人曾援引欧阳修驻足夷陵一事劝慰：“庐陵事业起夷陵，眼界原从阅历增。”某夜，当我远眺夜色中至喜长江大桥上璀璨的灯彩霓虹，便想，也许璀璨即为苍茫暮色而生，阳光金晃晃的时候，你璀璨个什么劲呢？真有本事，就在黑夜里发出光来！

余生亦晚。一晃，千百年如江水流去，上自屈子、昭君，下至唐宋之际白居易与元稹及其弟白行简，苏洵、苏轼、苏辙父子的前后“三游”，以及李白、杜甫等一应诗人大家，无论行经一瞥，或轻舟已还，还是午夜借宿，驻留为官，皆已从那个小城悄然走过，历史的纷繁足音，悄然回荡于一线峡江的江天之间。城虽已非当年之城，倒是诗在、情在。

临江而行，从穿过三峡大坝变得清澄的江水里，我竟看见了自己。江边，有人正以一根钓竿“甩钓”着一条大江。小小人影与一条大江相比，何足论也？而那幅情景，正可吟宋人诗句：“多少侯门天样阔，算来何似钓船宽。”长江自不会拒绝一叶蚱蜢小舟一张轻盈白帆，就连江边的土岸，也有情有意：岸在说，你是我千古浩荡的江流；江亦知，你是我分秒不舍的伟岸；紧挨着，无论冲刷浸润，亦自古直到如今。那也是一种爱吧。算来从生长于斯到十八九岁离家求学，与那湾江流亲近得毕竟短暂，当记忆的山林白云拂动时，生命已然迟暮。再次凝眸，看见一艘满载货物吃水很深的大船，才发现也只有那样重载而又沉稳的行旅，才真能跟这条伟大浩荡的河流般配啊！而此时，心中就像那天早晨我吃过一个家乡的糯米油饼一样，还是儿时味道，轻尝一口，整个生命，刹那间就芬芳四溢了。

欧阳修早已走远。但心里有过一条大江的人，或跟那座身边有条大江的城一样，年年岁岁都是浩浩荡荡的吧？从此你再不是独自一人在远方，而是在一个傻乎乎的人心里，这人把大半生的思念都给了你，剩下不多的小半生，也会一并打包给你呢。

2018.4.5 清明　于昆明

（原载《文汇报》2018年6月12日）

# 卖药记

◎杨晓升

我不开药店，也非药店销售员，怎么与卖药扯上了？

这事说起来，缘于父亲晚年患病。2013年5月17日，父亲午睡后起床，忽然发现嘴巴歪斜，说话口齿不清，左胳臂无力举起，恰逢周末在家的我遂唤来弟弟，打了120急救车一起将父亲送进附近的海淀医院，从此我便与药结下不解之缘。

父亲患的是大面积脑梗塞，俗称中风，幸好及时救治。医生说此病突发最佳救治时间是3小时以内，否则将会瘫痪。父亲在海淀医院住了近二十天，然后转至条件更好的海军总医院康复科进行康复治疗，直至借助拐杖自己恢复到能独立行走，前后又治疗了三个月。

父亲虽然出院回家，可药是离不开的。父亲每天需吃的药有：甲钴胺分散片、叶酸片、维生素$B_6$片、维生素$B_1$片、杏灵分散片、阿司匹林肠溶片（后又改为服用血塞通软胶囊）、碳酸钙$D_3$片、德巴金、恩必普丁苯酞软胶囊、立普妥、络活喜、奥卡西平片（后来又换成服用开浦兰左乙拉西坦片）、螺内脂片……林林总总，总共有十余种。根据医嘱，这些药每天服的次数、药量都不一样，有的每天服一次，有的两次，有的三次，并且都得长期服用，以防病情复发风险，如果复发，瘫痪的概率非常高。情势如此严峻，我们全家老老少少当然如临大敌，丝毫不敢怠慢。出院的时候，医生只能按规定开出一个月的药量，开始时因为每月还得带父亲到医院复查，每逢复查时医生又为父亲开出下个月的药，如此往复，一晃就过去了好几个月。后来，因为父亲病情相对稳定，再则善良的主治医生、海军总医院神经内科的钱海蓉主任，见我父亲年迈行动不便，建议不必每月都到医院复查，还同意我提出的每月到小区附近为父亲购药续药的请求。这让我无形中省去了许多麻烦，因为此前我每月都得提前几天到医院挂号，然后按挂号时间带着步履蹒跚的父亲到人流拥挤的医院排队候诊，之后还要继续排队缴费、排队取药，实在是太繁琐、太耗费时间和精力了。当然，可以不去医院开药的前提，是我与钱海蓉主任已经成为朋友，虽然父亲可以不必每月去医院复查，但父亲的病情、服药情况，我都可以通过微信或电话与钱主任联系，获得她的指导，对此我对她心存感激。

从那时开始，父亲每月所需要的药，我多数都能从距离我家不远的一家叫兴事堂的药店订购，少数一些在该药店买不到或价格太高的药，我则通过网上搜索查找，在其他药店预订购得。因为从药店网购，我发现药店里的药价格再贵，都比医院里的药便宜，比方恩必普丁苯酞软胶囊，是一种用于治轻、中度急性缺血性脑卒中的国产新药，价格奇贵，每瓶24粒装，医院的价格是258元，我在小区附近的兴事堂药店批量预订，每瓶238元就能买到，后来我又从网上查到北京隆元康药店，批量预订每瓶仅需200元。即便如此，此种药父亲每天需要服用6粒，早中晚各2粒，每4天服完1瓶，每月需要服用7至8瓶。父亲虽然是教师出身，享受医保，但他的人事关系和医保关系在广东老家，广东与北京医保远未联网，按规定除非住院期间药费能按比例报销一部分，父亲平时所服的药都得自费。所以，自打出院，父亲一直是自费服药，每月各种药费大约需要三千元，这还不包括我家额外需要为父亲租房和请保姆照顾的费用。我非老板、富豪，也非大权在握呼风唤雨的官员，平时过日子都习惯精打细算，何况父亲这额外不菲的自费药呢！所以，经过多方查找、比较，我每月在三家不同药店，以不同价格订购、购齐了父亲所需要的药。我将买回的药统统交给同样年迈却头脑清醒身体尚好的母亲，由母亲负责登记、按医嘱每天安排为父亲服药。父亲在世的最后几年，虽然家里请了保姆，但幸好是我挚爱的母亲还有不错的身体，每天为父亲忙前顾后，精心照料父亲，才为我分担了不少时间和精力，也才使父亲在相对平稳的状态下过完他生命中的最后几年。为此，我要由衷感谢我挚爱的母亲。

遗憾的是，生命一如蜡烛，总有熄灭的时候。

2017年3月18日早晨，父亲突发短暂脑缺血，说不出话，大约十分钟后恢复说话但神志不清说话含糊，经钱海蓉主任建议，当天下午送海军医院急诊检查，做CT、验血常规、连续3天打吊针，病情趋于稳定。可过了仅仅不到一个月，我发现父亲走路时呼吸困难，脸色苍白，时不时咳嗽、喘气，遂于周六的4月22日送海军医院急诊，经查发现是吸入性肺炎，肺部大面积感染、积液，当即入住呼吸科重症监护室救治，至5月8日出院。可接回家仅仅不到一天时间，父亲又发烧，不得已5月9日再次入住海军医院重症监护室，至5月16日病情趋于稳定之后，转至海淀区万寿康医院进行康复治疗，直至5月24日凌晨3时50分去世……

一家人忙完父亲丧事，我发现父亲留下了一批药，除了先前我从几家药店购买的那十几种药，还有父亲入住海军医院呼吸科重症监护室出院时开的药，包括泰必全、切诺、富路施、可乐必妥、头孢和氨溴索，都是围绕父亲的病情开出的相关药品。尤其是针对父亲肺炎开出的药，价高且量大，加上原先父亲常服的那些药，总价值近万元。如今父亲走了，数量这么多、价值如此高的药再也用不上，该怎么处置，难道就这么浪费掉？当然是心有不甘。我开始寻思着为这些药寻找出路。

论数量和价值，当然是父亲从海军总医院呼吸科的重症监护室出院时开的那些药，包括泰必全、切诺、富路施、可乐必妥、头孢和氨溴索，等等，总价值就有七八千元。我于是给当初父亲住院时的值班医生张医生打电话，我问这么多的药能否退回给医院，即便低价打折回收也比白白浪费强啊。年轻的张医生很理解我的心情，也同意我的看法，但她说医院制度严格，断不可能退回你那些药，即便免费退回也行不通，因为医院的采购进药和患者用药，一进一出都是丁是丁卯是卯，严丝合缝，铁板一块，进账与出账根本不可能改动。此路不通，我便依照药的相关厂家，想方设法找到相关厂家的电话，电话要么不接，要么一概回绝。没办法，我只好想到此前经常打交道的那三家药店，并且分别给那三家药店打了电话说明情况，三家药店态度不同，情况各异。

我首先联系的是那家距离我家最近、打交道最多、我买的药最多、对方也在我父亲身上获利最多的兴事堂药店，尽管我耐心地向药店经理解释退药的原因，也说了我现存药品的名称和数量，还主动许诺愿意低价退回药品，但该店经理还是一口回绝，口气还硬邦邦的，丝毫没有商量的余地，理由是："我们进药都有专门渠道，你退回的药我哪里知道是假是真啊？"说完便毫不客气地将电话挂了。

我联系的第二家是每月都向对方订购恩必普丁苯酞软胶囊的隆元康药店，对方的一位女售药员回答说：如果是从我们店购买的药，经鉴别确认无误之后，可以考虑收回药品，但不是原价回收，每瓶恩必普丁苯酞软胶囊，最高回收价是130元。也就是说，假若将恩必普丁苯酞软胶囊退回给该店，每瓶与该店卖给我时的差价是70元。差价如此之大，感觉落在我身上一如割肉，而对方回收后转售给患者应该是易如反掌，每瓶挣70元毫无疑问会轻轻松松到手。对此，我虽然心有不甘，却不得不屈从，因为这是我为父亲的剩药寻找出路遇见的第一缕曙光，如此看来，虽然对方折价在我身上"心狠手辣"，但毕竟已经愿意回收，与医院和兴事堂药店相比，这家叫隆元康的药店算得上很仁慈了。

我联系的第三家，叫睿达惠康大药房，那里的杏灵分散片每盒只需要35元，而同种规格的此种药在其他药店每盒需要46元。另一种药是昆药集团生产的血塞通软胶囊，100mg×30粒装，从该店购买时每瓶是45元，相比其他药店也算比较便宜。这两种药我手头各有十余盒和十余瓶。店主陈经理听说我要退药，在问明我退药的原因之后，稍作犹豫便答应了，说只要经查验证明是在我们店购买的药品，我们都可以回收。在经历多次碰壁之后，这消息于我无疑是喜出望外，我立马说明天我就去找你们，你们还在北四环惠东桥附近吧？陈经理说不是，前不久已经搬到丰台这边来了，说完还告诉了我他们现在的营业地址和他的手机号。新地址与原先的地址相比，距离我家的住址远了一倍的路程，而且丰台那边我比较陌生。但有了手机导航，再远、再陌生的地方已经不是问题，何况该店愿意回收药品，于我来说已经是巨大诱惑。

第二天上午，由于有手机导航，我几乎没费什么周折便找到了位于丰台区世界公园附近的睿达惠康大药房，接待我的一位女店员一听我是事先与陈经理约好的，便给楼上的陈经理打电话。在经与陈经理电话确认之后，店员又问陈经理这药怎么退、按几折退？陈经理说只要确认是咱们店购买的药，就原价退吧。虽然是店员与经理通电话，但因此时店里没有其他顾客和杂音，话筒里陈经理的声音很清晰地传进我的耳朵。他们的对话让我从开始的忐忑不安到大喜过望，我不由得对这位陈经理心生好感。俗话说无商不奸，在世俗眼里，绝大多数商人是唯利是图锱铢必较的，其实如果陈经理采取打折甚至是低价回收我的药品，我也是会接受的，毕竟这些药放在我手里已经毫无作用。没想到这位陈经理竟然有如此胸怀，这让我不得不心生感动，因为茫茫商界，像陈经理这样的商人恐怕是凤毛麟角。女店员按照陈经理的指示，为我以原价回收十余瓶血塞通软胶囊和十余盒杏灵分散片，结算完近千元的退款之后，我禁不住当即给陈经理打电话表示感谢，陈经理在电话的另一端说不用谢，像你这种情况我充分理解，家里老人在世时你肯定已花费不小，现在老人不在了，剩余的药没啥用，能退回至少还能减少一些损失吧。陈经理的这番话，温暖着我的内心，让我肃然起敬，我再三表示感谢。

虽然退回了一些药，但剩余的更多药是从医院开出来的，药店按规矩也无法回收，我不甘心就这样让这些药浪费。没办法，我只好求助网络，在百度键入“收药”二字，不想很快跳出来一溜儿相关信息及联系电话。我试探性地联系了其中的两个电话，电话都打通了，对方问我手头都有些什么药，我将剩余的十余样药一一告知，对方几乎不约而同，从中选取了泰必全、切诺、 哈乐、立普妥、德巴金、络活喜、阿司匹林、卡马西平、甲钴胺9种，但报的回收价格不同，相同的是回收价格都大幅度“腰斩”，甚至是“膝盖斩”，回收价与原价比低得惊人。尽管如此，我已经别无选择，心想只要对方愿意回收，再低的价格我也得卖啊，能回收多少算多少吧，总比没人要好呀。我将两位收药的陌生人所提供的报价稍作比较，依照就高不就低的原则将他们愿意回收的药分成两组，打电话约好见面时间和地点，分别将药低价卖给了对方。9种药虽然都卖了，但总共回收的药费也不到两千元，加上之前卖给隆元康药店和睿达惠康大药房的药，我总共才回收了三千余元的药费，虽然与父亲服剩的价值上万元的药相比，差价很大，但我已经满心庆幸了，因为这意味着我家已经减少了三千余元的损失。除此之外，我手头还有少数的几种药没有卖出，这些药，网上查找的那两位收过我药的陌生人也不回收，这几种药分别是：富路施、可乐必妥、头孢、哈乐、氨溴索和甲钴胺分散片。

经历了本次被迫卖药的“实践”，我深有感触，由此也得出了几点思考——

其一，都说在中国看病难看病贵，药挤占着国人的财富，多余的药对富人和官人可能无所谓，但对普通百姓尤其是穷人购买的自费药，药就是金钱存在的另一种形式。早在2013年全国“两会”上，全国政协委员、中国中医科学院望京医院骨科主任温建民教授就在他提交过的《关于遏制药品浪费的提案》中说：据统计，我国每年因过期造成的药品浪费达1.5万吨，这些药品如果用5吨的大卡车来运，至少需要3000辆。北京市药监局西城分局曾对辖区范围内的五个街道的过期药品回收状况进行了问卷调查，结果显示91.8%居民家中有过期药品，而70.1%的家庭储存过期药超过半年。同年4月，人民网也报道：最近一项网上调查显示，我国药品浪费触目惊心，85%的网友表示自己家里有剩余的过期药，这些药都被白白扔掉了。据估算，我国每年家庭浪费的药品价值超过100亿元。

面对如此惊人的数据，国家及医疗管理机构能否本着最大限度地节约社会资源、同时体现以人为本的宗旨，研究建立药品回收的有效渠道和管理机制，已经是一项亟待解决的重大课题。

其二，商人逐利，虽然无可厚非，但对于那些既讲利润、又讲道德讲诚信讲情怀，具有社会责任感，能为社会风清气正给氧的商人，社会和政府有关管理部门能否建立起一个完善的评价体系，每年由消费者打分，通过积分的方式构建每一家企业的口碑和信誉度，以此由工商和税务部门每年核查之后，适当减税或退税，并以此推动中国现代商业文明的建设？

以上所述，是我卖药的经历、感受与建议。是为记。

（原载《海燕》2018年第2期）

# 姨 妈

◎刘 琼

汉语里，有些词天生带感。比如姨妈。

与姑奶奶的强势相比，姨妈这个词的指向要柔和得多，是有时可以替代外婆和母亲的女性角色。我总以为，没有姨妈的女孩，作为女人的这一辈子，仿佛缺了点什么。

再过些日子，姨妈就要从生活了一辈子的城市马鞍山来看母亲。现在是夏天，她们姐俩计划从北京直飞圣何塞。她们的大哥、我的83岁的大舅舅住在旧金山附近的圣何塞。那里，大概是全美华人居住密度最高的区域。

母亲最小，两个哥哥和一个姐姐都要大出好多。比母亲年长10岁的姨妈，解放那年，与同属剥削阶级阵营的丈夫离了婚。不是姨妈觉悟高，而是这位先生着实不像话，年纪不大，吃喝嫖赌样样在行，母亲说他是个“二流子”。离婚后的姨妈顶着一头短发，兴许还别着一枚发卡，欢脱地从人群走过，便有许多未婚的男子心神不宁了。姨妈后来又有了两次婚姻。后两位姨夫不仅根红苗正，还受过较好的新式教育。第二位姨夫林业大学毕业后分到马鞍山的国营林场工作，他死后，第三位姨夫来了。这是位老中专生，一生都在市机关当会计，娶姨妈的时候，年轻又帅。当时真是既守旧又解放，以两位姨夫的处男之身，竟然会娶一位离异和丧夫的女人，我想，与其说这位女人有魅力，不如说社会风气开明，将以人为主体的爱情和以爱情为基础的婚姻贯彻彻底。

姨妈漂亮吗？说实话，母亲家没有长得特别漂亮的人，除了大表姐。大表姐的漂亮遗传自她的母亲，不一定是旧金山舅舅的功劳。很长时间，我都喜欢拿姨妈与母亲比。比较起来，还是年轻时候的母亲好看。母亲个子矮，又有点发胖，这是中年油腻后的形象。年轻时候的母亲有张照片夹在烫金字的笔记本里，瘦削的脸上两只大眼睛满铺着忧伤的美，眉眼细节有点像那个叫梁咏琪的香港女演员。姨妈是瘦高的，一直瘦，精瘦的姨妈年轻时候特别活泼，又出生在所谓的大户人家，举止大约有了一些妙不可言的味道了。某年，看《北京晚报》刊发张学良的访谈文章，旁边配发了一张赵四小姐和张学良的晚年生活照，就觉得眼熟——姨妈长得可真像那位从来也不曾特别漂亮过的赵四小姐。也许，对男人来说，女人的容貌并不像想象的那么重要。

姨妈和旧金山舅舅出生时赶上外公的盛年。整个家族，外公行八。雄心勃勃、远近闻名的八先生，据说比《太平府志》里记载的那位御赐红翎的先祖还要才高八斗。八先生是乡绅，家设书馆，学生大多有出息。我工作后碰到的第一位高级领导竟然也是外公当年的学生，令人吃惊不小。马鞍山当时不叫马鞍山，叫当涂。当涂是整个太平府的行政中心，清雍正年间当涂成为安徽学政的驻地。当涂的隔壁是两江总督府衙所在地南京。再远点是上海。上海是清晚期以后发达起来的。旧时当涂人外出，最喜欢去南京。外公的两个妹夫当时都在南京政府做事，其中，陶家妹夫已经做到次长的要职。两位妹夫都是外公父亲的学生。外公单传，所以，外婆过门后一气儿生了12个孩子，以图壮大门庭。结果，活下来4个，其余8个前前后后由于各种各样的病死去，足见当时医疗水平很差。当然，也有人说外公后来鸦片抽得厉害，孩子们先天不足。

中国女人的生育能力是个奇迹。外婆一生十次生产，两对双胞胎，最小的那两个孩子是龙凤胎。“龙”自然集万千宠爱于一身，母亲是被轻视的“凤”。生这对双胞胎时，外婆热毒攻身，乳汁质量差。于是家中为“龙舅舅”延请了奶妈，着母亲喝外婆的乳汁。大家都以为母亲一定活不长。谁料，“龙舅舅”突然高烧不治，女孩虽然瘦弱可怜，毕竟长大了，日后甚至成为外婆最挂心的小棉袄。

一年冬天，已经是“文革”后大家可以自由往来的日子了，好像是正月，我从睡梦中被谈话吵醒。那些年，大概为了弥补之前多年骨肉分离的缺憾，每逢春节，妈妈的兄弟姐妹都要热热地聚上几天。那年，他们拖家带口在我们家聚会，人多，房子小，长辈们就围炉夜话，聊着聊着，声音大了起来。只听兆健舅舅粗着嗓子，恨恨地说：“就是她，不听话，老跟王家来往，把妈妈活活气死了！”

兆健舅舅说这话时，被判气死自己妈妈的姨妈已经睡着，不能申辩。

兆健舅舅说的王家，是外公的大妹夫家，也就是外婆的大姑子家。比较起外公家世代书香，外婆娘家大概属于大街上恶霸老财一类。一代人有一代人的苦衷，外婆是个小脚女人，从有钱有势的城里嫁到乡下，并没有得势，或者说过得不大舒心。强势的小姑子和嫂子相处似乎不是很妙。在微妙的亲人间的争斗里，逐渐成人的姨妈受宠极了，像只花蝴蝶，是大家族的情感纽带和活跃分子。母亲说，姨妈早熟，喜欢也善于跟女性长辈打交道。从前，大家庭里用度大，大人孩子很少穿商店里的成品衣，从头到脚基本上都是自家妈妈或者街上裁缝的手工艺。姨妈天性灵巧，又经外婆严格训练，一应家务活都拿手，女红尤其出色，颇受大家器重。比姨妈小十岁的母亲就没这么幸运了。母亲出生时，外公已抽上万恶的鸦片，身体毁得厉害，没等解放，就抛下一家老少先自解脱。外公病故前，家中良田基本卖得差不多了。外婆是解放后的第六年，在自家老宅的门房里离开人世。外婆去世后，13岁的母亲成为孤儿，依靠哥哥姐姐接济生活。母亲没有童子功，后来所会的一点针线活，大约是生计所迫、无师自通。凑巧的是，针线活对我们刘家女眷来说也是弱项，母亲的那点三脚猫功夫在婆家居然被称赞。姨妈听闻非常吃惊。姨妈心中，妈妈大概永是那副笨手笨脚的小模样。母亲于姨妈，是妹妹，也似女儿，外婆死后，母亲主要被姨妈照拂。母亲的笨被姨妈的巧衬托出来。

外公去世前夕，姨妈嫁给以浪荡出名的丈夫——这个丈夫当然是长辈指腹为婚的后果。婚姻和家庭是旧式女人的全部，得遇良人，便是一好万好，否则一生打了水漂。今天的女人差不多亦如此。旧式婚姻又不由自主，完全靠碰运气。以姨妈当时的人才，第一个丈夫的德行当然不匹配，姨妈愿意过安稳的人生。好在人民政府主张婚姻自主，趁着有利形势，姨妈毅然决然提出离婚。半个世纪前的江南，传统势力之顽固要远胜别处，姨妈此举是见识，更是勇气。见识归功于自我教育，勇气则出自天性。姨妈的这份永不消逝的勇气，其后在不同的时期，以不同的形式，支撑着她。

1949年初，国民党政府计划撤离南京，迁转广州。陶家姑婆手里有几张机票，想带走娘家侄子，被外婆一口拒绝。男人不在了，女人家要自己拿主意。当年，看着意气风发的大舅舅，看看尚未成年的小舅舅兆健和年幼母亲，外婆决定更信任自己的娘家，把未来筹码全部赌在自家哥哥身上。不料，还没解放，这位哥哥因命债在身潜逃东北深山老林，六七年后被揭发和枪毙。这六七年间，外婆的这位胆大包天的哥哥还娶了位太太，生了几个孩子。半个多世纪过去了，音信杳无，母亲家的这一支血脉是风筝失线，失落在东北大地上。

陶家一家和王家姑爹最终去了台湾。陶家刚出生的二儿子、王家姑婆和她的三个儿女留了下来。大舅舅与南京表弟从南京出发，随解放大军南下，落户在云南文工团。日后不久，表弟成为大舅舅的大舅哥。上世纪60年代，陶家从台湾举家迁到美国夏威夷，后来去了旧金山。70年代中期，中美恢复邦交没两年，陶家姑婆病重，想念大舅舅。在父亲的帮助下，刚刚脱掉右派帽子的大舅舅，拿着探亲签证，渡过重洋，去探望分别了近三十年的亲人。姑婆去世后，陶家姑爹念旧，希望大舅舅留在旧金山陪伺他。大舅舅这一留就是近四十年。

带着儿女坚持留在大陆的王家姑婆倒是活了很久。我见过这位姑婆，这位现实版的王熙凤。

王家姑婆晚年总是一个人端坐在大屋子里，长脸，说话很轻，不怒自威。儿媳妇老实，端茶送水，恭恭敬敬。我们小孩都怕她，绕着她走。鲁迅写他的曾祖母一个人坐在黑暗中，淘气的孩子爬上膝盖拽一拽头发，也不生气。我们这位姑婆，是没有哪个孩子有胆量爬上她的膝盖的。只有姨妈例外。姨妈与王家姑婆一见面就叽叽咕咕，老人家偶尔还会笑得前仰后合。一人一命，大小姐出身的王家姑婆，前半生被人伺候，后半生为了生存，施与别人难以想象的痛苦和折磨，自身想必也经历了难以想象的痛苦和折磨。当年她为什么不愿随夫去台？在她和姨妈的交谈里，也许有一些秘密可以共享。王家姑爹去台后再无音信，两岸“三通”了，传来的消息是人已去世。凝望那端坐俨然的背影，王家姑婆的内心世界，我们永远无法懂得。

老式人家礼多。母亲回娘家，也会给王家姑婆送去礼物，但很少与她交流。以至于很长的时间，我都以为那位威风凛凛的老太太是母亲家的老街坊。外婆最痛苦的那些日子，年幼的母亲都看在眼里。母亲说，王家的儿子经常在外婆正吃着饭的时候大喊：“陈师娘，你出来！”陈师娘就放下饭碗，跌跌撞撞地去拿纸糊的高帽子。某种程度上，外婆的确是被王家人气死了。母亲说，由于外公抽鸦片，外婆投资不当，家里早已破产，除了一些字画文玩，并无多少浮财。起初，外婆生活还很正常，在云南工作的大舅舅也来信说准备转业回家。但接着就不对了。当时号召打地主分浮财，率先跳出来，喊得最凶的，不是别人，正是嫡亲的王家姑婆和她的两个儿子。特别是那位老大，因为表现积极，当了队长，整天喊着批判陈师娘。陈师娘就是外婆，他的舅妈。外婆住了半生的老宅，现在住着王队长一家。小脚的外婆和她的小女儿挤在老宅的门房里，一会儿被王队长勒令坐“喷气式飞机”，一会儿去扫街。这位王队长明明亲爹就在台湾，有更严重的海外关系，能够神奇地当上了队长，还分了外婆的房子。用了什么高招？就是拿外婆当替罪羊，转移视线。现在想想，王家姑婆教唆儿子这么做，一是为了撇清关系以求自保，另外也因为其内心大约从未把外婆当作亲人，从施虐中获取快感。总而言之，亲人间的背叛，比不相干的人的虐待更具杀伤力。奇怪的是，姨妈跟这位姑婆的关系始终很亲密。王家姑婆将近90岁才无疾而终。这期间，所有关于姑婆的消息，都是姨妈讲给我们听。小舅舅兆健对此尤其不满。

外婆去世后的第三年，母亲去外地读书，体检时体重不足50斤，差点被招生办拒之门外。此后又过了将近二十年，母亲才带着她的丈夫和孩子，再次见到自己的哥哥姐姐。

母亲的两个哥哥年轻时相貌酷肖，不熟悉的人往往会认错。兆健舅舅要瘦一点，高一些。除了姨妈，母亲70岁后的模样跟哥哥们也很相似，兄妹俩簇拥在沙发上，竟然像老哥俩，DNA遗传的顽固性可见一斑。晚年的兆健舅舅佝偻了，皱纹深刻，比旧金山舅舅还显苍老。旧金山舅舅是全家精神核心，我将另著文记述。

在母亲的亲人中，我第一个见到的是兆健舅舅，其次才是姨妈。

1977年，这个日子，不会错。这年，这个叫刘琼的小姑娘7岁，基本是个文盲，被祖父母坐船坐车送到小城。父母在小城工作。小城真小，生活在这里的人互相知根知底。小到拎着一个印着大红牡丹的水瓶去荷花塘的老虎灶冲开水，去老虎灶的那条青石板路刚刚下完雨，滑了一跤，壶碎了，还没回到家，小孩子的耳朵里似乎已经传来了母亲怒气冲冲的训斥。当然，这只是小孩子的想象。母亲那个时候虽然年轻，但脾气极好。母亲姓陈，单位里的人都喊她小陈或陈阿姨。喊“陈阿姨”的那个新入职的姑娘其实比母亲小不了几岁。从前人为了表示尊重，会伏小做低，明明是弟——会称兄，明明是同辈——会尊称长。年轻的小陈或陈阿姨长得好看，当然，最主要是性格温和。母亲和婆家的关系一直很亲密。我们老刘家这一支明末从江西南昌迁徙到安徽，又经数次调整，定居在水泽之乡芜湖。外来户通常有危机感，凝聚力较强，老刘家人日常往来因此比较频繁。乡下人简单，有时候不太讲礼，当然，通信也不发达，往往中午十二点下班，母亲急急忙忙从单位赶回家，刚煮好饭，对门奶奶一声“小陈，又来客人了”，走进来三五个在城里办完事的亲戚和亲戚的朋友。特意为孩子们长身体准备的一小碗红烧鲫鱼，瞬间成了客人的下酒菜。母亲脾气好，小孩子不高兴了。母亲通常还会差我们去机关大院外的卤菜摊，斩上三两块钱的红鸭子。卤鸭分红白两种，卤汁卤出来的是白鸭子，红鸭子指烧鸭。那家卤菜摊的红鸭子皮脆肉嫩，特别出名。要是赶上吃早饭，我们就得端着搪瓷缸去马路对面的荆江饭店买两屉小笼包待客。回回如此。亲戚们都夸奖母亲贤惠。贤惠，大概是小地方人对于女性的最高评价了吧。父母是双职工，工资低，花销大，记得每到月中，母亲便悄悄去找管劳资的陶奶奶预支下个月工资，所谓寅吃卯粮，实在因为入不敷出。这样的日子里，我们最盼望祖父母来家。祖父是离休干部，工资高，父亲又是独子，祖母格外溺爱父亲，每次祖父母来看我们，几乎就是整个副食品公司上门服务，各种时令鲜货如菱角、荸荠、甘蔗、粽子，等等，一应俱全不说，还有清早刚从屠宰场买来的猪里脊肉和各种下水，从“出入风波里”的小渔船上趸来的成袋活鱼。豆腐坊女儿出身的祖母，厨艺是出了名的好，一把普通小青菜都会炒出滋味来，面对嗷嗷待哺的几张嘴，更是使出浑身解数，顿顿变出花样。祖父祖母来家的日子，是小孩子的节日，不仅口腹之欲大大满足，因为有祖父母的依仗，父母对我们的管教也会适当放松。可惜，不等自带干粮吃完，祖父就说要走了。母亲一定是苦苦挽留，小孩子也眼泪汪汪。这种情况下，往往是祖父先走，祖母再单独留下来住上半个月。待到祖母要走时，祖母自己先就不舍、流泪，临行前还会给每个孩子都留下零花钱。如是，在孩子的错觉里，只道我们兄妹是祖父母疼、祖父母养。

与祖父母如此相亲的一个客观因素是，很长时间里，我们只能感受到父亲家族的亲情。从我们生活的芜湖到母亲的娘家当涂，直线距离不足80公里，9岁那年，我才第一次见到母亲家的亲人。

能够见面的确切原因已不记得。在此之前，主要是不能见面的日子，母亲与她的哥哥们似乎断断续续在通信。一个人关于语词的记忆特别偶然。比如我，第一次知道“唇亡齿寒”这个词，只有八九岁，是无意间在忘了上锁的抽屉里看到兆健舅舅写给父亲的一封信。兆健舅舅信中先是热情洋溢地夸奖了一番父亲对于母亲的多年照顾，说我和你的关系现在是“唇亡齿寒”，今后要多联系、多关心，等等。大意如此。文绉绉，新鲜，好奇。

第一次见面是1979年的冬天。那年冬天，南方奇冷。对于我，这次见面是悲惨的记忆。大年三十的黄昏，雨雪霏霏，父亲母亲领着我们兄妹，背着特别沉重的年货，一路换车，最后停在了采石矶。李白的叔父李阳冰在当涂当县令，李白一生七次来此并终老青山，青山李白墓迄今仍是文人雅集之地。可惜，美丽的采石给我的第一印象，是泥泞和严寒。父亲母亲拿着一张写着地址的字条到处问路，夜幕下，行人越来越少。已是掌灯吃年夜饭的时分，近处远处的炮仗稀稀拉拉地响着。哥哥牵着我的手，深一脚浅一脚走在后面，又冷又饿。寻找还是无望。兆健舅舅婚后定居的这个地方，可怜母亲大人也是第一次来。我哭了，不肯继续往前走。娇气，任性，这一场哭泣后来成为哥哥笑话我的主要把柄。总而言之，这一场艰难的寻找最终结束在深夜。就在父亲和母亲都快绝望之际，竟然邂逅小舅舅兆健家的一位邻居，他从外地回乡。热情的邻居直接把我们送到兆健舅舅的面前。通信设备不发达的年代，兆健舅舅的后院里，一大家人正一筹莫展。见到素未谋面的妹夫和孩子，桀骜不驯的兆健舅舅一把抱起还在哭泣的我，傻呵呵地笑了。这时候，从后院走出来一群女眷。那其中就有姨妈——姨妈自然是最醒目的女性。具体的细节忘了。姨妈反正流泪不止。姨妈的能干和气质像探春和史湘云的结合，她的善良却是李纨式的善良和柔软，因此，就连气死外婆的王家姑婆也能在她那儿获得友谊。面对二十年没见的小妹妹，姨妈百感交集。姨妈一生豪爽大方，是日常生活里的女侠，与母亲感情又极好，见到我们这些侄儿侄女，恨不能把口袋里的钱都掏出来当压岁钱。姨夫在一旁尴尬地笑着。母亲敏感，坚决地制止了姨妈的豪举。

母亲小资，早就托人从上海捎回各种图案各种质地的漂亮手绢，这会儿从行李包里拿出，一一分送给表姐们。男孩子们当时是什么礼物，我忘了。多出的两块最后悄悄地塞给最小的英表姐。她不知何故，正噘着嘴生气。这位爱生气的英表姐，我们后来都叫她气表姐。气表姐成年后陷入传销陷阱，差点把命给丢了，这是后话。夜深了，小舅舅端着酒杯一饮而尽，说：“我们一家终于团聚了！”

我已是一个男孩的母亲后，母亲和父亲有次当着我的面谈起姨夫姨妈，起了纷争。母亲说姨夫不配姨妈，父亲坚决不同意，说姨夫当时娶姨妈，是姨妈的高攀。

姨妈的前两次婚姻是我们家的秘密。长到30岁，我都以为姨夫是姨妈的原配。老中专生的姨夫爱计较，姨妈恰恰格外大方、大气，两人性格反差巨大。小孩子都喜欢大方的人。我认识姨妈的时候，农民出身的姨夫在市机关工作，城里分了房，姨妈这位前大小姐还是愿意回乡务农。她可真能干，也爱干活，完全是劳动妇女的麻利和勤劳。干完农田和菜园的活，姨妈在自家的客厅开辟了一个小小的杂货店。我第一次到姨妈家，就被这个微型杂货店摆放的各式糖罐深深地吸引。姨妈大方，村民来店里打酱油、买火柴，喜欢赊账。村民收入来源大多很少，有的人赊到最后，还不起账，就开始赖账。尽管是这样，姨妈还要抓两颗水果糖，硬是塞到那位抱在怀里的小妹妹的手里。一年结算下来，杂货店连本都收不回来。当会计出身的姨夫不高兴了。这个店开还是不开，成为他们家常年吵架的源头。“傻大方”，是姨夫给姨妈判定的罪责。姨妈不傻，姨妈就是大方，加上脸皮薄，她拉不下脸来跟人要债。另外，必须承认，在泼辣这点上，姨妈真是不及一般劳动妇女。乡村社会，红白喜事应酬多，应酬在于来与往，姨妈的“往”总比“来”的标准高。原先村民收入少，姨妈这种大方还可理解。最近这些年，这个地方开矿山、修机场，村民手头有钱了，还是这样的往来模式。姨夫当然不高兴了。宅心仁厚的姨妈眼里，大约人人都很可怜。别人稍稍哭下穷，她就信了。

姨妈总是吃各种亏。姨妈家的隔壁住着姨夫的父母和弟弟一家。两家一墙之隔，但往来不多。热情大方的姨妈，与普通邻居反而出出进进来往频繁。年幼时对此很不理解。后来知道，当年姨夫娶姨妈，不是没有压力，而是顶着巨大的家庭压力和社会舆论压力。就拿兄弟两人联合建房来说，按理应该一家一半集资，父母开口了，说弟弟收入不及哥哥，哥哥应多出。分房时，至少一家一半吧，反而是弟弟比哥哥多分一间，理由是父母跟他们同住。长子为大，姨夫是长子，习俗上长辈应该跟姨夫住，但公婆拒绝了。没说理由，大家心中明白。姨夫跟姨妈结婚，姨夫的父母对这位结了两次婚的儿媳是千般万般地不满意，万般千般地反对，无奈儿子坚持，老两口没办法，儿子终归是儿子，他们最终是把鄙夷和冷淡毫不掩饰地撒到姨妈的身上，甚至殃及孙辈。他们不仅嫌弃姨妈，还嫌弃姨妈跟姨夫生的三个孩子，这使姨妈愤怒和痛苦。在传统中国社会，因为联系密切，婆媳矛盾是常有之事，有智慧的丈夫会调停双方，大事化小，小事化了。我的这位年轻又帅的姨夫结婚时颇有勇气，但结婚后对家庭关系的复杂性既缺乏充分的预料，又缺乏化解智慧，于是家庭关系越来越复杂，大家庭失和，小家庭也失和。姨夫姨妈的性格反差显示出来，作为男人的姨夫，在姨妈眼里的分量越来越轻，越来越无法依靠。再强势的女人骨子里都是柔弱的，都需要爱人呵护，何况是姨妈这样命途多舛、曾经经历过甜蜜爱情的女性。一腔热血或者是被爱情迷惑的姨夫，走入婚姻后，忘了一个基本事实：对于一个社会，家庭是独立的政治单位，婚姻是经济关系，也是政治关系，夫妻是命运共同体。生活的压力全部叠加到姨妈一个人身上。与公婆不和时，姨夫又常常指责姨妈。两个人的矛盾越来越深。姨妈那张曾经欢脱昂扬的脸渐渐地就垂了下来。

尽管百般不易，姨妈这一生的主要时光都贡献给了姨夫。

待到我稍稍解事，姨妈和姨夫的家庭矛盾已尽人皆知。小姑娘喜欢瞎想。有时候，我就想姨妈要是嫁给一位温和的姨夫，会是什么样呢？

姨妈会是什么样呢？从母亲和长辈们的嘴里，姨妈的前尘往事渐渐浮出水面。

姨妈的第一次婚姻解体，姨妈占主动权。姨妈离婚得到大家支持。这次婚姻，没有给姨妈留下任何负资产。

姨妈一生最幸福的时光，是第二次婚姻期间。那是姨妈最好的年华，恰当的时候，遇到了恰当的人。然而，最好的年华最短暂。外婆去世那年，姨妈的第二个丈夫跳楼自杀了。

母亲讲这一段的时候，正是月圆的夜晚。好像还是中秋节。我们家有拜月亮的传统。每逢中秋，母亲总是当窗摆好桌子，放上四碟供品：石榴，苹果，菱角，月饼。那一年，应该还在读研，我从杭州回到芜湖过中秋。夜深了，一边嗑着菱角，一边聊天。母亲开始不把我当小孩了。母亲叹息，说姨妈的命真薄啊，明明很出色的丈夫，明明很恩爱的夫妻，何况女儿出生刚刚一个来月，怎么就会去跳楼呢？据母亲描述，这位姨夫文质彬彬，脾气特别好。母亲说这话时，潜意识里一定在拿后来的姨夫作比较。

脾气特别好的第二位姨夫去世时才26岁。1957年“反右”，这位书生气很浓的姨夫起初很积极，带头揭发别人，没想到扩大化的战火很快烧到自己头上，想不通，一头从楼上跳了下来。姨夫死的那天，正是夏天，南方夏天的雨又急又大，持续了整整一天。傍晚时接到消息，只有十来岁的母亲，陪着可怜的姐姐去太平间看死去的人。母亲说她怕极了。母亲说这话时，我的毛孔仿佛也竖了起来。姨妈当时还在月子里，姨夫的消息传来时孩子正发着烧，不久后，也死去。这是姨妈的第一个孩子。老天似乎跟她开了一个玩笑，瞬间把一切都剥夺了。滂沱大雨不停地下，天都下漏了，姨妈的眼睛也哭漏了。哭了整整一个夏天的姨妈，坚强地活了下来，只是沉静了。她的幸福仿佛正在离她远去。

母亲讲这一段的时候，也是我的一位平素安静内敛的男同学突然跳楼的第二夜。他死后，我们在他的宿舍里发现了写满字句的纸张。这位黑龙江北安考来的男同学，内敛，安静，内心酝酿着巨大的火山。若干年后，也是这样的季节，我的一位年轻有为的男同事从六楼跳下。死是一个人的权利，姨夫以那种决绝的方式离开人世，是姨夫的自由。对于姨妈，却是永久的伤害。这么多年来，姨妈很少谈及这位姨夫。只有一次，她跟母亲聊天，聊到人性，她说：“那个人的性子太软。”这么多年过去了，姨妈的话里还带着不能释怀的恨，她是恨他不陪自己度过漫漫人生，恨他把没有办法了却的思恋和痛苦留给生者。尊严是男人的生命，尊严有时不过是巴掌大的事情，在女人看来。

“心比天高，命比纸薄”，是中国古典小说《红楼梦》对林黛玉、晴雯、妙玉这类女性命运的提炼。追求爱情和婚姻自主的姨妈，挑来挑去，挑到第三位姨夫。

母亲偶尔抽空带我们去看姨妈，姨妈特别高兴，在那张有着踏板的旧式大床上，姐俩常常要絮叨到天亮，睡在隔壁的姨夫是姐俩永远不变的话题。姨妈的无奈也像岁月一样永远不变。中国式的劝架劝和不劝离，母亲也如此。我在脚头听个一鳞半爪，睡着了。

心高的姨妈，与姨夫磕碰了一辈子，终是把日子过了下来。姨妈50多岁的时候，公婆去世了。姨夫跟姨妈也吵不动架了。公婆去世后，姨妈的第一个举动，是把乡下的住宅跟隔壁小叔子家彻底地切割开来，往后退了五米，圈了个独门独户的院子，盖了栋小洋楼。有段时间，可能是姨夫刚退休那几年，前庭后院住满了大大小小各种植物。被姨妈伺候了一辈子的姨夫，开始殷勤地伺候他的那些花儿草儿、盆儿景儿。这些娇气的花木在姨夫的手里居然蓬蓬勃勃，花木都颇有姿色。一辈子，姨妈都没有这么清静过。花木葱茏的小院似乎有了点世外桃源的味道。

世外桃源的日子很短暂。先是小院原址被机场建设征用，后是姨夫突然倒下。

姨妈和姨夫住回城里。三室一厅的房子，空空荡荡，老两口终日面面相觑。一日早起，姨夫突然舌头就打结了。这是开始。接着，记忆崩溃，貌似精明了一辈子的姨夫就这样痴呆了。痴呆了的姨夫有一天上洗手间，坐在马桶上，就再也没有站起来。

想起1979年那个冬天的夜晚，姨妈掏钱姨夫尴尬的笑，想起更多充盈日常生活的来来往往，想起姨夫年轻又帅时的热情。姨夫很高，也瘦，肤色白皙，即便是年老痴呆后也还干干净净。姨妈嫁给姨夫，也一定感受过爱情的欢愉。姨夫走了，我们都为姨妈松了口气。这是我们的私心。姨夫这辈子大概连一个碗都不曾洗过，姨妈像伺候孩子一样伺候着姨夫，不包括各种责难。姨夫走了，姨妈应该彻底轻松了。姨妈的腰从来都是直直地挺着，70岁的时候，从远处看，背影还像个少女。姨夫去世后，姨妈的腰开始佝偻。母亲担心，邀姨妈来京小住。姨妈答应了。冬天推到春天，春天推到夏天，这个夏天应该可以成行了。

突然想起一个遥远的细节。也是一年春节，大家聚在一起包饺子，不知为什么，姨妈就摸着我的手对母亲说："这丫头贵人命。手指又长又圆，手掌还那么绵软，有肉。"当时正在学汉乐府诗《孔雀东南飞》。从芜湖坐轮渡渡过长江，就是庐江府。庐江府小吏焦仲卿妻刘兰芝的故事那么悲惨没记牢，记牢的反倒是"腰若流纨素，耳著明月珰。指如削葱根，口如含朱丹。纤纤作细步，精妙世无双"这几句。中学生一边背书，一边相互比较，看看到底谁是"指如削葱根"。我先自颓了。不想，这被嫌弃的绵软有肉的手，在姨妈眼中竟是"贵人”。许多年过去，姨妈当时惊喜的模样又还原到眼前。姨妈自己“指如削葱根”，是标准美人手，但她好像并不满意。

《孔雀东南飞》里还有几句我也喜欢，它是“枝枝相覆盖，叶叶相交通。中有双飞鸟，自名为鸳鸯，仰头相向鸣，夜夜达五更”。

（原载《雨花》2018年第1期）

# 我和爷爷的战争

◎陆　梅

起意，写在前面。

起意是因为爷爷。那天凌晨，我做了一个梦。梦中突然感觉我的床前站了一个人，明明含着笑，还是吓了我一跳。他似乎有话说，却被我的蒙头一惊搅了气氛。这个人，个子不高，穿对襟靛蓝粗布衣，束一袭大腰布襕，长及脚背的宽大布襕，装得下一个小人儿。

——他是我爷爷吗？把自己整饬得干净、古风。不论劳作还是去小镇街上喝早茶，都这样一副装扮，那是刻在我脑海里的经典印象。果真是他，那么他想要跟我说什么？是来告别吗？还是因为家乡容不得他的安宁想来托梦于我，要我记得那些将要和已逝的人们，那些消失了的时间和命运？

这一天——2015年3月31日，姐姐在微信里发图，说爷爷的墓这日迁葬。惊异般的，我在微信里翻出这个日子，打算着手写这本小书，并敲下开头几行字，眼睛扫了一下台历：2018年3月31日——竟是这么巧，三年后的同一天！我坐在电脑前，想着写一写爷爷和我童年的故乡。冥冥中的巧合吗？噢，我更愿意看作是我的命运！这个日子，恰也是清明前的日子，万物皆洁齐而清明。

时间推回到三年前的3月31日。照片里，小狗妞妞在田间小路上做最后守望，野芒草在长长的田埂路上铺排疯长。清和明丽的阳光打在妞妞金闪闪的脊背上，晃得我眼睛生疼！家乡很快要被夷为平地，新一轮的旧城改造已全面启动——我在前一日（2015年3月30日）的报纸上找到了佐证：“松江区旧改加速：让百姓早日解困，让老城焕发活力”——这个老城就是我小学、初中念书受教的华阳古镇。三年后的今天，它已然成为上海数一数二的“中国特色小镇”（上海有九个国家级特色小镇，华阳和车墩两镇合二为一后成为松江区唯一入选的特色小镇），由这小镇辐射开去，这里将新建一个郊野生态园。小镇的历史可上溯至三国时期的东吴。且说报纸上跨版标题粗大的黑体字宣告了一个铁的事实：父亲母亲和村子里住了大半辈子的乡亲都得迁往别处去居住。家里至亲的墓地也不得不迁出。古话说:“穷不改门,富不迁坟。”万般空茫愁绪无语凝噎!

从此后,我再也不能早春时节念念着老家门前那棵紫玉兰,相逢一场“纷纷开且落”的辛夷花事;再也不能坐在庭院天伞般华盖的老桂树下,和家人一起说话喝茶、痴生梦也是香的欢喜了!从此后,“虽说故乡,然而已没有家”(鲁迅语)。心念一闪,想到这日凌晨的梦,悚然一惊。

晚间吃饭,我将这事说与家人听。小女哀怜地问:“妈妈,为什么外公外婆的家要拆呢?能不能不拆?或者是拆了还可以在原地再造……”

这年小女十岁,我最初起意想写一写我和爷爷的故事,她还只六岁,这个存于脑海间的小说终究被我一宕再宕,如今小说未成,家却已是瓦砾一片!

吃完饭,我净了手,悉心擦拭友人从金阁寺请回的香炉,一个海青色陶釉小沙弥。我给爷爷点了一炷香。我在心里对爷爷说:“倘若真有天人感应,请爷爷放心,虽然你的住地不得不迁移,但是我们都会来看你。我知道,你念念难舍你的菜园子,你的竹林、山冈和家园,我在你面前许个愿,我要尽我所能,留住你深爱的故乡!”

愿是许了,心中的结还在。倘若没有家乡的拆迁,没有因为拆迁而不得不迁坟惊动了爷爷,是否,我早把故乡和爷爷给忘了?偏偏爷爷早不来晚不来,就在迁他坟的当日进入了我的梦境,而事先我对此一无所知,父亲顾念我的忙碌不曾告知……

爷爷,是否连你也不满意我的一宕再宕,实在等不及,亲自跑来给我神启?

早在我完成长篇小说《格子的时光书》后,曾起意写一写爷爷——“一个人和他命运的友情”,余华对《活着》的评价令我心有所动,我也想写下一个故事,时间的故事——多大的主题也莫过于时间的主题,一切悲怆的故事莫不是时间的故事,所有浩大的成本莫过于时间的成本。书名我都想好了:《再见,婆婆纳》——还是以漫生野长的乡间草木为引子——《格子的时光书》里是鸭跖草,这本爷爷的故事里是阿拉伯婆婆纳,它们都开蓝莹莹的小花,都是女孩格子熟稔并喜欢的。鸭跖草花顶着晨露而开,只开一上午,太阳一出就凋零了。而阿拉伯婆婆纳却有着强劲的生命力,田间、坡地、山冈、坟头,到处是云母般闪着蓝光的小碎花。它们就像爷爷的生命。

可是这个念头在我陆陆续续读到一些作家的虚构和非虚构追忆故乡的文字后，又有些迟疑了。如果超越不了前一本《格子的时光书》，那么我的这本《再见，婆婆纳》写的动力就不够；如果仅仅是为乡村的“失去”唱一曲挽歌，那么再怎样试图回望童年和故乡，都不足以揭示和呈现童年最独特的生命精神。我在停滞中困惑着，思考着。这个小说终究搁置下来。此后，我写了一个以二战为背景的小说《像蝴蝶一样自由》。

然而我的脑海里仍葱茏着阿拉伯婆婆纳的影子，它们漫生野长在早春的乡间，那一地绿茸草叶间的蓝色小碎花就像是星星的眼睛，牵动着我的心灵。

如果植物也说话，那么阿拉伯婆婆纳是否会抱怨：“我是我，爷爷是爷爷，你尽可以把我看成是独立的生命……”这个声音一起，我差不多该缴械投降——时不时，我的脑海里常会浮现更多故乡的野草花：紫云英、野老鹳草、繁缕、卷耳、蒲公英、车前草、彼岸花、木槿、飞蓬、看麦娘，当然还有鸭跖草，它们就跟阿拉伯婆婆纳一起，住进了我的心里。

“每个事物都有自身的生和死，有历史和命名。”我的耳畔波动着这样一声呼告。好吧，如果这也是爷爷给我的神启，那么我愿意换一种方式走进故乡，不是追忆，不是怀旧，不是为失去唱一曲挽歌，而仅仅是以最朴素的诚意再走一遍故乡，以一颗赤子般的初心记取故乡的一株草、一朵花、一粒尘，乃至水杉树上掉下的一滴夜露。它们都是有生命的，有自身的生和死。

“乡村是一道道通往天空的山坡。没有那些杂草丛生的山坡，我不仅难以偎依地球，而且真的无法抵达天空了。”熊培云这句追寻故乡的话深得我心。他打通了地理意义上的故乡——没错，故乡是地理的，也是精神的；是身体的，也是心灵的。虽然我们每个人都有一个故乡，可地理意义上的故乡并不直接等同心灵里的故乡。故乡既是你小时候生活过的那片土地，是你开始和出发的地方，故乡同样也是时间和命运，是你走过的道路。或者换个说法：那个地理意义上的故乡是家乡，当你把家乡上升为身体心灵里的故乡，也许，这样的故乡才是“一道道通往天空的山坡”。

我尝试着放下虚构，老老实实从自己的家乡出发，怀揣一个心灵的故乡，以散文的心情追一追故乡。如此，方可了却我那纠结于心的不安。

## 从爷爷的床底下开始

从哪里开始呢？对，就从爷爷的床底下。

——很多童年故事都发生在床底下。对一个年龄屈指可数的小孩儿来说，床底下是他们的理想迷宫，充满了探险兴致。多年后，我在很多书里看到床底下的童年故事，冒险、刺激，却又是安全无虞的。

和很多小孩子一样，我对爷爷的床底下满怀迷恋。爷爷的大床简直就是一艘大船，支着蚊帐的四个床架子就是桅杆和帆，床底下当然就是船舱，和神秘的海底世界息息相通。我总是躲在爷爷的床底下。爷爷的房门一打开，门虚掩着，他进去取放东西，一个转身，我就嗖地溜进屋，眨眼间就钻到了床底下。

大表哥有一回说，地球是圆的，美国就在我们的脚下。“脚下？——你是说地底下？”我踩踩地面，瞪大眼充满了迷惑。“对啊！离地几万尺。”大表哥信心满满，我真就信了。我想不明白那个美国在离地几万尺的地底下不是暗无天日漆黑一片？这个念头太强烈了，有一回在梦中，我从爷爷的床底下找到了通往“美国”的通道，那个美国竟然被一片汪洋大海包围着……

其实我是想说说我和爷爷的战争。爷爷的床底下只不过是战争的源头。

爷爷总穿一身对襟深蓝布衣，下面再束一袭大腰布襕。小时候我看他这种古怪装扮总忍不住笑，“只有女人才穿裙子！”我把大腰布襕看作是女人的裙子，在我短浅的见识里，不理解这是渐已消失的江南古风，爷爷难得还保留着。村子里和他差不多年纪的老头儿，没几个像他那样穿。我的家乡靠近浙江嘉兴，嘉兴一带东临大海，西北紧接太湖，冬天风大，布襕挡风御寒，像一件袍子一样直罩到脚面，前面中间部分有开衩和暗褡口袋，既保暖透气，劳作或蹲下时又都方便，这个布襕可以从深秋直穿到初夏。

爷爷手里拎一个细竹篮，每天一清早去小镇街上喝早茶，有时也会听一回说书，回来篮子里多了两根油条、一副大饼，或是一纸包炸好的臭豆腐、油煎带鱼、粢饭糕、海棠糕，红纸包着的雪白云片糕……上帝保佑，闻到这么香的吃食，我总是斯文扫地，拼命咽口水，眼睛直勾勾地盯着爷爷的篮子。爷爷也会拿出大饼油条来分给我和姐姐作早点，可这样的好事不常有。在六岁的我看来，爷爷并非慈眉善目，倒是凶悍又小气。他有很多的“不准”——不准踏入他的领地（他住的大屋），不准偷吃他的东西（偏偏他常有好东西，小街上带回的吃食外，还有自己腌的咸蛋，藏在床底下的深黑瓦罐里），不准偷摘他种的黄瓜番茄……

爷爷在屋门前辟出了一块菜地，用竹篱笆和木槿树围着。这个菜园子在他起早贪黑的侍弄下，很快成了气候，菠菜芹菜莴笋茄子刀豆青菜白菜胡萝卜白萝卜……长势喜人，放眼望去一片油绿葱茏。他很会“叠床架屋”，搭一个人字形竹架，黄瓜番茄刀豆在架上攀藤，架下鸡毛菜韭菜草头一茬茬，竹篱笆周围的沟畦边又点上了蚕豆和豌豆，总之绝不浪费一丝儿空间。这么多蔬菜瓜果，爷爷一个人哪吃得完，母亲有自己的自留地，也种上了各样瓜果蔬菜，他们两个赌气一样互不理睬，每日一得空就各忙自己的菜园子。母亲和爷爷宿怨已久。

爷爷劳动完就搬一把竹椅子坐在屋檐下抽烟，抽很便宜的飞马烟，那烟味儿真不敢恭维。说是休息，实则是看护他的菜园子。看着脆嫩嫩的小黄瓜一条条隐在藤叶间，尾巴上还挂着花呢，只要再经一夜两夜露水的滋养，带刺的小黄瓜就会噌噌噌长个儿，这时候爷爷就可以大清早掐下它们，和前一夜挑拣好码在箩筐里的绿叶菜一起，挑了担去小镇早市卖。

爷爷的担子挑出去，那些早行人都要行注目礼，因为相比他们的随意潦草，爷爷的蔬菜筐简直像艺术品，两大筐蔬菜一圈一圈摆得整整齐齐。草头经压，在最底下，接着放青菜，最上面是芹菜菠菜；还有一个箩筐放莴笋、茭白和黄瓜，有时为平衡重量也交错着放。通常他的菜卖得最快，卖完收拢好东西喝早茶。

我总是和爷爷过不去。想尽一切办法和他对着干。比如爷爷不许我这个不许我那个，我偏就反着来。我偷偷溜进他的领地，敛声屏息躲在门背后，再伺机钻进床底下。我偷过爷爷的咸鸭蛋，摸索着揭开罐盖，手伸进草灰盐卤，抓了两个大鸭蛋就猫腰开溜。因为太过紧张，总留下些“草蛇灰线”……又一次，门虚掩着，我故技重演，被躲一旁的爷爷抓个正着——

爷爷审问我：“看你还敢抵赖！”我缩了身子低着头，手抄在屁股后面，恨不能有个地洞，如果能隐形就更好了。我等着爷爷发落。等了半天爷爷的毛栗子还没下来，一个猛醒当即开溜。意外逃过一劫，我没心没肺得逞地哈哈大笑，还扬起两个咸鸭蛋向爷爷示威。爷爷余怒未消，顺手抓起墙根的一把扫帚追出来。我在前面逃，爷爷在后面追；我跑得快，声东击西，爷爷一身布衣袍子拖着，哪有我灵活！青天白日的，家门前演起老鹰捉小鸡来。爷爷突然就不追了，我已经爬上了一截矮墙，夸张地在上面金鸡独立。

“有本事你别回来！”爷爷丢了扫帚在场地上喘息，双手又是叉腰又是拍胸。我乐得在外面晃荡。这时节家里就我和爷爷两个人，大我两岁的姐姐到双梅小学念书去了，爸爸妈妈一早出门都在外面干活。

我依旧和爷爷战争不断并乐此不疲。如今回想起来，所有的导火索都因我而起。要到我上了高中，住读在校，难得周末回一趟家，看到日渐老去的爷爷总坐在屋檐下打盹晒太阳，那个时候他已经不大干得动农活了，去菜园子施肥浇水也气喘吁吁。他的身体每况愈下。他每顿饭都要吃很久，一吃就胃疼，吃快了就会被噎着。有时他干脆捧着碗坐在屋檐下吃半天。很多个周末，我见他端着碗，佝偻着背，一脸痛苦的样子。我走过去，蹲下来轻声问：“爷爷，还是胃痛吗?”爷爷点点头，说不出话。我摸摸他皱缩的布满老年斑的手，看他不言语，也就站起身，继续回屋题海战。我的脑袋里塞满了这门那门的功课，再也装不下其他。我把爷爷的病痛抛在脑后，不止爷爷，根本我就把家里的一切都抛在了脑后，我只知道自己的功课，不管不顾地走在自己的世界里，远远把故乡抛在一边。

爷爷是胃病去世的。爷爷走的那一刻，我坐在爸爸的自行车后座上刚从医院回来。我的扁桃体又发炎了，晚上折腾了一夜，到天亮醒来已肿大化脓，连咽口水也极度困难，爸爸一早带我去县医院看病。等看完病，自行车踩回村子的机耕路上，远远地，我听到了呼啦啦的哭声，还没愣过神，爸爸一下踩了刹车，人从车座上跳下，因为力度太大，我差点也从后座跌落。爸爸说：“你爷爷走了!”

要怎样形容我和爷爷的感情呢？如今他已成一个符号，似乎一说起爷爷，我的所有的童年记忆就回来了！时间真是一剂疗伤的好药。好比催眠大师，被导入一种暗示后的想象。我自是无法接受这样一种想象，可我又很难保证我写下的真就是我以为的，我对爷爷了解太少，我和他不曾有过亲密无间的交流。我们之间，总是不合的时候多。当然这种种的“不合”皆因我而起。

这会儿，我又去惹爷爷了。我趁爷爷不注意，冷不丁上去摸一把他的光头。爷爷总是把头剃得溜光，顶着一头青皮。爷爷骂我：“个小兔崽子，不作兴的啊！”爷爷很迷信，认为女孩子家是不能摸老人的头的。“摸了会咋样？”有一次我气呼呼问。“不吉利！”爷爷怒道。“哼，什么不吉利，真是迷信！”我发狠地去赶一只不识相的鸡仔，爷爷端着一碗糠皮拌碎菜叶正喂鸡，那都是他养的鸡，才长出绒毛上翅硬的羽毛来，可真难看！“好啊，反了天了！还不去割猪草，看你妈回来不打你！”爷爷恨恨地撒下菜叶朝我吼道。

我去后院屋角取了镰刀和篮子出门。这是我的每日功课。村子里，就我和两三个男孩女孩还不到上学年龄，那时候也没幼儿园可上，村子就是我们的幼儿园。我背着空竹篮整天在杂木林和山冈上游荡。

爷爷在我很小的时候常跟我母亲吵架，有两回还差点把我推向鬼门关。那时候父亲在大队部上班，母亲在一家乡办工厂三班倒，每天忙碌奔波，母亲就把我和姐姐托付给爷爷。为一些琐事，母亲和爷爷总生气，谁也说服不了谁，父亲也奈何不了。城门失火，这就殃及了我这条池鱼——有一天，我失踪了！

父亲和母亲怎么找都找不到我，我还太小，根本不会说话。父亲急了，一脚踹开爷爷的门。爷爷把我藏在他被窝里，生怕我睡醒了哭闹翻身，愣是把我盖得严严实实，要不是父亲及时进来撩开被窝，恐怕我就长睡不醒了。

还有一回，我已经会走路，是个大冬天，爷爷肯定在忙他的菜园子，我一个人出来溜达，走走停停到了村口的小河边。这条河东西向贯穿整座村子，我们家在最东边。潮涨时分，河流湍急，才会走路的我竟跌进了河里！这件事，我也一概没印象，我是怎么刚巧被村里的人看到，及时下河捞起拍醒，这都是后来听母亲说的。“都是你爷爷没看牢你，我和你爸都在上班，他倒好，丢下你不管，你差点没命！”母亲因此和爷爷结了仇，总不能很好地相处。

## 山冈“守墓人”

爷爷一个人住一间大屋，也就是客堂间，客堂间方正敞阔，两扇黑漆木门开在正西边，一南一北两侧靠东各开了一道小门。南侧的小门接我们家厨房，北端通大姑妈家的小门不知啥时候被堵上了。爷爷跟我们合用一个厨房，他烧他自己的饭，开他一个人的伙。

我从没见过奶奶。奶奶在我出生前就死了，是饿死的。爷爷说那时候大家都没有吃的，奶奶为养大几个孩子忍饥挨饿，自己脚肿得一按一个坑，慢慢就咽了气。我对奶奶的记忆就是墙上那张素白照片。照片一直挂在爷爷的大屋里，一双空茫大眼白天黑夜地瞪着，我总不敢直视，怕和她撞见，每次溜进屋我总往爷爷的床底下钻，可那双眼睛无处不在……这么着，我竟然还有胆量频频造访爷爷的大屋，可见在吃面前我是多么无畏无惧！

爷爷房间里码着一堆木料，长长粗粗的木头腾空靠墙搁着，足有我半人高。有时来不及躲避爷爷的推门而入，我会藏在木头底下。爷爷在木料上按一块板，就成了他置放东西的桌面。这堆木料我不知派什么用场，问爷爷，爷爷不搭腔。有一回我问姐姐，姐姐一脸笃定地说："你不知道吗？那是棺材板！""啊——，怎么会?!"我跳脚后退，一脸惊怕，仿佛一个无头鬼正冲我而来。姐姐嘻嘻笑着，那是她想要的效果。姐姐只比我大两岁，却像个小大人，从来不屑带我玩，村子里的大小女孩都听她号令，她们总聚在一处做各种女红，听红灯牌石英收音机里飘出的说书和越剧，结伴去青水河游泳、去邻村看电影，到小镇上买茉莉香洗发膏……影子部落一样秘密接头，生怕我这条小尾巴误了她们事。

这些木料后来去向哪里我还真不知，但是，的的确确，它们是爷爷备下打算做他死后的"睡屋"的。只是后来政策有变，人死后不再土葬改作了火葬。多年后，我在不少的书里看到，一个老人倘若有能力早早地为自己备下一口好棺材，那是这老人的福气。小孩家顽皮躺进棺材玩也是允许的，有些地方甚至就有这样的风俗。这很令我吃惊。我们常常是对死亡有所忌讳，认为"死"是不吉利的，暗沉的，更是可怖的。

——该怎样和孩子们谈生死？和还在童年秘密花园里走着的孩子谈论生和死、乡野中的坟墓，是否过于沉重和不合时宜？我很想知道今日孩子们的想法。不过在我的小时候，算得上是一件可怕又有趣的事情。好比说鬼故事，越怕越爱听，越听越怕着，可分明又很享受漆黑里蜷缩在一起听讲鬼故事时的惊怕和刺激。和鲁迅同时代的作家废名，甚至将"坟"看作是山一样的大地的景致。他在小说《桥》以及多篇散文中写到坟，这也是他酷爱的一个意象。

看看《桥》中的一段文字：

> 小林又看坟。
>
> 谁能平白的砌出这样的花台呢？“死”是人生最好的装饰。不但此也，地面没有坟，我儿时的生活简直要成了一大块空白，我记得我非常喜欢上到坟头上玩。我没有登过几多的高山，坟对于我确同山一样是大地的景致。(《桥·清明》)

> 前面到了一个好所在，在他们去路的右旁，草岸展开一坟地，大概是古坟一丘，芊芊绿绿，无墓碑，临水一棵古柳……(《桥·钥匙》)

啊呀，简直说出了我的心声！在我写下和爷爷的“战争”时，脑海里翻出的正是这样一处好景致，它甚至就是我童年的乐土！——我要说的是一片山冈。

爷爷总喜欢往山冈上跑。爷爷的菜园子就在山冈边上。家门前辟出的那块菜地不算，山冈下的菜园子才是属于他的广阔自留地。山冈紧挨着青水河（这是我给取的名，我曾在小说《格子的时光书》里这么称呼，倒把它真正的名字给忘了)，相挨着菜园子的是一片小竹林和杂木林。杂木林里的水杉树冲天，放眼望去直上云霄，还间杂着榆树枸树榉树合欢树和杂草丛生的灌木。每到夏天，杂木林里蝉声喧天，聒噪得叫人头疼。

爷爷在菜园子里一忙就大半天，有时候午饭也不回。早上出门，肩上扛着锄头镰刀，手里挎着他的细竹篮，篮子里一个茶缸、一纸包油饼和他的飞马烟，这是他的午饭和中午歇晌时的全部。爷爷锄地累了，总对着山冈上隆起的一个个土包出神。他的眼睛投注过去，阳光太烈，他手搭凉棚，眯起眼，锄头手柄支在腋下，一看就老半天。

这个佝偻着背的经典画面一直驻扎在我脑海里挥之不去。在爷爷还健在的时候，爷爷病病歪歪坐在院子里晒太阳的时候，爷爷化成灰、灰也埋入泥土的时候，这么些年间，爷爷在菜地里劳作的间隙，手搭凉棚，长久注视南方山冈上连绵起伏的土堆的那一幕，总在我眼前晃。我不明白其中的含义，甚或说，我不曾领会它对我的暗示。我尝试着以同样的姿势凝视山冈，——我看到了什么？葱绿的草木，凸起的坟堆。还有什么？坟头上星星点点的野草花。每年的春天和秋天，它们开得绚烂夺目。这些蓝色、黄色和紫色、白色的小野花是那样蓬勃旺盛，醒目地装点着隆起的土堆。因为有了这些鲜亮花草的点缀，这片山冈看上去不像冬天那般丑陋荒寂。那么爷爷是在看花草吗？一遍遍地看不厌。可也不尽是啊，炎热夏天和枯寂冬天，他不也照常如此表情？只能说，他是在看坟墓。他是山冈的守墓人。无数个白日，山冈上空寂无人，爷爷扛上锄头，到山冈上走一圈。

有一次我们在山冈上撞见。

“大热天的，你来干什么？”爷爷放下锄头，劈头就问。

“你来得，我就不可以来吗？”我正闲极无聊，斗斗嘴也开心。姐姐和她的影子部落不知去了哪里，家里空空荡荡，我才不想干瞪眼呢。

“对了，你不是在锄地吗？”我冲爷爷问道。

“留下一块，明天再弄。”爷爷说着往一个坟堆走去，我站着看他。

爷爷利索地整饬坟上的枯枝败叶，小心绕过那些开得金灿灿的野雏菊蒲公英和蓝到眼睛发亮的阿拉伯婆婆纳。

我走过去问他：“这是奶奶的坟吗？”

爷爷不作声，只顾一个坟堆、一个坟堆地整理。

“这里面埋着什么人？怎么这么多坟头！”我又问。

“这是乱葬岗，你以后少来！”爷爷将锄头一横，坐在了锄头木柄上，从暗褡口袋里掏出烟火点上，慢悠悠抽起来。

我蹲坐在爷爷对面。清明已过，天暖热起来，野蒿草散发出好闻的清香，我顺手揪起一把草花，小小的婆婆纳一朵一朵可真像蓝精灵，我捏住它们兜在手里玩。“既然是乱葬岗，那你干吗要给它们整理？”我闷闷地发问。

“他们呐，跟你奶奶一样，都是饿死的……”爷爷丢下烟头起身，再不理会我的纠缠。我跟在爷爷后面往坡下林子走去，一路走一路掐两边田埂路上的野草花。

“好好的，去揪它们作甚？”爷爷突然来了一句。

“又不是你种的花！”我冲爷爷的后背翻白眼，爷爷前倾的背更驼了，咦，他背上长眼睛了？

……

这么写着爷爷的时候，我竟生出疑惑：爷爷以一种什么样的信念活着？每天挥汗如雨的生活真就是他甘心的吗？有没有懈怠过？或者说，他怎么看自己日复一日的生活？

某一天，在安静的办公室里翻书，难得不被打扰的片刻，我读到这样一段话：

“我记得某天自己注视着一位老农固执地独自犁地。他顶着烈日苦干不辍，缺乏力量但技艺足以弥补，其熟稔出于对土地的长久热爱。地面久经日晒，但仍有下雨的希望，农民们都翘首以盼。我了解这种劳作的艰辛，因此我坐在绿藤环绕的凉亭里继续观看，心存敬佩却绝无嫉妒之情。”

于是就想起了爷爷。这样一个形象和我脑海里爷爷的经典画面叠印重现。而作者诺曼·道格拉斯的这本书《老卡拉布里亚游记》初版于整整一百年前。诺曼·道格拉斯是英国徒步旅行家。却原来，农夫的劳作一成不变，从古至今！而我之所以对这样一段文字心有所动，不仅仅是为呼应对爷爷的想念，那么还有什么？我放下书来。

谁会在意烈日下劳作的农夫呢？很久以来，我只在虚构的故事里遇见过他们，而对新新世界的孩子们来说更像是久远的寓言。我们其实早就远离了流汗和劳动的生活，五谷不分、麦韭难辨也不再是笑谈，因为孩子们都不认识。脑海里翻出凡·高，这个画家该是妇孺皆知，可所有的荣光都不是他的，他生前几乎没卖出过一张画。他一生窘困，他早期的画里有很多农夫在田里劳作或在暗沉室内片刻休憩的画作。凡·高是懂得农夫的，他也是土地的孩子。

因为已经很久没有挥汗劳作的生活，我们对农夫的想象只能通过画家的画作、古老的寓言等虚构文字里产生。说实话，我们对他们漠不关心，有时还笑话他们愚蠢。道格拉斯在一百年前就说了：“但是种豆的农民，那些收入取决于风与气候的人，只会说一切是上帝的旨意。他们包容自然的缺点就像包容一个任性的孩子一样。也难怪农民们信任自然远过于信任人。他们遭受过多年的压迫与暴政；而阳光雨露，即使有时反复无常，也比地上的主人们更像他们的益友”（《老卡拉布里亚游记》）。一百年后，虽然农民们所面对的问题已今非昔比，但是我相信：自然和土地仍然是他们最信赖的故友和需要呵护的孩子。

这么想来，我真觉得其实我并不懂爷爷。虽然他是我的亲人，但是当他在流汗劳作的时候，我却躲在林子里玩乐，慢慢长大后，我又离开了乡村，我离土地越来越远——一个没有经历过流汗劳作生活的人，怎么懂得这才是一种最自由和最清洁的生活？一个不接近土地和五谷的人，又如何理解这才是一种最可靠的生活？我其实没有资格论说爷爷，他对土地的感情，他日复一日艳阳下的劳作，他对山冈的投注和守护，他小心翼翼不去踩踏那些山野花草的柔软心，他即便是装一箩筐蔬菜也要把它们码得整整齐齐的认真劲……种种他的执拗怪癖和我眼里的凶悍小气乃至不可亲近，却是以一种再自然不过的生活进行着，这就是生活本身。此刻，我写下他，也并非要给他一个意义，而当我写下这一切时，我却清晰地看到了活着的时间。

家乡一道道通往天空的山坡里，肯定有一道是属于爷爷的。因为，“世界上唯有土地与明天同在”（玛格丽特·米切尔小说《飘》）。

（原载《广西文学》2018年第7期）

# 回鱼山

◎叶　梅

春天以来，一直想着回鱼山，大哥来过好几次电话，山东鲁南的口音稍重一些，便有些听不清，但几句关键词却是再三出现的："妹妹呀，回家不？清明快到了，该给咱爸妈上坟啦。"我说是啊，天天想着，但身边总有些事牵扯，总算在渐渐热起来的夏日，回到了黄河边的小村庄。

曾经写过一篇《致鱼山》，这鱼山是一座小小的山，属于东阿县，东阿值得骄傲的有两件常挂在嘴边，一是阿胶，二是鱼山。前者天下闻名，后者颇有些阳春白雪，知之者不多。但古来无数文人墨客到过鱼山，做过东阿王的才子曹植，身后就葬在了鱼山。说起来让人恍然，原来如此，果然是山不在高，有仙则灵。鱼山下黄河弯弯，波涛粼粼，是我的父辈居住过的地方，至今我的大哥仍守候在村子里。

大哥是父亲的前妻所生，父亲从山东南下到湖北，大哥在鱼山村长大成人，种地为生，到现在住的仍是爷爷那一辈留下的老院儿。那院子不大，过去三间土墙草顶房，院儿里长一棵枣树，树下一眼井，井旁边一口大缸，但凡要喝水，从缸盖上抄起瓢来舀着就喝。父亲与他的兄弟姐妹都在这院里长大。

前些年，父母先后魂归鱼山，从此我常常找时机回鱼山拜望。路是越走越近了，自从有了高铁，从北京到济南只要一两个小时，再坐上汽车沿高速公路而行，眨眼就过了东阿县城，径直往南，沿途的绿树下，有人摆着西瓜摊，还有些红桃黄杏，没看够就到了鱼山村。

大哥家在村东头，每回车到门前还没停稳，大哥就从院里迎了出来，大声招呼着："妹妹呀，回来了！"

每次都会发现这熟悉的小院些微变化。

一九八〇年初，我和大妹第一次回鱼山，那时大哥家很穷，能变钱的就是养在院里的一群鸡。这些鸡白天在院子里溜达、刨土，夜里就歇在那棵枣树上。一开始我们不知道，夜里出来上茅房，肩头突然一热，摸去稀糊糊的，抬头吓一跳，树上蹲着一些黑乎乎的大鸟，不禁大惊小怪地叫起来。大哥大嫂跑出来，乐了，说那不是鸟，是咱家的鸡。

鸡怎么会在树上呢？在我从小长大的三峡，山里人养的鸡一早就放出去了，满山遍野转悠，吃草丛里的虫子，天色暗淡之后，会跟着昂首阔步的大公鸡依次归到窝里。可大哥说："咱这儿的鸡就这样，它们愿在树上歇着，下蛋才在窝里。"又说，"北方跟南方，可不就是好些个不一样？"大嫂伸手去窝里掏鸡蛋，一手抓出两个，一手又抓出两个，笑嘻嘻地说要炒了给妹妹吃。

大嫂叫妹妹的声音又脆又甜。大哥原先娶过一个南方过来的女人，可进门不到一个月就跟着她"娘家哥哥"跑了，后来才明白那是一伙骗子，娘家哥哥其实就是她的男人。这对男女沿着黄河边的村子走来，逢人就可怜兮兮地说家里遭了灾，当哥哥的要把妹妹嫁出去找个活路，不要多的彩礼，给一笔让哥哥回家的路费就行。村里人一撮合，二叔就做主将这女人娶进了大哥的小院，可没想到日子刚刚过起来，有一天，这女的说到村头小卖部打瓶酱油，可一去就再也没回来。事后有人在东阿县城的车站见到他们，拎着大包小裹的，一看就是两口子的行状。大哥听说之后要立马去找，二叔叹了口气，说骗子跑得会比兔子还快，鼻子比狗还灵，人家早就不知窜哪儿去了，上哪儿找去？别费那个冤枉劲。大哥只好自认倒霉，见人就说："咱爸南下帮他们打仗求了解放，那儿的人咋还来骗咱呢？"二叔说："看你咋说的？啥地方都有好人，有坏人。"

可后来娶对了大嫂，邻村的姑娘，还上过几年小学，比大哥识的字多，虽然模样不怎么秀气，高个子，大手大脚，再加脾气挺倔，寻了几处婆家都没成，但跟大哥成了家贴心贴意的，接连生下两个儿子，小院儿的日子红红火火。

头次见面，我和大妹就被嫂子的笑容给融化了，她总是一开口就脸上带笑，咧着嘴，没有遮拦的，一下子就不觉得生分了。嫂子将原先放着一些杂物的东厢房收拾出来，一铺大炕烧得暖烘烘的，炕沿小桌上的柳筐里盛着炒香的"长果"（花生）、清甜的小黑枣，嫂子说："妹妹尝尝好吃不？这枣儿是咱树上摘下的。"她把好吃的东西都给我们拿出来，却把俩孩子牵开了，不让他们进东厢房。

大小子就站在北房门前，一直眨巴着眼睛盯着厢房这边，他穿着厚厚的棉袄，撒拉着两只手，瓮声瓮气地说："俺要吃煎饼。"他娘不在跟前，我问哪儿有煎饼？虎子仰着脖子，指着房梁上吊着的一个柳条筐，我搬过凳子取下来，筐里果然黄澄澄的一摞子煎饼。颜色看着诱人，但咬一口啪的碎了，干干的玉米味儿觉不出什么好吃，虎子却一手抓起一块，这边咬一口，那边咬一口，吧嗒着嘴吃得香甜。

想到大哥从小没上过学，再看看眼前的孩子，心里就升起一个念头，低下头来问孩子："虎子，跟姑姑去南方吧?"孩子不理会，只顾吃他的煎饼。

饭桌上给大哥嫂子敬了一杯酒，说："大哥嫂子，让我们把虎子带回湖北吧，让他好好上学念书。"哥嫂愣了一下，半天没回过神。夜里，北房的灯很晚都没熄，哥嫂小声说着话。第二天早起，大哥走到我跟前，郑重地说："妹妹，你们带走虎子吧，孩子就托付给你们了。"他转头看看嫂子，嫂子的眼红肿着，脸不扭过来，嘴里说："俺相信俺妹妹。"

哥嫂的话重千斤。抱着四岁的虎子离开鱼山村的那天早晨，天气很冷，平原上的雾像扯了一块纱幔，遮住了黄河的波涛，还有村里的人家。一床红花小被子将虎子包得严实，他睡得沉沉的，在我们的怀里一直从鱼山到了东阿县城，坐上去泰安的长途客车，孩子都懵懵懂懂的，随着车的摇晃，睡了醒了又睡。直到夜里在泰安的招待所住下，孩子才似乎真正醒过来，他眼神张皇地四下打量，陌生的房间，明晃晃的电灯下，两张床一把椅子，孩子突然咧开嘴就哭了起来："大大！娘——！俺要大大——！俺要娘——！"

鱼山的孩子给爹叫大大，大大和娘是保护神，虎子扯着嗓子嚎了一夜，怎么哄都不行。第二天上了火车，仍然接着哭，车厢里的人都一个个斜眼看着，只差将我们当作拐卖孩子的人贩子。连着三天，虎子哭得声嘶力竭，我们被他哭得心烦意乱，几度起念想把他送回去，但又不甘心。

为大哥和他的孩子做点什么，是早有的心思。大哥才一岁多时，父亲就南下了，从此再也没怎么管过他，五十年代是在忙革命，六十年代"文革"被打倒，一直到一九七九年父亲才走出牛棚，没对大哥尽到责任是父亲心里的一处痛。让大哥的孩子能从小读上书，不要再像大哥那样成为文盲，是我想为大哥也是为父亲能做的第一件事，或许算是替父亲一种补偿？说来话长，不管虎子怎样哭个没完，我和大妹咬着牙把他带回了湖北，这孩子很快习惯了南方的生活，成天在他爷爷身旁活蹦乱跳。冬去春来，多年过程难以细说，虎子上学念书长大成人，现在武汉一家企业做事，娶了一个漂亮贤惠的仙桃姑娘，仙桃过去叫沔阳，那地方的人说话像唱歌一样，生下一个女儿小名叫鱼儿，应该是朝着鱼山取的名儿吧。

夏日站在鱼山村头，还是跟往日一样，车刚到大哥就迎出来了，身后跟着身材魁梧的小二，多年前的情景仿佛就在眼前："妹妹呀，你们回来了？"

可是嫂子呢？嫂子没有了。

那个满脸带笑但性子倔强的女人走了，远远地走了，再也见不着她。只是因为与邻里一番龃龉，她觉得受了冤枉，心里的委屈咽不下去！大哥劝她，她也咽不下去，但她想不出法子出这口气，她伤不了别人，她是一个连鸡都不敢杀的女人，她只能伤自己。她舍下丈夫儿子还有孙子，决绝地走了。村里人都说她真是个傻女人，要说她多有福气，儿孙满堂，男人待她也好，不愁吃不愁喝的，为什么就一根筋，想不开呢？人们只能骂她的倔，狠狠地、泪流满面地骂。为她的离去，我从北京赶回鱼山，已是人去屋空，一抔黄土。心里说不出的难过，身材高大的嫂子，笑呵呵的嫂子，心眼儿怎么会这么窄呢？我长在三峡，晓得那山高水险的地方，一个个女子性情刚烈，却没想到山东的女人、我的嫂子也是这般性情，容不下半颗沙子。

人如流水，但黄河依旧，鱼山依旧，无数往事深藏于那些山川里，默默无语。似乎所有的一切都已随风远去，但其实它们都在那里，只要一回头，就都一一浮现。嫂子，你知道我又回来了吗？

黄河大堤显得越发高了，大哥家附近几年前建了一座浮桥，他曾经给我来过电话，问要不要投资，将来可以分红，村里人都是这样去动员亲戚的。我说我只是一个文化人，调北京工作之后，为了买房把所有的积蓄都花光了，还欠了贷款，再说也不懂投资，还是算了吧。大哥也没再多说。但后来回到鱼山，得知当年投资建桥的人果然每年都有分红，不论多少，好歹也算一份活钱。那浮桥用得苦，虽然经过要收费，但来往的大卡车拖着沉重的货物仍是日夜不停地驰过，轰隆隆的，扬起一阵阵黄沙。

村里上点年纪的人大都一副闲适模样，大哥跟他们一样，喜欢无事背着手，从村东走到村西，然后几个老伙伴约着上堤，坐在柳树下一边说话，一边看黄河东流。大哥的二小子全家都住在县城里，让大哥也去城里，但他待两天就跑回来了，就愿意守着鱼山。

这天他接了我的电话，专门把小二从城里叫回来，院子里外打扫得干净。小院几年前早已重新修过，三间土房成了砖房，又建了东西厢房、南房，门楼前也跟鱼山村大多人家一样，竖了影壁，上面画着迎宾松。院里的那棵老枣树枝叶繁茂，只是家里再没有养鸡，夜里也不会飞上去歇着了。树下摆着小方桌，井水里泡了个大西瓜，等我们一进门，小二立马从井里拎起来，切开鲜红的瓜瓤，憨憨地笑着："大姑，快吃。"

大哥说："妹妹，吃完瓜咱就给爹妈上坟去。"我们的父母安歇在村西边，过去有四五里地，每回都是走着去，但这天大哥说："咱坐三轮去。"说着挺自豪，从原来喂马的棚子里推出一辆电动三轮，模样很新，金万福的牌子，说是流行于东阿一带，是他前不久刚添置的。

大哥过去往地里送肥料、收玉米、捡棉花，只能肩膀扛、小车拉，后来好不容易买了一匹马，拴了辆马车，才轻松多了。现在有了这电三轮，从他骄傲的眼神里，这金万福就跟城里人的宝马、奥迪差不多。他把车推到大门口，叫了一声："上吧。"我就一蹽腿上去了，座位是他刚打的一个小马扎，扶着前面的车框，敞亮爽气，不过我还是有些不敢坐。

我怕大哥掌握不好，把我颠到路边的沟里去了，我说："大哥，你还是让小二开吧。"小二长得膀粗腰圆的，在河务段当工人，什么活都干过。大哥有些不太情愿地松了手，唠叨着："你看看你。"

车皮是蓝色的，太阳底下闪闪发光，咔咔地穿过村子里的小道，小二开着车，我和大哥坐在车上，迎面不时走来人，大哥跟他们打过招呼，又扭过脸来告诉我这是谁谁谁。我回鱼山已好多次，村里人好些都脸熟，只是叫不出名字，他们朝我点头，大声说："回来了?"

我说："回来了。"

山东人说这话时，"回"字用的劲大，而我说普通话，"回"字温温的，用不上劲，只能将"了"尾巴音拖长。我的话大哥都能听明白，可大哥说的话，有些我得问了才能弄明白。

再往前走，路上人就稀了，一望无际的平原大地，小麦已经收过，月头种下的玉米，一场雨过后嗖地蹿出了绿苗，迎着风居然可以轻轻地摇动了，就像刚刚满月的孩子，晃动着稚嫩的小手。

我问大哥这些年的收成，大哥说："嘿，麦子玉米，每亩地都能打一千多，每年还套种些豆子、棉花，吃不了用不了，往出卖不少。"又说收获的季节一到，就会有商人们到地头来收购，村里农户大多都跟商户早已签好合同，只要约上日子，将收割的粮食装上车，人家按照合同当场付钱，呼地一下就拉走了，再不必自个儿辛苦地弄回家去。

显然，庄户人种地比原来要轻松得多，到季节也不用下地锄草，撒上除草剂"百草枯"，一窝放一撮，再喷喷农药，地里既生不出虫子，也长不出野草。我一边听着，一边问大哥："这样好吗？"

大哥不假思索地说："都这么用，咱也跟着用呗。"

我琢磨着，虫子、野草原本也是大自然养育出来的，如果它们一个个再也没有活的机会，伴随着生长的其他生物、包括粮食就一定活得那么得意吗？有没有不用这些赶尽杀绝的办法呢？我不是科学家，也不是种田人，走在身边的大哥才是老农，但他也说不出个名堂，我们没法讨论。但想到大哥他们再也不像过去那样辛苦，又有一番释然。我说："大哥，如果能有更聪明的办法，不喷农药，不用化肥，更不要百草枯，让粮食也能丰收，种地的人也不再汗流浃背，该有多好。"大哥说："城里人都这么说，那赶紧把办法想出来呀。眼下施农药化肥的玉米都不好卖了，不值钱。"

是啊，年轻人都不爱种地了，小二和他媳妇好些年前就双双在外打工，先是在附近一家纯净水厂，后来又去了河务段，一直住在县城里，虽然还买不起房子，租了一个两居室，每月六百元的房租，但住得舒服，比在外面大城市打工的人合算多了。二叔、六叔的几个儿子，我的堂哥堂弟们也大都带着孩子离开了村子，真正留在村里种地的小伙子，一个也数不出来了。

今后这些地该谁来种呢？答案在生活里。事实上，鱼山村已经出现土地流转经营，由专业公司种植收割、加工销售。古老的土地悄然发生着变革，工业化、城镇化如平原上流动的风，一阵阵吹过，村庄和土地随风改变着模样。长眠在此的祖先，还有我们的父母，可曾知道？

小二将车停在一排杨树跟前，大哥说："到了。"眼前就是父母的墓，是在一片庄稼地里，往年来时，春季可见一望无际的青青小麦苗，秋天便是密不透风的玉米林，除了坟地，周围的地都是属于别人的，每回都生怕踩了人家的庄稼，小心地从一条窄窄的田坎上走过，但还是免不了踩到地里。但这次来，却惊讶地发现没有了庄稼，只见一棵棵高而直的杨树排列成行，绿油油的树叶，俊朗的树干，活泼泼的。原来大哥孝敬，为了让父母安心，春上将东边他一块好地跟人家这里换了，全种上了杨树，再不会担心扰了别人。

杨树林里，大哥捧出早就备好的香烛钱纸、水果鲜花，小二放了鞭炮，这是鱼山的礼俗，我们给安睡于此的父母叩头，大哥在前我在后，小二随着，大哥给父母说着话，家长里短，问寒问暖，说得周全。他是大哥，他谙熟乡间所有的规矩，在多次回到鱼山的日子里，我已经知道了。

风儿吹过，杨树细语，我们面对石碑静静地站着，大哥和我，他一直在北方，我一直在南方，但我们是兄妹，一根藤上的瓜，面前的石碑刻有我们的姓名，我们有着共同的根。

不爱说话的小二走上前，叫了一声大姑，说："姑啊，俺媳妇今儿也要回鱼山来的，可小石头今天小学毕业典礼，家长都得去……"

小石头是小二的儿子，一眨眼快念初中了。小二腼腆地说："俺小时候没怎么上学，老吃没文化的亏，现在寻思一定要让孩子好好读书。"

我点头，大哥也点头，说："二啊，你跟石头说，不读书的孩子没人喜。"

小二说："嗯。"

离开鱼山时，天色已黑，村子里的人家灯火点点，或许谁家又来了客人，一条狗汪汪地叫，马上又有些狗跟着叫了起来，此起彼伏，声音好生响亮，想必会穿过空旷的田野，传得很远很远的吧。城里的狗是不怎么叫的，即便叫，也被林立的高楼给挡住了。

从夜色中看那小小的鱼山，倒也像是一座楼，只是比城里的楼房多了百倍的傲然。月光勾勒出它的脊梁，嶙峋凸起，一派苍茫，原来已是几万年。

（原载《中国作家》2018年第2期）

# 怎样握住一颗眼泪

◎李青松

我跟海子接触有四年时间。因之诗社和诗。

1983年9月，我入政法时，海子也入政法。不过，我当时的身份是学生，海子的身份是教工。我说的政法，是指北京市海淀区学院路41号——中国政法大学（当时门口校牌子上的字是彭真的手书，现在改为邓小平手书了。入校时校长是刘复之，毕业时校长是邹瑜）。那一年，中国政法大学是在全国范围内首届招生（之前为北京政法学院），一下子就从内蒙古招来50人。我是其中之一。哐当哐当！哐当哐当！我是坐了一夜的草原列车进京的。当我背着行李，拎着网袋（里面装着洗脸盆和牙具），步履兴奋地被人流裹挟着，走出布满煤尘、异味弥漫的西直门火车站出站口的时候，天就亮了。

我知道，草原和沙地离我远去，新的一页已经掀开。

政法大学南校门之外就是小月河。河里蛙鸣喧嚣，河岸荒草连天。我当时想，若是把老家的羊赶来，一定会个个吃得膘肥体壮。城里的草，就那么白白长着，派不上用场，真是可惜了。

我本来第一志愿报的是北京广播学院，偏偏没被录取，却被第二志愿的中国政法大学录取了。当时，政法大学还没有分系分专业，可见当时办学之仓促（好像入学半年后才分系分专业）。

入校后给校刊投稿，就认识了校刊编辑吴霖和海子。吴霖有两个笔名，也叫江南，也叫陈默，毕业于华东政法学院。海子原名查海生，毕业于北京大学。吴霖和海子在一个办公室，面对面办公。我当时在校刊发表的第一首诗是《老教授的书屋》，责任编辑是吴霖。虽说中国政法大学是以培养法官、检察官和律师为主的政法高等院校，但法律课堂上的许多大学生仍然做着文学梦。这是一种悖谬——法律的功能是使每个人都成为理性的人；而文学的功能是使每个人成为感性的人。

法律是收敛和约束情感，使看不见的东西不被看见。而文学则是张扬和放大情感，使看不见的东西被看见——而且不光是使自己看见，更是通过自己的表达使别人看见。

从本质上说，每个人都渴望看见——看见青春的美，看见生活的美，看见世界的美。

那个年代，正是校园诗歌盛行时期。那个年代，正是校园文学气象万千的时代。今天，当我转过身去，向着那个时代遥望的时候，腾的一下，浑身有一股热流在澎湃涌动。——我们应该向那个时代致敬！

在吴霖的鼓动之下，经校团委和校学生会批准，我便不知天高地厚地发起成立了中国政法大学诗社。海报刚刚贴出去，就有上百人报名参加。我们还是从严掌握的——最后通过审核作品和面试，录取了55名同学为诗社成员。我被任命为首任社长。副社长是王彦、张国森。骨干有曹洪波、李艳丽、王淑敏、郁红祥、齐晓天、王光、孔平、贾梅、李成林、孟朝来、荀红艳、武彦彬、商磊、庞琼珍、付洪伟等。同时，我们还创办了一本诗刊《星尘》。我任主编。刊名是吴霖起的，“星尘”二字是我们班的同学朱宏霞手书的。那家伙来自内蒙古乌兰察布盟，从来不去上课，整天躺在宿舍床上读《红楼梦》。是个烟鬼，床底下全是烟屁股。面黄肌瘦的，就像旧社会受苦受难的人。

当时，校领导江平、宋振国、解战原、张晋藩及老师高潮、宁致远、张效文、王洁、隋彭生、于波、马宏俊、唐师曾、丁元力等都很支持诗社的工作。校记者团团长、学兄毛磊也给予热情的帮助。

在我的建议下，吴霖被聘为诗社名誉社长，海子被诗社聘为顾问。也就是从那时起，海子发表诗歌开始用“海子”这个笔名了。海子生就一张娃娃脸，那时没有多少人注意他。海子生活上过于邋遢，不修边幅，胡子乱蓬蓬的。吴霖是上海人，戴一副眼镜，风流倜傥，满腹经纶，我们都称他吴老师。但对海子从没唤过老师，就叫小查。他的额头和鼻尖总是汗津津的，一副羞涩的样子。当时的海子“一穷二白”，没有底气没有自信。

唐师曾（当时是教国际政治课的老师，后来成了新华社著名记者）为讨诗社漂亮女生欢心，哐当哐当躺在地上拍照片，拿给海子要求在校刊上发表，却每每都被海子说“不”。于是，“唐老鸭”给海子起了个绰号“扎卡”。——大概是因为海子的面相长得有点像印度电影《流浪者》里的坏蛋扎卡吧。不过，海子反过来也给唐师曾起了个绰号——“糖包子”。一个“扎卡”，一个“糖包子”，都无恶意，算是一对一抵消了。他们教工之间的事，我们不便多嘴。毕竟，我们是学生。

诗社活动搞得轰轰烈烈——办刊物，举办诗歌朗诵会（朗诵会多半是由查卫民和张卫宁主持。朗诵会上，曹洪波每每都会登台，以咬牙切齿的表情朗诵一首自己的诗作——啊！风！——啊！雨！——啊！闪电！常会引来满堂笑声），搞诗歌讲座……政法大学成为当时高校诗歌重镇。我曾带人专门去臧克家先生的家里拜访，请教老先生一些诗歌问题。我们请邹荻帆、梁晓声、刘湛秋、徐刚、顾城等作家和诗人来学校跟诗社成员座谈。北大、师大、人大、邮电等诗社的人常过来交流。北大的西川（刘军）来政法次数最多。当然，他来的次数稠密，除诗歌之外，还另有原因。什么原因？别问我，问我我也不会说。

诗社没有办公场所，实际上，我的宿舍就是诗社办公室。当时，全国几十所高校的诗社负责人跟我有过联系，我每天都能接到六七封，甚至十几封信件。当然，不光都是投稿，也有探讨诗歌创作方面的信，也有油印的刊物，油印的诗集，也有——也有朦朦胧胧表白那个意思的信。读信，是我每天最快乐的事。

回想当年，我们的青春和梦想都是与诗相伴的。诗，让我们沉浸在幸福中。

有一次，我们请某诗人来校讲座，结果，那个诗人因故没来，我就跑到校刊编辑部找吴霖救场，偏巧吴霖不在，就跟海子说：“小查，你来救场吧，你讲。”海子说：“讲什么啊？”我说：“你就讲朦胧诗吧，对付一个多小时就行。”

海子说：“不行，临时抱佛脚，我哪有那本事啊！”

我说：“今天听讲座的可全是漂亮女生，你不去讲会后悔的。”海子的眼里放出欢喜的光芒。海子是鱼，女生是鱼钩。漂亮女生，是钓海子这条鱼的鱼钩。于是，海子就跟我来到那间教室。

不过，确实有点难为海子了。那次讲座由我主持，海子都讲了什么，我一句都记不得了。只记得他的额头和鼻尖上沁满了汗珠，讲话的逻辑有些凌乱。然而，我万万没想到的是——就是在那次讲座的现场，他的目光与坐在头排认真听讲的一位女生的目光，倏地碰撞在一起——海子的初恋开始了。

那位女生叫……我还是不说她的名字了吧。——替别人保守秘密是一种修养。但可以透露的是，那个女生有一双忽闪忽闪的大眼睛，个子不是很高，走路时双肩有点向上一拱一拱的。看得出，海子陷得很深。寂寞时，海子经常用手指在桌面上一遍一遍写她的名字。后来，我才知晓，那时海子写的许多诗，其实都是写给她的。

我在中国政法大学读书时，除了担任诗社社长兼《星尘》主编外，还是刊物《法官的摇篮》（也发表一定数量的文艺作品）主编。两个刊物需要大量稿件。我当时的宿舍跟校刊编辑部只有一墙之隔（准确地说，是一板之隔——同一座楼，楼道用纤维板隔开，一边是教工办公区，一边是学生宿舍区。——应该是七号楼吧。好久未回学校了，不知现在什么情形），海子为了投稿方便，就把纤维板隔离墙抠开一个洞。我们约定暗号——他在洞那边嘭嘭嘭敲三下，我在这边把稿子接过来。

海子当时写作用蘸水钢笔，字体是斜的，有点像雷锋的字体。刊物大样从打字社（那时用四通打字机打字排版）取回来，往往有的版面就会出现五六行或者七八行的空白。我就拿着大样去找海子，让他补白。海子经常是先翻翻外国诗选，找找灵感，就能很快提起蘸水钢笔唰唰把白补上。

1985年3月，第二期《星尘》第53页至55页发过海子一组情诗——《夏天的太阳》，小标题分别是：《主人》《你的手》《窗户》《渔人》《行路人》《日落》。海子对《主人》中开头几行洋洋得意——

我在鱼市上
寻找上弦月
我在月光下
经过小河流

你在婚礼上
使用红筷子
我在向阳坡
栽了两行竹

我当然知道，这一组情诗，他是写给谁的。一个字没动，原稿照发了。我还特意叮嘱编辑，每个小标题上下加横线处理，以示醒目。诗尾有两行作者简介：海子，男，安徽人，校刊编辑。曾在《滇池》等刊物发表过诗作。

当时四通打字机打不出“滇”字，我便用圆珠笔手写到蜡纸上，刻出了一个“滇”字。现在拿出那期刊物看看，有点不好意思——那个“滇”字写得太丑了。

实际上，海子当时仅在《草原》《十月》《滇池》发过几首诗，大部分诗作还是发在我们诗社的《星尘》上。海子后来的成名和巨大的影响，让我着实深感意外。

在我担任法律系团委宣传部长期间，团委刊物《共青团员》要出一期文学专刊，由诗社组稿（实际上就是由我来组稿主编）。我说，既然是文学专刊，那就起个专刊刊名吧——于是，就起了《蓝天与宝剑》。我当时好像正读一本苏联方面的小说，受捷尔仁斯基说过的一句话影响很深——那句话大意是“法律就是蓝天下出鞘的宝剑”。校党委副书记宋振国说：“这名字好!——既有正义感，又有艺术性。”

我当时激情澎湃，亲自撰写了刊首寄语。吴霖写了一组诗《在远方》，海子写了《我是太阳的儿子》等五首诗。还有郁红祥、张国森、葛庆学、王旗等同学的作品。由于海子这5首诗各自都是独立的主题，不能按组诗编发，只能每首单独发——这就带来一个问题：海子的名字就要在同一期刊物上出现5次。这样似乎不妥。我跟海子商量，能不能用不同的笔名，把这5首诗一次发出来。海子说，行啊!能发出来就行。

打字室那边催大样了，刊物出版流程不能再耽搁了。我便自行决定，除了查海生和海子之外，又给他起了另外三个笔名——“海生”“阿米子”“小楂”。

“海生”——这个简单，查海生三个字去掉一个字。“阿米子”——因为海子喜欢凡·高，在诗中常称其瘦哥哥，我随手就给他起了这个外国名字。“小楂”——也没什么特别的寓意，只是当时我由查字联想到山楂树，就在查字前面加了木字旁。

事后，海子对这几个笔名也都很认可。

在那期《蓝天与宝剑》文学专号上——海子《我是太阳的儿子》，阿米子《雕塑》，查海生《渡神》，小楂《阿尔的太阳》，海生《新娘》等，其实都是海子一个人的作品。至于“阿米子”“小楂”“海生”等笔名，海子在别处用没用过，我就不得而知了。

海子似乎没有什么爱好，唯一的爱好可能就是喜欢逛书店。他多半逛的是西四书店或者三联书店。

一个周末，海子在那边猛砸纤维板墙——嘭嘭嘭！——嘭嘭嘭！我以为他又要投稿，可这次却不是。原来，他逛书店刚刚回来，却忘记带钥匙了，门打不开，进不了办公室。叫我过去，看看有什么办法。

我过去一看——好家伙！一捆书戳在门口，足有二十几本。有哲学书、有文学书。文学书好像有梭罗的《瓦尔登湖》、惠特曼的《草叶集》和泰戈尔的《飞鸟集》等，——其他一概想不起来了。

那蔚蓝色的门紧锁着，海子用硬纸片和铁丝折腾半天了，也没有弄开。我问他，上面的天窗能打开吗？他说不知道。我说，我个子高，肩着你，你爬上去试试看，如果能打开，就从天窗翻进去，从里面把门锁打开。如此这般，这般如此，他照做了。果然，哗啦一下，门打开了。

满脸通红，汗水淋漓的海子，孩子一般乐了。他从桌子底下掏出一桶橙汁，为我倒上一杯，为自己倒上一杯。

我赶紧帮他把那捆书提进屋里，说，够读一年了吧！他说，有的书也可能压根儿就不看，但必须得买回来，否则心里闹得慌。他解开捆书的绳子，一本一本摆上书架。然后，坐到椅子上，举起那杯橙汁，一仰脖儿，咕嘟咕嘟！——干了。用手擦了擦嘴角，心满意足。

我也端起海子为我倒上的那杯橙汁，却没有喝。

你还好吗？问。

不好。他说。

怎么啦？我有些诧异。

但我从来没有这么好过。他说。我愣了一下，笑了。咕嘟咕嘟！也喝掉了那杯橙汁。——海子经常这样，说一些逻辑悖谬、出人意料的话。

1987年，我大学毕业后，就跟海子很少见面了。必须承认，我对海子的内心世界，还了解不多。我们的交往也仅局限于诗社活动及诗歌创作。毕竟，我的主要心思还是用在功课上。

海子在《我是太阳的儿子》里写道："人，应该知道自己是什么，应该知道自己的河流和历史是浑浊而不是透明的，应该知道自己血管里流的是血。"也是在这篇文章中，海子继续写道："成熟是不知不觉来到的。当我们似乎寂寞地过着日子，没有了任何依靠的心理，歪歪斜斜地上路的时候，我们突然沉默起来。"——海子，为什么要沉默？是看穿了生活的真相吗？

可是，生活的真相就是看起来如此，其实并非如此。

在世俗的眼里，海子至多是一枚青涩的果子，可能永远都不会成熟。然而，他对这个世界的认识，对人生的思考可能超越了许多人。

我们会不会在历史的细纹里消失呢？一定的。人生，是短暂的。其实，诗不在喧嚣中，而在寂寞里。寂寞，是我们熟悉的面孔。寂寞，众声喧嚣的尽头还是寂寞。青春更是如此。然而，诗并不是我们生活的全部。我们究竟需要怎样的生活？

海子说："寂寞，可能就是我们渴望燃烧。寂寞，也就是因为我们还没有充分燃烧。让土地知道它是土地，让种子知道它是种子。"爱情也需要燃烧吗？当然。

可惜，海子的爱情注定是一场悲剧。海子的内心是相当孤独的。正因为孤独，所以他选择了诗歌。在我看来，与其说海子是有诗歌信仰的人，不如说他是选择了诗歌的方式来表达和倾诉的人。

时间，磨尽了悲伤和孤独之后，生命的光彩，便在他的诗中喷涌而出，而且是那么干净美好。

有的人生来伟大，有的人追求伟大，有的人被人硬说成了伟大。没有不朽的伟大，伟大是可以被颠覆的，所有的伟大到最后都化作了尘埃。当然，海子跟任何伟大都没有关系，但是，海子的诗——《面朝大海，春暖花开》《五月麦地》《日记》却传奇般地流传下来。诗歌，需要一个神。旧的神过气了，需要新的神取代。于是，信徒们便把海子推上了神的宝座。顶礼膜拜，欢呼不已。

然而，这一切跟海子还有关系吗？

我忽然想起卡夫卡说过的一段话：

你没有必要离开屋子，待在桌边听着就行。甚至听也不必去听，等着就行。甚至等也不必去等，只要保持着沉默和孤独就行。大千世界会主动走来，由你揭去面具。

可是，海子再也不可能揭去这个世界的面具了。

跟海子见的最后一面，应该是1988年秋天了。当时，我回学校去昌平校区看望一位老师。我记得，是在去昌平校区的班车上见到了海子。他当时很疲惫，眼神迷离，好像刚从西藏回来。我们坐在最后一排座位。他告诉我，他已不在校刊编辑部当编辑，而到哲学教研室教自然辩证法课了。

奇怪，我们当时的话题并没有聊到诗，而是别的什么（海子似乎谈到练气功的一些事情）。聊着聊着，话就寡淡了，渐渐就稀疏了，渐渐就没话了。我能感觉到，诗已经离我们远去。海子的心，已经被一种魔力占据了。诗，在那个时代，曾经是我们的梦。人生的痛苦在于——梦醒了，就无路可走了。

1989年春天的某日，从母校中国政法大学传来令人震惊的消息——海子在山海关卧轨自杀了。

我，半晌无语。泪流满面。

想起海子的两句诗：

草原尽头我两手空空

悲痛时握不住一颗眼泪

（原载《北京文学》2018年第10期）

# 海棠和紫藤

◎肖复兴

## 一

在北京，老四合院里讲究种些花草，民谚说天棚鱼缸石榴树，其实，老院子里种海棠和紫藤比种石榴树的更多。我一直不明就里，为什么对此两种树情有独钟。

据说，海棠最早最盛，在如今的公主坟。不知辽代的哪位公主死后埋葬在那里，在坟前种植了一片海棠，逐渐繁殖，越来越茂盛，在每年的清明前后争奇斗艳，成为京城海棠花艳和传说凄美的独一处。

可以说，以后步入园林和四合院里的海棠，都是从公主坟来的。久负盛名的海棠有多处，其中南城有阅微草堂，相传那里的海棠为纪晓岚手植；西城有李释戡院落，在黄羊胡同，原是一座灵官古庙，有海棠两株，年头老矣，花开甚茂，因花命名。李释戡将自己的这个院落称之为双棠馆，后来成为了中美文化办事处。

如今，李释戡这个名字显得有些陌生，但说起齐如山来，知道的人更多些。民国时期，李和齐同为“梅党”，都是梅兰芳的文案，为梅兰芳写过很多新派京剧的剧本。当时，李释戡请陈师曾为他的这个双棠馆题写匾额。这帧书法作品在2007年以三十万元价格拍卖了出去。在“双棠馆”三字后，陈师曾还写了几行小字：“释戡所居有海棠两株，犹吾三槐堂也。”让双棠馆和三槐堂合为一副有趣的对仗，成一时的佳话。

## 二

在北京，有海棠树的四合院很多。其中有一个小院最让我难忘，便是前辈作家叶圣陶先生家的小院，院子里有两棵西府海棠。几乎每年春天开花的时候，叶圣陶先生都要和冰心、俞平伯等几位老友约好，到小院里一起看海棠花，一时，这两棵海棠树很有名。

我第一次走进东四八条这座西府海棠掩映的小院，是1963年的暑假，我还只是一个初三的学生。那一年，北京市少年儿童征文比赛中，我的一篇作文获奖并得到叶圣陶先生的亲自批改，还得到叶圣陶先生的接见和教诲。那个下午，是叶至善先生站在门口，因为个子高，他弯着腰，和蔼地掀开竹门帘，带我走进叶圣陶先生的客厅。这个印象很深。那时候，我不知道，是他从24篇作文中选了20篇交给他父亲，其中有我的那一篇，要不我不会和这座小院结缘。

我和叶至善先生的女儿小沫同岁，同属于“老三届”，都去了北大荒，彼此有信件往来。第一次回家探亲，我和她约好，想到她家看望她的父亲和爷爷，因还在“文革”之中，怕给两位老人带来麻烦，谁想到两位欢迎我们的造访。我和我的弟弟还有一位同学一起来到那座熟悉的小院，叶至善先生已经到河南潢川五七干校放牛去了。只有叶圣陶先生在，他见到我们很高兴，要我们每人演一个节目，老人看得津津有味。时值冬日，大雪刚过，白雪红炉，那情景真是难忘。聚会结束，叶圣陶先生还走出小院陪我们照相，就站在西府海棠的下面。只是那海棠已是叶枯干凋，积雪压满枝头，一片肃然。

1972年的冬天，在北大荒得罪了生产队的头头，我被发配到猪号喂猪，成天和一群“猪八戒”厮混，无所事事，一口气写了10篇散文，寄给小沫看，她转给了她的父亲。那时，叶至善先生刚刚从河南干校回来，赋闲在家，认真地帮我修改了每一篇单薄的习作。我们便有了整整一个冬天的信件往来，他对每篇都提出了具体的意见，有的还帮我一遍遍修改，怕我看不清楚，又特意抄写一份寄我，然后在信中写道：“用我们当编辑的行话来说，基本可以‘定稿’了。”如他说的一样，我将10篇中的一篇《照相》寄了出去，真的“定稿”了，发表在那年复刊号的《北方文学》上。这是我的处女作，可以说，是叶先生鼓励并具体帮助我走上了文学之路。

“四人帮”被粉碎不久，中国少年儿童出版社恢复，叶至善先生重新走马上任，着手《儿童文学》杂志复刊的时候，曾经推荐我去那里当编辑。《儿童文学》杂志的同志找到我，那时我刚刚考入大学，没有去成。但我并不知道是他推荐的我，一直到很多年过去，才知道这件事，体会到他的为人，让我感动的同时也让我感慨，因为今天这样的人已经越来越少。叶先生地位不可谓不高，但他总是这样平易近人，谦和，严于己而宽待他人，替别人想却润物无声。在他家的墙上，曾有这样一幅篆字联：得失塞翁马，襟怀孺子牛。此联是叶先生撰，请父亲写的。我想这是叶家父子达观的人生态度和一生追求境界的写照。

叶家小院我虽不常去，偶尔还是会拜访。前些年秋天的一个下午，我去得早了些，走进那座熟悉的小院，又看见那两株西府海棠，这两株树很有意思，叶至善先生说是“很通人性”——“文革”开始时小沫、小沫的弟弟还有至善先生都先后离开了家，海棠枯萎了，后来家人陆续回来，它们又茂盛了起来。如今，海棠依然绿意葱茏，只是有些苍老，疏枝横斜，晒在树上的斑斑点点的阳光，被风吹得摇曳，似乎将往昔的岁月一并摇曳了起来，有些凄迷。

我的心里有点不安，生怕打扰了叶先生的午睡，小沫招呼我进屋，说爸爸早就醒了，等着你呢！叶先生从他父亲睡过的床上下来，走出卧室，伏在他家的旧餐桌上和我交谈。坐在我对面的叶先生已经是银髯飘飘，让我恍然觉得白云苍狗，人老景老，老人的身体已经大不如以前了。那些年，他一直疲于忙碌，编完25卷《叶圣陶集》，又以每天500字的速度写父亲的回忆录，马不停蹄地整整写了20个月，一共写了40万字，不要说是一位八十多岁的老人，就是壮汉又如何扛得下如此重任，他实在有些太辛苦了。在这部回忆录的自序中，他这样写道：“时不待我，传记等着发排，我只好再贾余勇，投入对我来说肯定是规模空前，而且必然绝后的一次大练笔了。”

那天，临别走出屋子，来到院里，我和小沫在那两株熟悉的西府海棠树下站了很久，说了一会儿话。午后的阳光很温暖，能看见枝头上青青的小海棠果在阳光中闪烁。我想起叶圣陶先生去世之前的春天，叶先生陪着父亲和冰心先生一起在这个小院看海棠花的情景。那天风很大，却在冰心到来的时候停了；那天，海棠花开得很旺。

如今，海棠依旧，年年花开。叶圣陶和叶至善两位老人都已经不在了。

## 三

在老北京的院落里，讲究种植海棠之外，还有讲究种植紫藤的。紫藤和海棠不同，海棠单株而立，紫藤铺展成片，需要搭架，占更大的地方才行。所以讲究种紫藤的，大多出自名人或富足之家，尤其在宣南，似乎更多。所以，龚自珍称之为“宣南掌故花”。

宣南一带，最老最大的一株紫藤，在给孤寺之东一户姓吕的人家。给孤寺的位置在如今珠市口之西，陕西巷南口之东。清人有诗这样形容这株紫藤：“一庭芳草围新绿，十亩藤花落古香。”说其十亩，自然是夸张，但说它是古香，却是实在的。

在宣南，仅我所知道的，就有杨梅竹斜街梁诗正（他当时任吏部尚书）的清勤堂，虎坊桥纪晓岚的阅微草堂，海柏胡同朱彝尊的古藤书屋，孔尚任的岸堂和琉璃厂夹道王渔洋的故居，这五家的紫藤最为出名，据说都为主人当时亲手种植。“满架藤荫史局中”；“庭前十丈藤萝花”；“藤花红满檐”；“海柏巷里红尘少，一架紫藤是岸堂”；“诗人老去迹犹在，古屋藤花认旧门”。这五句诗，分别是写给这五家紫藤的，也是后人遥想当年藤花盛开如锦的凭证。

好多年前，我分别造访过这五处，王渔洋旧居和孔尚任的岸堂已无处可寻，古藤书屋正被拆得七零八落，清勤堂的院落虽然破败却还健在，阅微草堂被装点一新，成为了晋阳饭店。

前些日子，我又去那里一趟，阅微草堂的紫藤，因修两广大街时扩道，大门被拆，本来藏在院子里的紫藤亮相在大街上，一架紫色花瓣翩翩欲飞，倚门卖俏，成为了一街的盛景。杨梅竹斜街已经改造，焕然一新，只是街东口的清勤堂越发低矮破旧，老态龙钟，大门洼陷下很多，院子里的人家搬空，肯定会被整修。只是不知道会不会补种一株紫藤，再现“满架藤荫史局中”的繁盛。

## 四

海棠和紫藤两者皆可食，只不过，一个是食果，一个是食花。

紫藤的花期比较长，花开之余，用花做藤萝饼，曾经是老北京人的时令食品。邓云乡先生曾经说：“藤萝饼的馅子，是以鲜藤萝花为主，和以熬稀的好白糖、蜂蜜，再加以果料松子仁、青丝、红丝等制成。因以藤萝花为主，吃到嘴里，全是藤萝花香味，与一般的玫瑰、山楂、桂花等是迥然不同的。”

如今，老四合院里的藤萝少见了，味道迥然不同的藤萝饼，已经多年没有见到了。因为藤萝花不好保存，又无法如玫瑰一样做成蜜饯备用，因此，如今北京最大的点心铺稻香村里，有卖玫瑰饼的，没有卖藤萝饼的。以前春末时分遍布京城，藤萝饼很容易买到，并不是什么新鲜的点心，而今成了稀罕物了。老北京失去的东西很多，不在乎藤萝饼这区区一样。

有意思的是，海棠花开得越是漂亮的，结出的果越是不好吃。院子里栽有西府海棠，人们一般都不会吃，落在地上，任其烂掉，或者被小孩子捡起来玩。要吃，吃从西山或怀柔密云的海棠树结的果子，被小贩挑着担，穿街走巷卖。那时候，有专门卖一种熟海棠的，毕竟再好的海棠也有一点儿酸涩味儿，用水煮熟，再加一点儿糖，味道和生海棠大不一样。我更喜欢吃用熟海棠果做成的冰糖葫芦，压得扁扁的熟海棠果，甜酸之中还有一种面面的感觉，和山里红不一样。如今，卖熟海棠的也见不到了。

这个世界一切都在变化着，京城花事随京城世事沧桑变幻，是再正常不过的。想当年，法源寺盛开的是海棠，泰戈尔和徐志摩在法源寺海棠花下吟诗一夜，梁启超作词说：“此意平生飞动，海棠花下，吹笛到天明。”如今，那里已经变成丁香花海一片了，泰徐二位，再吹留天明，得到丁香花下了。

（原载《解放日报》2018年3月15日）

# 草木时光

◎王剑冰

## 夜黑里

### 1

在乡村，夜总是比城里的黑，不信你来看看，你看不见什么的，天上有星星还好些，没有星星的时光，你就知道乡村的夜是什么样的了。其实我给你说也说不好，但你可以伸出手来试试，你是看不见你的手指的，你只是看到了自己的半截胳膊，那半截就伸到夜里去了。

你在村子里走，看到一个火头一闪一闪，你以为那是谁的烟头，你问了是谁，那火头不说话，一忽儿站着一忽儿蹲下的，好像与你玩着把戏。等你近前了，那火头又远了，你不知道，那是一只萤火虫。还有的火头就是鬼火了，那种火头大一点，但是不集中，老是恍惚了你的眼睛，你一会儿感觉有个地方亮闪了一下，揉揉眼睛再看时，闪的地方又黑了。你可不敢再往远处去，野地里不定有什么东西，尤其在这样的夜黑时光。你若果跟着鬼火走，说不定就走进了乱草蓬茸的坟地。有人说鬼火就是起这个作用的，那是坟地里的鬼魂寂寞了，出来寻一个活口说诂的。

你好不容易看到一处光亮，走去就知道，那是牲口屋。一般都是光棍老五在那里，再有就是几个没事的，聚着一堆火喷闲空儿，不过是些光棍们爱说爱听的话题。光棍老五也惯了，总是不停地给牲口加干草或者料豆。柴火不大干，潮潮的一会儿火大一会儿火小，白色的烟顺着芦草冒出来，熏得人睁不开眼睛，睁不开眼睛闭着也不行，眼泪也不听使唤。关键是嗓子眼也痒痒，于是就不停地咳嗽，你一声他一声的，让一个牲口屋像一列火车，搞得牲口闹不清人的意图和兴趣。

出来的时候，你可千万别乱伸腿，说不定就掉到了水里去。你得两只脚左两下右两下地迈步，这个时候别不好意思，说我咋恁像傻小根儿，人家傻小根儿晚上不出来。再有，你耳朵还是要张着点儿，你若果听到噗吞儿、噗吞儿，就别往前迈了，那是蛤蟆跳水里了，前面是村里那个老坑。你随即会听到蛤蟆的叫唤，蛤蟆鬼着呢。你就是听不到蛤蟆的叫，也不要把那一大溜浓黑当墙去扶，你一扶就扶到蛤蟆窝里去了。那是芦苇。前年张狗剩喝多了酒，就是把芦苇当墙了，等狗剩媳妇找到老坑时，狗剩媳妇就成狗剩寡妇了。

还是得怨自己，人家二瞎子咋不掉到坑里去？黑地里长俩眼那也是个搭儿，人家心里长眼了。有人说张狗剩没有喝多酒，他是去那谁家去了，那谁家你不知道？男人出门去了，对了，就她，他去人家家里了，出来的时候走得愣急。都说，那谁会看上狗剩？还不是狗剩想高了。

对了，这个时候，你若果听到一阵急切的脚步声响起，又陡然地消失，你就知道有人到狗剩寡妇房后等着什么去了。其实狗剩寡妇人不错，就是人们寡妇长寡妇短的把狗剩寡妇家的门说成风箱了。有谁抓着个现行吗？都是闲人干的事情。说实在的，谁到夜黑都闲不着，总要找点事情干干，别看一个个地儿都黑着，黑着也没有闲着。谁干的啥，夜黑地都知道。

夜黑，那些狗大都不出院墙，守在自家门里半睡半醒，想着白天的事，白天里有没有咬错人，有没有到下水道撵一只耗子，惹得人家记恨。狗却记恨着一件事，一根骨头被四老白抢走了。四老白就是身子是黑的、四只爪子是白的那条狗。四老白讨好给了斑点狗，斑点狗一高兴，就跟四老白好了一场，闹得一群狗不高兴。不高兴也没辙，斑点狗是村长家的。因为狗的事情弄得村长不高兴了，狗的主人就会不高兴，最后不高兴的还是狗。鸡也早进了窝，相互挤着，发出一些亲密的声音。不过再亲密，鸡也不像人，不会在晚间弄出什么令鸡喜欢的事体。鸡和狗都喜欢在白天给人做榜样。

倒是那些猫，白天特老实，喵喵地在人前装乖，眼神都是极其慵懒的，让你不忍心像踢狗似的踢它一脚，或者像骂鸡一样地骂它一口。可到了夜黑的时光，猫就像一个个幽灵，张着电光一般的眼睛，发着嗲声嗲气的声音，爬树上房、钻墙过洞，极尽各种能事找寻体己。你看不到那是哪只猫，丢了谁家的人，那也可能就是狗剩寡妇家的那只黑狸猫。一只只猫在夜里蹿起来就像黑闪电一般，你看不到的，只能感到什么东西在你的前面倏一下过去了，让你的身上一热，随即又一凉，那就是猫。猫身上是带电的，一只公猫和一只母猫带的电是不一样的，两只猫电在一起的时候，整个夜都带了那种电能。

谁家若果死了人，可不敢让猫近旁，有人是要专门交代并且让人专门守候的，猫在这时被人看成不祥之物。我曾经守过爷爷，当然不是我一个人，在此之前，二姑姑就紧说慢说地让我们看好猫，前后门都要关好，还要听着墙上哪里的，弄得我们一夜紧张。据说猫从死人身边一跑，就能把人带动得坐起来。而这些大都是晚间才会发生的事。

乡村的夜，你看村子和田地是没有什么差别的，因为黑成一块了。房屋和树、田地和河流、人和动物，都黑成一块了。你在村头坐着，你也是夜的一部分。你走着或躺着，都一样，都不会影响夜的黑。

每到夜的时候，我都会想到村里的二瞎子，二瞎子整天坐在夜黑里，也不知道什么滋味。二瞎子说，又黑了吧？我说，嗯哪。二瞎子说，又一天过去了。我说，嗯哪。我感觉二瞎子眼睛看不见夜黑，却能听见夜黑，他的耳朵知道什么时光天黑，什么时光天亮。二瞎子把眼睛的功能转给耳朵了。这是不可思议的事情。二瞎子说，刚才是狗剩寡妇家的黑狸猫过去了吧？我说，我没看见。二瞎子说，是黑狸猫，刚刚顺着墙根过去了。我说，我没看见。

我是个怕黑的人，我总觉得黑是个怪物，黑能把一切覆盖。我第一次看见棺材的时候，很是吓了一跳，等我走到近旁我才发现它，它黑在那里，和草屋的颜色几乎一样，于是我感到，死的颜色也是黑色，人死了，家人就会戴上黑袖箍。晚上我是不敢出门的，非出去我就伸着两手走路。那天我摸着往家走，就遇到了一条蛇，蛇不知道从哪里掉下来，搭在我伸着的手臂上，凉凉的，我吓得心里紧跳，想喊又不敢喊，可我还是喊了，我使劲地扯着嗓子喊，胳膊抖动中，感到那蛇一点点滑了下去，我赶忙跑。刚才喊叫半天，就给我一个人听了，没有谁过来，不知道那些人都在忙啥。第二天我专门去事件发生地看，看到路上有一截麻绳头，似是从树上落下，可那条蛇好像还滑滑地在我胳膊上。

夜黑的时光，老人最容易离亲人远去，尤其是久病在床的老人。白天都还看着好好的，夜黑地就去了，有人说那是让夜给收走了。有人说老人就是夜，经过了白天，就回到了夜里。在夜里待得久了，就待烦了，就会随着夜一起遁去。村南的二姥爷是夜黑去的，西头的四奶也是夜黑里去的，还有狗剩寡妇的公爹，庆家奶奶。天明一开门，就有人在村里跑着哭着报丧了，一个门一个门地进，到门口扑通跪下，磕一个响头，说，大伯大妈啊，我爷爷昨个晚上过去了呀——大伯大妈就说，还是啊，这可咋好哎，哎呀咧——就陪着哭上了。报丧的就转去另一个门。另一个门里也就传出了号哭。

那号哭不论真假，都让人觉得亲近、温暖，一个村子都是一个心情，有喜大家乐，有悲大家哭。这才是村子，一个村子建立并且维系下来是有根据的。就是大水把村子冲垮了，把人冲散了，人们还会再聚起来。还是那个村子，叫不成别的村子。你的籍贯最详细的一栏里，还是那个小小的村名。

夜黑时光，村子就睡了，村子也是要睡的。睡醒了才更有朝气。村子的树才更高，树叶呼呼啦啦迎着风。太阳照到村子的时候，才更光鲜。一早的炊烟才更香甜，一袅一袅地馋人。穗草、二妞、喜枝、桃黍才更水灵，说话的声音才更好听。

夜黑里，她们不知道都做了怎样的梦。

## 2

夜是有声音的，夜的声音同白天的声音不一样，白天太嘈杂，夜就像一个大筛子，把那些嘈杂过滤了，留下来纯粹的东西。

你现在听到的，就是那种纯粹的声音。

平时可能不注意，或者你的心不静，那些声音就在你的耳边滑走了。由此我理解那些被火车轧住的人，火车的轰鸣都听而不闻的人，他的内心不知是怎样的世界，他一定沉浸到内心的烦乱之中了。所以我也明白，内心凌乱的人是听不到夜声的。

夜刚刚来临的时候，夜声还不是太明显，一旦夜得深了，夜声才显现出来。

夜静得会让你睡不着，夜是给那些没有思想的人准备的。有思想的人受不了这夜，越听到夜声越睡不着，只有还回到烦乱的世界才能睡着。对于这样的人，村人就说，这人心荒了。

你如果听到噗嗒的一声，而后又是噗嗒的一声，你就知道，那是露水从窗边的葵子叶上滑落了。叶子很大，露水聚多了，才会落下来，从上面的叶子滑到下面的叶子上，就发生了连锁反应。

还有就是躲在叶子下面的一个纺织娘会被惊醒，叽叽咕咕地叨叨几句，又继续睡它的好觉。

一声婴儿的啼哭是夜声里最亮的，它压倒了一切的声音，穿透了每家的院墙。村子就知道，又一个生命来到了这块土地上。

鸡的嗓子也不是都好，有的鸡打一个长长的鸣，末了还会拐一个弯，而后在那个弯处猛然销声，有的只会拖一个长音，不会拐那个弯。看来拐那个弯是个技术活，有的连长音也不行，生就的不行。就像我唱歌总唱到茄子地里去，也就不再唱。鸡不行，鸡唱得好不好，都得唱，鸡要是不唱，就会被其他的鸡看不起，主要是被那些母鸡看不起，天亮以后，就不会在它的追求下乖乖地卧那儿，让它当一次雄鸡。

夜黑里还是有东西在村子走路，那都是白天不敢进村子的，像獾、黄鼠狼、狸猫之类，这些东西你挡也挡不住，它们几乎都不带出声音，跑的时候像黑色的电，这电一闪过谁家的下水道或者墙头，第二天你就听着骂街吧。骂归骂，这些东西是听不见的，骂街的只是为个心理平衡。

在晚间跑着的还有老鼠，几乎哪一家都养着一群老鼠，而且没有一家是自愿的。老鼠这是欺负人哩，所以人要是逮住了老鼠，就是点了它的天灯也没有谁上前做一回好人，求你放了这货。二妞她爹那次打一只吃了他家鸡娃的野猫，就有人劝说着，让放了算了。

老鼠也许知道这一点，所以老鼠很有自知之明，尽量避免同人照面，以免人骂出贼眉鼠眼之类的话来，为了这一点，老鼠总是在夜黑里出来寻找吃食。问题在于老鼠的吃食同人的吃食差不多，老鼠要是像牛羊一样也就没有这些事情了。人在没啥吃的时候，老鼠也最饥荒。老鼠更不要说像狗那样懂人，可以不吃人吃的东西，还可以吃人消化掉不要的东西。所以老鼠在人周围的动物里算是一样好处都不占。

其实，夏天里，还有那些叫叫油、蛐蛐啥子的叫，声音小点可以忽略不计，但是蛤蟆的叫声却是嘹亮得很，好像一村子都是它的嗓音。

# 地　气

## 1

春耕时节，大人小孩都下地了，大小牲口都下地了，满地里都是闹腾腾的热气，这里还有“二妞——二妞——再拿些种子过来”的声音，有“吃饱了就好好干活，这个时候可不敢偷懒”的呜叫牲口的声音，牲口头一低一低地猛干，时而还会有一头驴子把低着的头扬起来唔哦唔哦地叫上一阵。八岁的笸斗提着吃食一呼一吸地在垄上走，边走边喊“吃饭了——大——姐——”

那些声音呼着气，人一喘一喘呼出的气，牲口一低一低哈出的气，混合在一起了，这里那里都是这样的气，或许就构成了那种浓重的地气，或者说那浓重的地气里就有这样的混合的气。

庆爷爷说，什么都有一股气，没有那股气撑着，许就要塌陷了。打仗还一鼓作气，那作的气就是精神，是战场上的灵魂，制胜的法宝。

二婶说，别动了胎气，胎气是什么？胎气就是养孩子的内气，是胎儿在母体内所受的精气。胎气不足孩子就可能出毛病，还会早产，所以老人总是叮嘱孕妇保护胎气。

奶奶说，这就像蒸馒头，那就是用水汽把一团面蒸熟的，可不是用的火也不是用的水，火和水只是为了闹腾那股子气。

有时我会看到一团一团的东西飘着，在地边上呼吞儿呼吞儿地飘，一会儿高，一会儿低，像一个充满气的球，但又不像球，它不圆，不方，就是那么一团一团的，一会儿合成一团大的，一会儿又分成一堆小的，一会儿又乱得不成样子了。

遇到这种气团，你只能远远地看，不能去跟前，跑到跟前你什么也看不见，有时还会把你吸进去，你就成了那团气的一分子，你觉得闹嚷嚷的，眼睛就湿乎乎的了，眼睫毛上粘的不知道是啥，就是不停地从头上往下淌着潮潮的水样的东西。你呼吸，那些气就大呼小叫地进到你的肚里，而后又大呼小叫地出来，进到肚里你觉得就是一团气，呼出来时还是一团气。我那个早晨就是这么感觉的。

人们说，山岚就是山上呼出的气，那些山岚是怎么形成的？就是那些张着口的洞里呼出的，一个个山洼洼里都是这样的气，多了就成了云气，所以山上的云气多。

西头的四奶，儿子在省城做了好大的官，她老六十大寿那年，儿子把她接到城里去享福。走的时候黑亮亮的轿子车来接，一村的人都出来看，四奶眼睛笑得成了一道缝。可住了不到半年就回来了，说什么也不再去，村里的人问，城里咋样？四奶说，挤，到处都挤，挤得不接地气，喘。

四奶就还在她那座老屋里住，也不让儿子翻盖，说会把气翻没了。四奶早起会先把鸡埘撒开，让它们叽叽咯咯四野里撒欢，而后走到原上，遮着眼望远处刚起的太阳。

四奶已经活得很像样子了，但她还是那么活着，她就像一个榆木疙瘩，堆在黄黄的一堆土边。很多人以为这棵树已经死了，但它的上边，还开着几枝子白色的小花。四奶的儿子后来从城里回来了，他是以一个骨灰盒的形式回来的，他没有活过四奶。四奶对着儿子说，回来就好，家里的土埋人。

四奶此后活到了九十岁，死后就葬在了村头那片黄土里。四奶说，中了，活够了，还要活多大？该入土了。四奶是在絮絮叨叨中走的，四奶走得很安详。

## 2

关于地气，我问过奶奶，啥是地气，奶奶说，你张嘴。我张开嘴。奶奶说，你喘气。我就吸了一口气又吐出来，再吸一口气再吐出来。奶奶说，人会喘气，地也会喘气。人喘气活着，地也喘气活着，都不喘气了，那就死了。人活着种地，地活着养人。

我就往地里看，看地喘气。远远的有一个高谷堆，会冒出青青的烟，我以为那就是地气。有一天我拉着狗孬跑了好远才跑到跟前，到跟前一看是一孔窑。我就又问奶奶，地气是从哪里冒出来的？奶奶说，地跟人不一样，地是从肚脐眼里冒的。

我不知道地的脸在哪里，身子有多大，我的感觉里，怕是跟天一样大的，天罩着地。地撑着天，就像锅和笼。

村里的大夫和奶奶说的不一样，大夫跟奶奶聊天，说地中之气，春秋最为明显，孟春之月草木萌动，天气下降，地气上腾。秋季平定收敛，天高风急，地气清肃。我听不大懂，我还是喜欢奶奶说的。

那是一个早上，一股青烟从地上升起，是一大团，离开地面或没有离开的样子，冉冉地动，一忽儿浓一忽儿淡，摆来摆去，像在水里的纱，感觉能摸到。就跑着去摸，却是总也摸不到，逗我似的总在前面飘。我追到原头就没法追了，原头上是一处四下里都齐崭崭的断层，下得很深，对面还是原，还是通向好远。

不知道这是什么时候出现的深沟，沟里长满了草棵子，这时我看到，断层下面的沟里冒上来一涌一涌的清气，真的如奶奶说的，是从地的肚脐眼冒出来的吗？

后来我不止一次地看到地气。

夏天的夜里，一群人卷着席子、抱着被子去场上睡，躺在晒了一天的地上，暖暖的，觉得比家里的炕还沉实。躺着望着天上的星星，从东往西数，数着数着就数不过来了，流星像偷划火柴一样，一会儿嚓——划一下，一会儿嚓——划一下。夜晚的大地真静呀，静得连蚯蚓的叫声都能听得见。

第二天你会发现，蚯蚓在你的周围犁了很多地。醒来的时候，天刚蒙蒙亮，你会闻到一咕嘟一咕嘟的清气，那个舒坦，深吸一口，再深吸一口，爬起来就看见了地气。后来我就觉得，地气有时能看见，看见的就是那坨坨的气团；有时你看不见，但是能闻见。

咱这个地方人好把味说成气儿，地里时常飘来的那个味，就是地气。油菜的味、豆角的味、黄瓜的味、柳树槐树桃树桑树的味，还有羊粪牛粪的味，有人把粪一车一车地往地里送，一小堆一小堆地卸到那里，然后再一小堆一小堆地扬开，地里就有了一种说不清的混合味道。夏天和秋天的味道是沉厚的，那是麦浪稻浪的味、玉蜀黍的味、大豆和桃黍的味。

另外，不管是春夏还是秋天，你还能闻到各种野草和野花的味，那种混合在一起的味顺着地垄一波一波地涌，淘洗着你的肺叶，你感到地气好极了。有时候你会把地气认成风，一丝丝的小风带着悠悠的气儿飞，呼呼的大风携着浓浓的气儿涌。

在地里干到半晌休息的时候，脱下鞋子枕着，就地一躺，脸上或是遮个草帽或是什么也不遮，四周的土香就弥漫过来了。太阳照得身上暖暖的，眼皮子里的眼睛感觉是一片艳艳的红，薄薄的一层血脉在游动。一会儿的时光，就会睡得呼呼的。

地下的人也是这么睡着。四奶躺的地方离我并不远，她下葬的时候，一口厚厚的棺木漆得油亮油亮。四奶躺好以后，村里的木匠张说一声“把好了!”就叮叮哐哐让木楔子安安妥妥地将棺盖揳得严丝合缝。四奶的棺木下土的时候，那土是一点点地盖到棺木上的，直到盖成了一个土堆，四奶的周围全是黄黄实实的土，没有别的东西。四奶闻了一辈子土味，她知道什么最舒贴。

### 3

再后来我就感到，所谓地气，其实就是你的乡村、你的故土，是那些庄稼那些草木，是生你养你的父老乡亲。地气就是你对故土的感念，对家乡的认识。说白了，地气其实就是你的底气，是你生命的基础。你有着最扎实的最本质的最朴素的基础，你就有了活着的底气，否则你就是一叶浮萍，轻狂、无根无落。

你的生命里总是能看到地气，能闻到土地的味道，你就会活得踏实、过得充实。

## 那年好大雪

### 1

那个时候我特别易得病，不停地发高烧，一发高烧，村里的大喇叭就广播叫大夫，叫来了大夫我的哭声更厉害，以为那样可以把大夫哭走，但大夫还是在我的屁股上扎针。

我恨死了那个大夫。

我大表姐病的时候他也来过，我撩开布帘子的缝隙，看到他给我哼哼不停的大表姐也打了针。大表姐是女的，他竟然看我大表姐的屁股，三叔都不让我看，一瞪眼把我瞪跑了，他竟然看，我更恨他了。他挎的那个酒红色药箱好似他的法宝，可以让人家脱下裤子而不脸红。我三婶病的时候他也来了，他给我三婶的肚子上按了两个大瓶子。用火一烧就按在三婶的肚子上。

后来我知道他是一个城里大医院下来的，他娶了同样从城里下来的一个女知青。女知青看起来好小。

女知青来的时候也总是哭，雪地里哭着扑倒也没有人扶。大夫是很多年前就来改造的，不知道怎么就把女知青改造到他的家里了。

这里离城里远，路途很难走，乡路泥泞不堪，不通汽车，要坐汽车必得跑十几里地，漫天漫地的盐碱滩，到处都是飘摇的芦草。干活的人们，每天只吃两顿饭，要跑出去好远才能到一块地面。全靠了两条腿在折腾。男人们受不了，女人们更受不了，何况女知青？有人说女知青也是爱生病，总是让他去打针。那就对了，反正屁股也给他看过了，嫁给他也就顺理成章了。

可我们很是不乐意那个大夫把女知青娶走，那么好个人怎么就跟了他去？可女知青不跟他又跟谁呢，听说女知青总是受人欺负。一天夜里女知青的门都被人从下面端掉了，女知青好一阵大哭大喊，第一个跑过来的还是那个大夫，他夜里总是在村子里跑来跑去的。

村里人说，这个大夫来了很多年了，一直都是当大夫，因为他的医术高，村里找不来别的人能够顶替他。他平时还算老实本分，没有听说过招惹什么是非。只是村主任一直对他不满意，总是给他小鞋穿，大夫先是借住在村部的偏房里，后来村主任把他撵到村子边上的空屋子里去了，那个空屋子原来是村里的五保户二爷爷住的。村主任还总是散布他的坏话，说他是没有改造好的坏分子，让大家提高警惕。不知道女知青怎么就嫁给他了。人们就对女知青也没有了好看法。这都是听大人们说的。可有些老人却对大夫和女知青另有说法，说他们都是好人，也都是可怜人。我闹不懂这个世界。

女知青出嫁的时候，我们把女知青的门堵得严严实实。女知青什么也没有，家里也没有来人，好像他们家就她一个似的，连找个肩膀哭一下都不能，女知青就毅然决然地上到他借来的马车走了。

那天雪下得那个大，小人儿们团起雪弹不停地攻击，好像都是攻击那个大夫的。有一团雪不偏不倚地打在了女知青的眼睛上，女知青捂着眼睛哭了，大伙一呆愣，马车跑走了。

## 2

第二天我们掀开大夫的门帘子，看女知青果然就和当姑娘时不一样了，脸上红扑扑的，还有一股香气从屋子里散出来。一见我们就抓了一把糖过来，我们有些不好意思接受她的东西，呼地跑走了。

女知青一直没有孩子，有人就开始说女知青的坏话。说大夫吃亏了，也有的说大夫本来就是知道的，女知青曾经被人搞大了肚子，自己打胎打坏了，才找大夫给打针的，大夫是帮女知青捡了一条命。有人还说，看见大夫从大雪地里把女知青背了回来，女知青在一个水塘边转了好久，身上都转白了。水塘上有一层变得越来越厚的冰层，有人在边上凿了洞，一些水漫上来就和冰冻在了一起，那个洞也就越来越小了。女知青呆呆地停在了那个冰窟窿的前面，冰下的水涌起丝丝波纹，在召唤着她的魂灵。女知青又挪了一下脚步，再抬脚的时候，被呼呼喘着的李大夫拽住了。

人们不敢大声议论这件事，是因为坏女知青的是村主任，村主任经常会把大夫在喇叭里叫去训话。喇叭里经常听到那个声音：村子里的李大夫，听到广播立刻到大队部来一趟！听到广播立刻到大队部来一趟！那声音似乎是刻不容缓，哪怕在给人打针也要立即拔了跑过去。

有一天喇叭没有关上，传出来村主任的吆喝声：你不要以为你会看病，就不知天高地厚了，你是个改造分子你知道不知道！李大夫走出队部脸就黑了，那时我又觉得李大夫有点可怜，但心里又想，那你为什么要当坏分子呢，你当好分子不行吗？你给女的打针，不打人家屁股不行吗，为什么偏要让人家脱裤子呢？全村的女人的屁股不定都看过来了，村主任还不恨他？村主任比我都恨他。

不过村主任也不是个好东西，有人说，他给人派了活儿，把人安排到地里去，就该去找那些留在家里的女人了。他先是问人家为什么不去上工，把人家说得一无是处，说到严重处，甚至上纲上线地说是破坏农业学大寨，要挨批斗的，然后就耍他的那一套把戏。什么把戏，我总是搞不明白，大人们说到这里声音就小了起来，看到我在一旁还偷偷地笑。反正我知道那笑里没有好的意思，就觉得村主任坏得很。

## 3

女知青后来还是死了，说是宫外孕死的，这是后来人们传出来的。大夫找村主任要马车，村主任不给派，牲口都是队上的，个人家里没有马也没有车。李大夫就用自行车推着女知青去县里。

大雪天，县城离这里几十里，推到半路就不行了，女知青让李大夫把自己放下来，说要躺一躺，女知青就那么躺在了李大夫的怀里。李大夫坐在雪地上，怀里是渐渐咽气的女知青。李大夫的眼泪滴在女知青的脸上，两个人的眼泪合在一起流到女知青的脖子里。女知青的脖子一点点变硬了。女知青最后跟李大夫说，你，你是个好人，我真想给你生一个孩子，我做不到了……

女知青声音越来越微弱，但每一个字李大夫都真真切切地听到了，每一个字都真真切切地扎在李大夫的心坎上。李大夫抱着女知青发出了震天动地的哭声。那时的雪呼啦一下子就下来了，把沟沟坎坎都下满了，把李大夫的心坎也下满了。

我大表姐说这话的时候一直不停地哭，大表姐喜欢女知青，她知道女知青命苦，爸爸妈妈都是同一所大学的教授，后来被打成"右派"下到东北去了。她跟着奶奶生活，奶奶又因为是地主成分被赶到陕西的乡下去，说是地主婆不能住在城里。

十六岁的女知青只好报了名，下到了我们这个村子里。女知青来的时候，先来的一个男知青很照顾她，后来那男知青不停地被队长找茬训斥，后来县上修水库，给各村派劳力，村长就把这个男知青派走了。男知青走的时候，和女知青在一起哭了很久，男知青想带着女知青偷跑，女知青说那样会毁了男知青的前途。男知青家里出身很好，父亲是军队的高干，父亲来看过他的儿子，那个高干是坐吉普车来的。女知青心里什么都知道。

男知青一走，女知青就落入了村主任的手心。女知青住在一家五保户的隔壁。那是两间单独的厢房，五保户是个双目失明的老人。院子外面没有街门。不像我家晚上能够把大门关上，插上门插。女知青的房子外面只有半人高的土墙，即使不走院子正门，也可以从胡同边上翻墙进去。男知青曾经想帮着女知青垒墙的，带有稻草的泥刚刚抹了半个垛子，就被村主任支派走了。人们说男知青曾经在村部对着村主任大声责骂，被村主任叫民兵撵了出来。

不知道大雪封门的那些时光女知青是如何度过的，她都会想些什么。她不能和我们一起玩，因为她是大孩子。冬天里也没有什么活儿做，女知青就找我大表姐玩，她什么话都跟大表姐说，包括她和男知青的事情，还有她和李大夫的事情。

女知青走了，大表姐很同情李大夫，她常拉着我去李大夫住的地方看看。李大夫住在村头的两间草房里，街上也是没有院门。五保户二爷爷走了几年了，那属于村里的房产。

李大夫的家里失去了往日的气氛，早没有了那股香气。李大夫以为大表姐找他看病呢，可大表姐到了屋里什么也不说，只是那么愣愣地坐着，好半天了才拉着我走出来。

后来大表姐再去就不带我了，大表姐是真心地对李大夫，她想替女知青做些什么，或者说她自己想做些什么。还没等三妗子弄明白，就听到了李大夫的死讯。

李大夫是跳在那口水塘里了，就是女知青围着转的那口水塘，李大夫把女知青救了，自己却跳了下去。

李大夫再也不能给我打针看病了，也不想看女人的屁股了。有人说李大夫是寻女知青去了，可女知青不是被李大夫埋在荒天野地里了吗？最后李大夫也被埋在了那里。

大表姐哭得可是个痛，一会儿哭女知青一会儿哭李大夫，她也不害怕。我们去找她时，她还在雪地里哭，雪把她的头都落白了。后来还见到大表姐去坟头上，大表姐给他们两个上坟，送吃的，送寒衣。

大表姐到好大都没有嫁人。直到三十了，才跟着一个煤矿的矿工走了。三妗子说，大表姐的心早就和女知青和李大夫埋在一起了。

## 4

那个时候特别爱下雪，一刮北风雪就跟着来了。雪喜欢我们的村子，雪总是把村子盖得严严实实，然后就让年跟过来，让炮仗跟过来，让欢天喜地跟过来。我渐渐地长大了。

雪总是把我引到地里去，无边无际的雪把天也连在了一起。我发出一声喊，喊声就变成了雪花回到我张开的口中。我发出更大的喊，就有更大的雪花回到我的口中。我快乐地笑着，咳嗽着，让寒冷浸透我的棉袄，然后就滚打在雪中。

一只狗在雪地里跟着我，狗的肚子紧擦着雪，四条腿带起了一片雪花，狗喘的气比我还大。

邻居的小丫跟在我的后面，叫着叫着就哭起来，手上的糖葫芦都白了，最后那串糖葫芦扔在了雪地里，远远地看去刺眼地红。

一团火焰慢慢起来了，一坡的荒草被我点燃。火和草似乎并未接触，草就兴高采烈地噼噼响，一会儿就响到坡那边去了。我知道坡那边埋着女知青和李医生，我不敢到那边去。

## 二叔

水田把太阳一口一口吃进肚里，最后一呼吞儿，连落在田里的霞布也给吞没了。四下里变得一片漆黑。田地睡着了，偶尔哪里的一声响，像田地动了动身子。

二叔上地里去了。二叔没事的时候总是会上地里去。地就是二叔的命。二婶子说，地里有他吃的喝的，他愿意去。他不去不好受。

二叔去的时候，肩头总是扛着一把锨，他肩上没有那把锨他心里空，他就那么扛着，哪怕什么也不干，最后再扛回来，他也离不开那把铁锨。

二叔到了地里，先是圪蹴在地垄头上，一动不动地望着，掏出烟袋来，搓上一袋烟，一口一口地抽，就把那滋润抽到肚里了。

有一条蚯蚓从二叔的脚边钻出来，二叔扯着它，把它扔进地里，蚯蚓像根小绳子在空中打了一个弧圈。

二叔经常会挎着一个箩头，手拿着粪铲去地里。走一路捡一路粪。越是起得早越能捡到好粪。遇到下地的牛或者叫驴在路上翘起尾巴拉出一溜的废物，二叔就捡了一个大漏。走到地里的时候，箩头也满了。有的粪被车子碾成了碎饼，紧紧地粘在路面上，二叔会拿着铲子小心翼翼地铲起来。二叔说，这都是好东西啊。

有时二叔去地的时候没有带箩头，那是干别的什么去了，想起来二叔还会拐到地里去看看，这时就会看到路上一大泡新鲜的牛粪，二叔会捋几根芦草，弯折起来，将牛粪铲起来，一路端着去地。就像端着一个小笼屉，笼屉还热热地冒着烟气。

有时二叔左手里吃着窝窝，右手就会端着这样的一泡牛粪。遇了乡亲两人就打招呼：

吃了？嗯啊，吃了。上地？嗯啊，上地。

并不因为二叔手里有一泡牛粪而受到耻笑，没有谁耻笑一个喜爱土地的庄稼人，二叔也不会为一泡牛粪而不好意思。

有时候二叔遇到的不是牲口粪，是狗或者羊或者獾或者人的粪，二叔都会毫不犹豫地捡到箩头里，到了地里，一点点撒到玉蜀黍苗或者豆秧上，那嘴角就有了一丝笑意。

二叔看着地的时候，会把眼睛眯起来盯着一个地方，盯着盯着就走过去，把藏在土里的一个瓦片抠出来，扔到地头上。地头已经有一堆这样的小瓦片小石头小木棍什么的，甚至还会有一片河蚌壳。这些东西，不定都是通过什么渠道进来的，有的是随着粪车，有的或是随着一个顽皮的孩子，还有的也许是随着一阵大风。但是它们一般都不会逃过二叔的眼睛，二叔把他的那片田地研究透了，就像是把二婶子的身体研究透一样，什么地方哪一天有一点变样，二叔立刻就会发现。

一个钉子把二叔的脚底板扎了一个洞，实际上二叔发现的时候，那根钉子还在二叔的脚底板上扎着。钉子是钉在一块木头片上，木头片深埋在土里，二叔拉粪上地的时候，感觉脚下发出刺的一声闷响，就像奶奶纳鞋底的锥子扎透鞋底一样，随即一股热流传上来。二叔抬脚的时候，那个带着钉子的木板也被抬了起来。二叔咬着牙从鞋底把那个木板拽了下来，脱掉鞋子的时候，满鞋子都是红色的印迹。

二叔抓一把干土到鞋子里，然后用脚搓搓，又把鞋子穿了起来。而后不声不响地接着干活。二叔下晌回家，没有忘了提着那个钉子片，走出地去，到了路上，把钉子用铁锨砸弯，砸到不能伤人的程度，远远地扔进了土原的深处。

他原本是想扔到河里去的，想想又改换了主意。

田地里说不定什么东西会从天而降。一只鸟飞着飞着，飞到二叔的田地上空，突然就掉落下来，渐渐地化为泥土。一团麦秸被风团着，到这里就散开了。

田地是二叔的心尖肉。二叔养着它就像二婶子养着猪一样，看着它长膘、撒欢、换钱。

后来二叔得了肝病，二叔还是坚持了好长时间，二叔觉得那病会从体内自己跑掉。二叔说，咱庄稼人，又没有招惹过谁，人家招惹咱干啥？可二叔最后还是不能去地里了。二叔不能去地，二叔就总是在炕上念叨，说这个时候该上肥了，那个时候该浇水了。

那片地一直在二叔的心里。二叔总是想着那片地，最后还是躺在了那片地里。

（原载《人民文学》2018年第7期）

# 心的方向，无穷无尽

◎彭　程

## 一

此刻，在明亮蔚蓝的天空下，热带十月的炽烈阳光瀑布一样倾泻。目光所及的广阔视域里，不同科属的众多植物茁壮茂盛，一派浓郁恣肆的碧绿，喷吐着生命的活力。叶片阔大肥厚，藤蔓纷披葳蕤，我仿佛听到枝干中汁液汩汩流淌的声音。千姿百态的花朵，奇异艳丽，呼喊一样地绽放。眯了眼睛，逆着强烈的光线望去，在被阳光镶嵌上一圈暗边的巨大云朵下面，几十米高的椰子树的羽状枝叶，向四面八方伸展开来，仿佛一幅充满质感的剪影。

这里是兴隆热带植物园，位于海南万宁。

眼前这些树木花卉，让我的思绪飞向整整三十年前，我到过的中国科学院西双版纳热带植物园。它位于一个被江水环绕的小岛上，因此记忆中水光潋滟。我清楚地记得那条江叫作罗梭江，我曾经一步步试探着走进它的温暖而湍急的水流。那是澜沧江的一条支流，澜沧江流出国境后进入东南亚的几个国家，在那片土地上被称作湄公河。因为童年时读过越南军民抗击美军的战斗故事，这条河流曾经强烈地激发了一个孩子对异域的向往和想象。

两个植物园中的植物大多无异，但相互之间的直线距离就有两千多公里。在它们分别所属的华南和西南的广大区域中，海陆阻隔，江河纵横，山脉连绵。

然而想象能够消弭阻隔，就像我此刻的体验。在意识的调遣下，距离不复存在，方向随意掌控。佛经中有一句话，“一刹那间为一念”，意念起动时，即使远在天涯，却可以迅疾地化为近在咫尺。

对于身边的日常生活来说，远方往往意味着魅力和诱惑，所以才会有“生活在别处”之说，而一句短语“远方和诗”更是广为流传——远方天然地蕴涵了丰沛的诗意。

这种诱惑对一个少年尤其强烈。在一望无际的华北平原长大的我，十几岁时因为看到了一本画册而入迷着魔，从此把小桥流水的江南，当成心目中最初的远方。我曾经骑车去十几公里之外大运河边上的一个小镇，只是为了看一眼从那里经过的火车。那是当时的津浦线，沿着铁路一直向南，就能到达我的梦想之地。看着一列绿皮火车从视野中消失，我想象它到达的地方，那里的天空和土地，城市和乡村，河流和植物，那里的人们和他们的生活，心中有一种模糊的激动。差不多十年后，当我初次踏上那里的土地时，却分明有一种旧地重游的感觉——脑海中无数次的描画勾勒，已经让想象无限接近于真实。

更晚一些时候，陕北高原成为我新的向往。质朴苍茫的黄土地，曲折蜿蜒的沟壑梁峁，高亢悠扬的信天游的曲调，在我的眼前耳畔，一遍遍地闪现和回荡。当我终于来到陕北，在黄河边上的一次乡间宴席上，酒酣忘情之时，即兴哼唱起了《兰花花》和《赶牲灵》,《走西口》和《三十里铺》。淳朴的主人惊诧于我对民歌的熟悉，猜测我莫非是在这里长大后走出去的陕北娃，让我不禁有一种小小的得意。

随着年龄和经历的增加，曾经的虚幻变作真实，陌生成为熟悉，然而向往也会同步扩展，没有停歇。远方永远存在，远方在远方之外，在东西南北的各个方向。目光尽头的地平线，不过是一个新的起点。一个声音呼唤你出发，行行复行行，把灵魂朝着天空敞开，把脚步印在永远向前方伸延的大地上。

有许多年了，我最喜欢做的一件事情，是在某个清静的时辰，展开一本中国地图册，选取其中的一页，再确定其上的一个或几个地点，放飞思绪。

这其实通常是一种场景回放。意念抵达之处，多是我曾经留下足迹的地方。不需要闭上眼睛，神凝气定之时，眼前的物件陈设不复存在，我分明看到，一幕幕画面穿越时光和距离，翩然闪现。

那是长白山下延吉州二道白河小镇外的原始森林，脚步踩在厚重松软的腐殖土上，松脂的清香、铃兰花的馥郁伴着鸟儿的鸣叫扑面而来；是被称为“贵州屋脊”的毕节赫章县的韭菜坪，山顶上一望无际的大朵紫色野韭菜花，在呼啸的天风里飘荡摇曳，远眺连绵的群峰仿佛巨兽青黛色的背脊；是浙东南永嘉群峰环抱中的楠溪江，用千百条清澈澄碧的溪水，用奇岩、飞瀑、深潭、古村和老街，打造出了三百里山水画廊；是新疆伊犁霍城的万亩薰衣草，深紫色花朵波浪般层叠起伏，一直延伸向远处的白杨林带，映照着天地接壤处山峰上的皑皑积雪。

有时候，借助资料和图片，我也会把目光投向某个向往已久而尚未遂愿的地方。我想象青海三江源头的浩瀚壮丽，西藏纳木错圣湖边飘扬的经幡；想象大凉山满山遍野的金黄色苦荞麦，大兴安岭深处以驯鹿和猎狗为伴的鄂伦春人家。甚至仅仅是想象，就能够带来一种惬意的慰藉。

这些已经去过和或将去到的地方，被造化赋予了各自的美质。壮丽，秀美，辽阔，幽深，雄奇，朴拙……美的形态千变万化，繁复多姿。但对于我来说，它们其实是一样的，或者说最主要的地方是一致的：初次遭逢时，都是一种感动，一种震颤，一道划过灵魂的闪电；而过后，则是一遍遍地回想，在回想中沉醉，在沉醉中升起新的梦想。

## 二

让我记述一次这样的闪电和震颤。它的强度让我此生难忘。

是二十多年前，一次在新疆大地上的行旅。是在天山北麓，汽车穿越连绵交错的农田和林带，即将驶入浩瀚无垠的千里戈壁。就在它的边缘，神话一样，眼前突然闪现出一望无际的向日葵，至少有几十万株吧，茎秆高大粗壮，花盘饱满圆润，花瓣金黄耀眼。它们齐齐地绽放，一片汪洋灿烂，仿佛色彩的爆炸和燃烧。在片刻的惊骇后，我觉察到眼眶中盈满了泪水。

这样的一幕几天后再次上演，在伊犁河谷地的某一处草原上。因为暴雨冲垮道路，车行受阻，等候的时候不觉睡着了。醒来时已经入夜，在懵懂昏沉中走下车，抬眼一望，就像被一瓢冰水迎面泼浇过来一样，刹那间头脑变得清醒无比。四野漆黑一片，只有满天的星斗熠熠闪烁，仿佛被冰山雪水擦拭过一样，清亮晶莹。轻盈飘荡的星光交织弥漫，仿佛发光的白雾，清澈透明，笼天罩地，如梦如幻。从来不曾遇见过这样的情景，一瞬间眼泪夺眶而出，欢快流淌。

不用感到难为情吧。眼泪是一种验证，是灵魂和情感尚且丰盈饱满的体现。而此时此地，它是在强烈地证明着风景的大美。

不像天池、魔鬼城和赛里木湖等等北疆名胜，这些让我镂心刻骨的地方，其实在当地都是最普通的风景，普通到无人关注，更不会被写入旅游指南。不过这又有什么关系呢？因为平凡而普遍，它们更能够反映此地的自然之美的本质，也更能够和孕育于风土之中的普遍精神建立起一种关联。

这样的风景，也在云南普洱千年的古茶树林中，在宁夏河套平原黄河水缓慢的流淌中，在呼伦贝尔草原夏日浓烈的青草气息中，在漠河北极村冬日被白雪包裹的深深寂静中，在闽南荔枝和芭蕉树叶油亮的闪光中，在西双版纳月光下的凤尾竹轻柔的摇曳中……

只要倾心相与，你就能够听到每一处大自然的心跳声，捕捉到它丰富而微妙的表情变化。每一个地方，它们的天气和地貌，植被和物候，天地之间诸种元素的组合，构成了各自独特的声息色彩。而所有这些地方连接和伸展开去，便是一片大地的整体。这是一个巨大的整体，站立在亚洲大陆的东方。

久久凝视那一幅雄鸡形状的版图上，那些你亲近过的地方，一种情感会在心中诞生和积聚。那是一种与这片土地血肉关联、休戚与共的情感，当它们生发激荡时，有着砭骨入髓一般的尖锐和确凿。

在你的凝视下，大地敞开了丰富而深沉的美。你正是从这里，从一草一木，从一峰一壑，建立起对于一片国土的感情。家国之爱是最为具象的情感，自然风物是最为直接和具体的体现，这样就会明白，我们的前人何以会用桑梓来指代故乡，而“故国乔木”也成为了一种广泛的表达。

“胡马依北风，越鸟巢南枝”，因为那个方向，分别是它们的家园所在。动物禽鸟尚且如此，何况是万物灵长的人类。每个人的家园之感，都诞生于某一片具体的土地，而家国同构，无数家园的连接，便垒砌起了整个国度的根基。这种对于土地的感情，真实而有力，远胜过一些抽象浮泛的口号和理论。所以这样的歌词才能够被传唱几十年：“长江长城，黄山黄河，在我心中重千斤。”

甚至一种最为深切的哀痛和悲愤，也可以经由风光和自然来获得寄托。在敌寇铁蹄践踏、国土沦丧百姓流离的黯淡日子里，诗人戴望舒这样写道：

我/用残损的手掌摸索/这广大的土地：这一角/已变成灰烬，那一角/只是血和泥；这一片湖/该是我的家乡，（春天，堤上/繁花如锦幛，嫩柳枝折断/有奇异的芬芳）我触到/荇藻和水的微凉；这长白山的雪峰/冷到彻骨，这黄河的水夹泥沙/在指间滑出……

在山川大地之间，祖国的理念清晰而坚实。

## 三

我是一名大自然的滥情者，无法将自己的心安放于某一个具体的风景对象。那么多的美在向我招手呼唤，让我迷醉和焦灼，跃跃欲试。

此刻正值溽暑，炙烤般的闷热让我渴望将躯体投入一片清凉。大自然中的水体而不是室内游泳馆，才能够提供一份真正的夏日惬意。我的思绪以故乡冀东南平原上那一条无名的小河为原点，向外延伸。少年时代的好几个漫长夏季，它都是我和小伙伴们不可替代的乐园。我想到故乡县城十公里外的京杭大运河，想到八十公里外的华北最大湿地衡水湖，想到两百公里外的白洋淀，想到四百公里外的北戴河海滨……水的意念将它们贯通和串联起来。

那么，我是不是还应该想到桂林甲秀天下的山水，碧玉簪般的峰峦在青罗带般的碧波中，投下淡墨般的倒影；想到自神农架原始森林里流淌下来的香溪，青黛色的水面曾经映照过王昭君的美丽；想到七月的青海湖畔，金黄的油菜花和碧绿的牧草伸向天边，映照着一望无际的万顷碧波；想到云南高原上抚仙湖的幽深，它的蓄水量相当于十几个滇池，古人用“万顷琉璃”来比喻它的晶莹清澈——这些都是我步履所至之处，目光曾经被它们的清澈洗濯过，手足曾经浸入它们的温暖或者清凉。

这样的名字可以无限地排列下去。它们在地图上只是游丝般的细线和芥子般的微点，甚至大多数都不够资格得到标示，但只要一想到它们，我眼前即刻就会一片波光潋滟。

这还只是水系。而山地呢？草原呢？森林呢？大漠呢？任何一个，都可以无穷无尽地展开。而在这所有一切之中奔跑的兽类，鸣啭的鸟儿呢？绽放的花儿，静默的树木呢？这样的推问让我眩晕。美是汪洋无际，是浩瀚无边。它让我欢悦，也让我痛苦。我将遭遇那么丰富的美，我将难以穷尽那么丰富的美。

三十年前听到一个故事，从此铭记在心。当时来中国的日本游客很多，一个旅行团来到内蒙古大草原，篝火晚会就在蒙古包旁边的草地上举行。皓月当空，奶茶飘香，歌声悦耳，舞姿动人，一位老年游客突然放声大哭，老泪纵横。面对惶恐不安以为出了什么纰漏的导游和接待方，老人哽咽着说：多么羡慕你们，有这么辽阔的国土！

是的，这是一种幸福。九百六十万平方公里的广阔疆域，提供了太多的美好和富足。还有什么幸福能和它相比？想到这一点，激动便如同潮水一样涌上心头。

在这一片寥廓的土地上，一个人去过的地方也许很多，但没有去过的地方总是更多。在他的步履和视野之外，无限的美存在于无限的空间中，默默无语或者喧哗恣肆。

一些看似不同的事物维度之间，却有着神秘的连接管道。譬如时空是不同的范畴，但时间也最能够描绘空间。夏天晚上十点半钟，我在南疆喀什的街头小馆与当地友人品茶，一边欣赏着落日在西天渲染出一抹红晕，而此刻北京的家人已经准备就寝。同一片天空下，白昼和黑夜分割开各自的统治区域。我也曾在一月份，从冰城哈尔滨直飞海南三亚，登机时身着羽绒服尚觉寒风凛冽，落地时换成短袖，快走几步仍然汗湿。六个小时的航程，我跨越了几个季节。

面对这样广大至极的美好风景，我不止一次地想过，如果不让自己成为一名漫游者，哪怕只是在生命的某个时期，那么实在是一种浪费，甚至是一种罪过，总有一天悔恨会来啃噬。

漫游，让脚步跟随着目光，让诗意陪伴着向往。如果我爱慕的目光在抵达某个具体目标时仍然游移不定，那是因为我有一种对整体的忠诚，需要到更广阔的时空中践行。行走中，远方化为眼前，异乡变成家乡，“无端更渡桑干水，却认并州是故乡”。脚步每当踏上一个新的地方，都是把家园的界限向外扩展。而所有的家乡，它们的名字的组合，就形象地描画出了一个国家的名字，成为对它的标注和阐释。在被这个名字覆盖和庇护的一大片土地上，我们诞生和成长，爱恋和死亡。

曾经看过一部美国电影《心的方向》。退休后的老人无所事事，空虚迷茫，在妻子去世后，他通过反省领悟到过去生活的荒谬，并驾车穿越整个美国去女儿家，为了阻止一桩在他看来会毁了女儿的幸福的婚姻。在这个行动中，他重新获得了生命的充实之感。一个虽然平淡却颇有蕴藉的故事。

但我这里想说的，是电影名字给了我启发。它有一种新鲜而生动的表现力。我的心的方向，也就是目光的方向，脚步的方向。它们指向的，是祖国大地上的江河湖海，高山平原，一种无边无际的美丽。

我的心的方向，朝着四面八方，无穷无尽。

（原载《光明日报》2018年8月24日）

# 迷醉的石头

◎梅　洁

## 1

我始终以为“奇石”收藏已成为世间最神秘最具震撼力的艺术之一。收藏者滚热的生命在与冥顽的石头相识相遇、相厮相守中共同完成了一种天人合一的造化。那天上来石已懂得收藏者的心灵话语，那收藏者自是参透了那顽石携带的来自宇宙深处的秘密，他们在相遇的那一刻，就已完成了一种属于造化的艺术。

我常常站在那些大自然无言的神秘与奇美面前，留恋很久，迷醉很久。

我自知我收藏的石头还达不到奇石境界，但我对它们的陶醉、对它们的爱之执著，它们即使不是“奇石”我也无怨无悔。就凭我把它们装在我的衣箱里、和我有着香水味的衣服裹在一起，一年又一年地从天涯海角把它们带回家，它们就能体恤到我千万里的旅途劳苦和一颗虔敬之心。

就先说我命名的那块“麦积山”石吧——1998年我去中国西部采访贫困与西部教育，途中我到达甘肃境内的麦积山。麦积山与敦煌同为中国著名文化胜地，麦积山的石窟艺术和佛像雕塑堪与云冈石窟、龙门石窟媲美，可我去过敦煌、云冈、龙门就是没去过麦积山，那次西行之路上我是下决心要去看看麦积山的。谁知，那直插云端的山脉、那盘旋在山体上拾级而上的弦梯，我往上一站一低头便魂不附体，头晕目眩。印象里我不曾有恐高症，可我就是上不了麦积山，我一上就心惊胆战，屡试屡败，最终败下阵来，25元门票作废。

我在西部独自走过甘肃、走过青海、走过宁夏，从黄河东走到黄河西，从黄河北走到黄河南，有一天，在萨拉族居住的黄河边上，我发现了一块石头，这石头造型酷似我心仪已久的麦积山，那青白相间的石体，那蘑菇云状的造型，那山体、那弦梯、那石窟分明全都浓缩在这块石头上了。发现这块石头时我惊喜万分，我想这是佛祖赐予我的礼物，我没上了麦积山，他赐我一个麦积石，这么一想我就乐了，就把这块石头命名为“麦积山”石了！后来，我在西部走了数月，行程数万里，那块重达七八斤、酷似麦积山的石头一直装在我的衣箱里。当然，现在它已堂而皇之地坐落在我的石艺间，它并不起眼，但却有来历。

与麦积石一起带回的还有我在青海日月山农民手中购买的玛瑙石，还有几十斤重的采访资料，还有一大衣箱换洗衣服，你们想想，千里万里的长路，我是怎样如牛负重!？回家时丈夫接站，看到此情此景大吃一惊，连声嗔怪：“你算完了！疯了疯了!”

不是说牛话，我有时真的能把从“石商”那里很便宜地买到的石头硬是看出了名堂，以至价值几倍地翻番。行内人知道，石头的价值就在于你能否看出名堂，几片小石，你能看出那是马、恩、列、斯头像，那就成为价值不菲的艺术品，你看不出来，就是一文不值的碎石片。数年前，我去“花市”买花，花市旁边有一家出售奇石的小店，我进去走了一圈，花三十、五十、一百买回了几块石头，这个价钱是买不上有名堂的好石头的，只是看着好看而已。没想我把这几块石头放到书柜间后，天长日久地去看、去琢磨，我硬是把这几块石头看出了名堂——

你瞧那块：晨曦朦胧，群山逶迤，天穹深阔。天穹下白墙黑瓦的江南古堡，古堡前小河深潭，流水潺潺，流水里山脉巍峨的倒影，水潭旁石块砌就的木桥、石径……一切都是那样安详静谧。那静谧使你仿佛能听到晨曦里的一声犬吠鸡鸣，那安详使你仿佛看到了母亲在清晨里烧出的第一缕炊烟。于是，我给这块石头命名为“古堡晨曦”。有命名就有了名堂，有名堂和没名堂的石头能一样么？

还有那块：整个石体圆如明月，褐红相间的石质浑然成图，很长时间里我并未看出这图案里的秘密。可就有那么一天，我在凝视了它很久之后，突然眼前一亮：那图案不分明是一只可爱的灵兔吗？它嘴里不是正衔着一片树叶吗？那横扫而过的一抹褐色不是一枝桂树香枝吗？再一想，那圆石本身不可以想象成“星空皓月”吗？那灵兔不可以想象成嫦娥带入月宫的神物吗？圆月、玉兔、桂树，好了——“玉兔蟾桂”！我的这块石头居然是一个成语，且组成了一个美丽的神话故事！一块顽石突然间美丽成了一个成语、一个故事，你说它还是一个平常的石头么？

最让我的家人惊诧不已且喜笑颜开的是那块我从故乡的汉江边背回来的石头，那块石头重达15斤，旅途中它曾坠断了我的衣箱提手，让我尴尬负重3千里！这块顽石属汉江边的鹅卵石却又凹凸不平，它的珍奇在于青白相间的两种天然石质生生组成了一个图案和两个汉字，那图案再笨的人也能识出是一只白色大鸟，那两个青色文字再没文化的人也能认出是“一日”。巧的是这青色的“一日”两字恰恰附着在白色大鸟身上，如果不用心、不琢磨、不参悟，鸟就是鸟、字就是字，无所谓。可又有那么一天，我在这块石头前伫立良久之后，心里一悸，那鸟那字生生浑为一体，想想鸟“一日”的飞翔速度，那还不是“一日千里”是什么？当我把这块从三千里外的故乡背回的石头和一个穿越时空的成语连在一起时，我真是一阵心花怒放！

最出彩的是，我丈夫生前曾说，你湖北人嘛，本是九头鸟嘛，你背回来了你们南蛮子的图腾了！丈夫这一启发，更让我心生快乐与感激：我竟然在冥冥天宇间，漫漫洪荒中背回了象征我祖先的图腾凤凰，何以了得？

我还有从塞外沙漠里捡拾的“乱云飞渡”“巢”什么的（都是我自己命名，一命名它们就活了），还有从山东朋友那里廉价“抢购”来的“晨啼”“虎啸”、三亿年前的三叶虫化石什么的，还有从汉江、涪江、万江河边捡来的这样那样的石头，虽不起眼，一毛不值，但都有我的体温。

总而言之，我喜欢石头，喜欢我从天南海北、山野洪荒中不辞辛苦背回来的石头，它们是我沉默无言的朋友。我知道，我和它们相互对视时，必有一种秘密的天语穿越时空在我心中通体流淌……

我有几块石头，不多，以石为邻，默默相处，共度岁月春秋。

## 2

我还迷醉另外一种石头，它不是那种散落在荒野、山涧、河滩的粗粝之物，它是深埋在地下、有着几亿年生命的精灵；它很孤独，在偌大的地球上只有三四个国家有它很少的同族，且已经在一天天绝迹。迷醉它，是因为它从地底来到人间时，美丽得有些惊世骇俗；迷醉它，更是因为有一天，我突然得知，它居然是我的生辰石和命运护佑石！茫茫宇宙，孤单的它居然默默护佑着同样孤单的我，这让我惊诧不已更感激不已……

它，便是奇异瑰美的绿松石，也称松石。

绿松石有着几千年的灿烂历史，公元前八千年绿松石已走进古人类的生活，它是世间最古老的宝石。至今人们并没有破译它何以埋在地下几亿年竟变得如此美丽。是什么样的石破天惊、山呼海啸、地壳挤压、地火炙烧，煅造出它如此神奇的色彩、多变的纹理、独特的质地？因着它的独特、它的稀少、它的美丽，这些年来已成为人们心头的疯狂之爱。某一天，当我知道故乡十堰已被认定为“中国绿松石之乡”，这里的松石产品不仅质量甚优，且产量占世界产量百分之七十时，我多年的迷醉里便混合了诸多的欢喜与骄傲。

每次回乡，我都要独自一人喜滋滋地串街跑市，参观绿松石店，跑了一家又一家。每每仰望店家壁柜里陈列的那些造型各异的大块原石和巧夺天工的工艺雕刻，抑或是专注玻璃柜台里或碧绿或淡蓝的美轮美奂的松石首饰、佩件，即便不买，我也无限心花怒放，无限心旷神怡。我感觉在这种时刻我才真正体验到什么叫“一饱眼福”。

于是，就总有朋友托我从家乡买绿松石项链、手串、耳坠什么的，我都乐此不疲。每当从松石店为朋友挑选这些首饰时，店主人总是喜盈盈地给我打折，当我回京把这宝贝连同发票交给朋友时，她们总是开心地给我一个拥抱又一个拥抱。

这些年，我也有了几件自己的珍藏，有亲自选购的，也有知己朋友赠送的。比如，福禄寿桃呀，吉祥慈佛呀，聚财貔貅呀，手串、项链、戒指呀，当然还有一颗又一颗小枣大小的绿莹莹的小石头，它们都被穿好了系绳，成为极美的吊坠。有时闲暇，我就把这些宝贝拿出来，放到床上或桌子上，一件一件地欣赏，如痴如醉地看呀、抚摩呀，直到看够了再一件一件收起来。每当外出开会或采风，我都变换着佩戴这些绿莹莹的宝贝，惹得朋友们眼睛一亮一亮的。

我有一种感觉：我这辈子戴松石佩件就是我最大的快乐和幸福，我不会再羡慕其他的首饰了。

我很惊喜这种感觉赋予我的心灵平安和满足，戴上一枚松石“平安扣”，顿觉眼前无限美丽亮堂起来。就这样美丽亮堂地走进每一个日子。

绿松石在世界范围内尤其是在欧美和中国的西藏，自古就被视为幸福石、吉祥石、成功石。在这些地方的文化习俗里，人们把世间十二种美丽的石头对应为一年十二个月的生辰石，即诞生石。不同月份诞生的生命就用不同的宝石来兆示你的福运，给你成功、幸福、战胜邪恶的力量。比如一月石榴石，二月紫水晶，三月蓝宝石，四月钻石……十二月绿松石。绿松石还是公历11月23日至12月21日出生的人的幸运石，即守护石。它会护佑这个时段诞生的人，护佑他们的幸福和成功。

我是公历12月6日出生的，某一天，当我知道我的生辰石、守护石都是绿松石时，我才明白：这么多年迷醉那些绿莹莹的小石头，原来是命中有深缘呀。

我有几件心仪的松石佩件，我心满意足，美丽而小巧的它们在默默守护着我的幸福。

## 3

每个月的生辰石都有一个美丽的传说，那么我关心的绿松石呢？

有史料记载，说13世纪时，波斯商人经过土耳其把绿松石运到了欧洲，欧洲人以为这美丽的石头是土耳其产的，即称为“土耳其玉”。绿松石被称为“土耳其玉”达800多年。古埃及冥王奥赛列司被称为“土耳其玉之神”，王妃爱西丝则被称为“土耳其玉女神”。人们相信佩戴蓝绿色的土耳其玉，会有神力帮忙消灾解厄。事实上，土耳其根本不产这种玉，波斯商人手中的玉就是绿松石。在古波斯的历史中，绿松石被视为最具神秘色彩的避邪之物，被做成护身符，波斯人早已将绿松石视为世间神物。波斯商人手里的绿松石来自哪里？

写到这里，我想起了那个世界著名的意大利旅行家和商人马可·波罗，他在13世纪伊始就是经中东波斯，历时四年来到了中国，他在中国从南到北走了17年。13世纪波斯人传到欧洲的绿松石是否就是中国的绿松石？是否与这位旅行家和商人有关？

其实，绿松石的开采和加工远不止在13世纪。2008年在十堰市郧阳乔家院考古发掘一处春秋古墓群，出土130多件春秋器物，其中71件青铜器，令人惊奇的是4号墓墓主双耳戴玉环，口含玉环，手握玉环，这些玉器均为绿松石磨制的饰品。而尤其珍贵的是其胸间佩有一把锋利的青铜剑，青铜剑柄上镶有美丽的绿松石，这把剑被称为楚国第一玉剑。更为惊异的是，这柄铜剑镶嵌绿松石处的黏结材料经有关部门化验，不是人们所熟知的动物胶、植物胶或矿物胶，而是含有大量的高级饱和脂肪酸酯的蜂蜡。蜂蜡是工蜂蜡腺分泌的脂肪性物质，由工蜂腹部4对蜡腺分泌出来构成蜂巢的主要成分，类似我们现在广泛使用的502强力黏合剂。想想吧，数千年以前的楚国，不仅有了精美的绿松石饰品，还有固定饰品的“万能胶”！我们该怎样仰望祖先？

乔家院这群墓葬地所在的郧阳五峰乡，史料记载为春秋时麇国都城。公元前611年楚国灭麇，大批麇民被迁徙今湖南岳阳。由此证明早在公元前7世纪或更早，郧阳这里就已经有绿松石工艺制品。这就把人类发掘利用绿松石的历史比有史记载的13世纪提前了1400余年！

就在离郧阳乔家院发掘地7公里处的郧阳鲍峡镇，自古就有一处绿松石矿，名为云盖寺绿松石矿，这里出产的天蓝色绿松石，无论色彩、瓷度均被世界公认为质地最好的绿松石。至今十堰市场的松石大多来自云盖寺矿区。早先，人们只知道云盖寺矿山很古老，究竟开采了多少年并不清楚。乔家院墓群出土的楚国松石玉器和第一玉剑，恰好实证了云盖寺绿松石矿的古老历史。经调查，云盖寺山内部开挖作业面已达二十多层，上下垂直高度150米，采矿和运渣巷道长达一百多华里，即5万米！

今天，十堰之所以成为“绿松石之乡”，应该是有历史渊源的。

## 4

无论怎样，我还是想将妇孺皆知的“卞和献玉”和“完璧归赵”的故事再作延伸。延伸到这一奇石竟然在王朝的更迭变换中，作为最高权力象征的“传国玺”，竟诡谲地流传了1600余年，直到后唐才神秘消失……

读过《韩非子·和氏》的人都知道卞和献玉的故事。说楚国的卞和在楚山中得到一块未经雕琢的璞玉，拿去献给楚国国君厉王。厉王叫玉匠鉴别，玉匠说：“这是一块普通的石头呀！”于是，厉王认为卞和是个骗子，把卞和的左脚砍掉了。

楚厉王死了以后，武王当了楚国的国君，卞和又捧着那块璞玉献给武王。武王又叫玉匠鉴定，玉匠又说："这是一块普通的石头呀！"于是，武王也认为卞和是个骗子，又把卞和的右脚砍掉了。

武王死了以后，文王继承了王位。卞和于是抱着璞玉在楚山脚下痛哭了几天几夜，眼泪哭干了，连血也哭出来了。文王听到这事，便派人去问卞和，说："天下被砍掉双脚的人多得很，为什么唯独你哭得这样伤心呢？"（砍脚是楚国的一项刑法）

卞和回答说："我并不是伤心自己的脚被砍掉了，我所悲痛的是宝玉竟被说成普通的石头，忠诚的好人被当成骗子，这才是我最伤心的原因啊。"

文王便叫玉匠认真加工琢磨这块璞玉，果然发现这是一块稀世的宝玉，于是把它命名为"和氏之璧"，"和氏璧"由此得名。

这便是"卞和献玉"的白话译文。过去许多年里读这则故事，兴趣点只在卞和这个人，此人的忠诚令人惊佩。现在再读这则故事，更多关心的是：这块璧已被研究者确认为绿松石，那卞和从哪儿得到的这块绿松石呢？史料记载卞和是春秋楚国人，具体一点是今天襄阳市南漳人，而南漳与郧地近邻，在交通现代化的今天，从南漳到郧阳自驾车两个小时，那么在两千多年前，卞和要得到一块郧地的绿松石，步行三四天是可以到达的。但卞和没说是从郧阳云盖寺矿那里得到的，他只说在荆山里砍柴捡了一块。

不管那块玉石从哪儿来的，但卞和是绝对知道那是块盖世之宝，他不辞砍足之苦也要三献国王。他的忠心最终在楚文王那里得到了补偿，不仅还了玉之真貌，失去双足的卞和也因此被封了零阳侯。

不知古时的零阳是不是今日张家界山中的零阳镇。若是，在古代那可是距襄阳千里迢迢的蛮荒之地，失去双足的卞和何以抵达？但无论怎样，"侯"之爵位总可以有食邑之地了吧。

和氏璧面世后，成为楚国的国宝，从不轻易示人。后来楚国向赵国求婚，和氏璧到了赵国。也有说，赵国太监缪贤偶然以五百金购得和氏璧，赵惠文王闻讯，将璧占为己有。不管怎么说，和氏璧已从楚国到了赵国。

公元前283年，秦昭襄王听说赵国有和氏璧，提出以15座城相交换。因赵弱秦强，赵国不敢怠慢，但又不情愿，便派智谋双全的蔺相如奉璧使秦。蔺相如赴秦后发现其中有诈，又偷偷将和氏璧送回了赵国。这就是“完璧归赵”的故事梗概，司马迁在《史记》中有详细记载。

数十年后，秦灭赵，和氏璧最终落入秦国。

同样是《史记》记载，秦王政九年，便用此璧制造了御玺。秦始皇并命丞相李斯篆书“受命于天，既寿永昌”八字，形同龙凤鸟之状，咸阳玉工王孙寿将和氏璧精研细磨，雕琢为玺，代代相传，称为“传国玺”。

公元前219年，秦始皇乘龙舟行至洞庭湘山（经当代著名屈原研究学者凌智民破解出土文物《鄂君启舟节》确认：此洞庭湘山非湖南洞庭湘山，而在湖北郧阳汉水上游五峰。春秋战国时汉水中上游称“湘水”，襄阳以下汉水称“夏水”），风浪骤起，龙舟将倾，秦始皇“传国玺”坠于江中。秦始皇问博士：“此风何由？”博士答：“此山有湘君祠，是尧之女、舜之妻湘君的安葬地。”始皇大怒，使刑徒三千伐湘山树，赭其山。神奇的是，8年后，朝中使者过华阴平舒道，竟有一人持璧献上，一看，正是8年前沉入汉水中的绿松石雕制的“传国玺”。献璧人留话：“今年祖龙死，宜涉游。”秦始皇听后惶恐，于公元前210年再度出巡到湘（汉）水的湘君祠拜谒湘君并谢罪。然而，一个月后，在返回咸阳走到今河北广宗县沙丘时斃命。以上《水经注》和《史记·秦始皇本纪》都有记载。

秦始皇死后，秦子婴元年（公元前207年）冬，刘邦灭秦，秦王子婴素衣白马，颈系国玺，在咸阳东面十三里的积道亭投降，献上始皇御玺，刘邦遂以此宝随身佩戴，并“代代相传”，号曰“汉传国玺”。

到汉末董卓之乱，御玺先后落入孙坚、袁术之手，再传魏、晋。五胡十六国时，一度流于诸强，后被南朝承袭。隋灭陈后，御玺被陈朝的萧太后带到突厥，直到唐太宗贞观四年（公元630年）御玺归唐。五代时，天下大乱，流传的御玺不知所终。

最后一个掌握“和氏璧”的皇帝是五代后唐末帝李从珂。公元936年，后晋石敬瑭攻陷洛阳前，他和后妃在宫里自焚，所有御用之物也同时投入火中。从此，“和氏璧”神秘失踪，关于它的下落众说纷纭，莫衷一是。

“传国玺”从发现“和氏璧”始，传至唐末，计1600余年。实在是天下奇宝绿松石神秘的身世和悠远壮烈的传说。

仅此，天下何石能与其千秋？

（原载《中国作家》2018年第2期）

# 流火或寒冰

◎吴佳骏

## 夏　屋

那屋子，筑在一条河岸上。灰旧，破败，像是早已被废弃多年。夏日的早晨或黄昏，屋子静谧的影子倒映在河面上，有种不真实感。倘若有风吹过，水波一皱，那屋影就全被揉碎了，只剩下河水对屋子的追忆。

许多年以来，那屋子的门都关闭着，阳光照不进去，只能照在那两扇褪色的灰白的木门上，以及木门上雕刻的同样褪色的残朽的左右门神上。早些年，或许是出于好奇，村里人上坡干活或收工回家，路过那屋门前时，都要习惯性地从窗户外朝里瞅瞅。屋子里其实也没有什么，无非是一张桌子，一张床，几条凳子和两张椅子。最显眼的，是堂屋的香案。香案上一年四季都燃着香，袅袅青烟环绕和弥漫在屋内。香案旁侧的墙壁上，挂着一幅黑白照片，落满了灰尘。那是一张中年男人的面孔，目光呆滞，神情麻木，蜘蛛网罩着他的眼，耳，鼻，舌；也罩着他的瘦，冷，和苍白。很显然，这个照片上的男人，已经被死亡领走了，去了一个非常遥远而又陌生的地方。

后来的一天，那屋子的窗户被一块蓝印花布给遮住了，村人们窥探的视线因之被挡在了窗外，只余下各种各样的猜测和议论在村子里游走。从此，那座房屋成了村里一个漆黑的“城堡”。这个城堡比卡夫卡笔下的城堡还要令人费解。然而很可惜，我们村里没有土地测量员，只有石匠和木匠。否则，就可以找个借口，派人去悄悄靠近那个城堡，靠近城堡里面的秘密和幽暗了。

现在是六月里的一天，我回乡居住的第123个日子。我那天的心情很烦躁，书也看不进去。拿在手里翻开，书上的字迹全都模糊一片，像画家滴在宣纸上的墨团。文章更是写不出来，打开电脑，又关上。一会重新打开，还是写不出，灵感全都被电击了似的。我索性拿起鱼竿，提着桶去河边钓鱼。当我从那座屋门前走过时，我嗅到一股淡淡的青香燃烧的气味。我停下了脚步，站在院子里。那院子很干净，连一片树叶也没有。更看不到鸡、鸭和狗的身影，也听不到有猪和羊的叫声。太阳依旧明亮而放荡地照耀着。屋子依旧落寞而封闭地存在着。不知道为什么，我突然就没了钓鱼的兴致。

我伫立在院坝里，脑海里不断地闪过这屋里住着的那个女人的模样 。她把自己关在这屋子里已经十几年了。她不是个疯子，精神很正常的，可偏喜欢将自己幽闭起来。她怕见光，怕淋雨，怕吹风，怕屋外的一切。她活在村子之中，又活在村子之外。这十几年来，只有少数几个村民看到她走出过屋子——她在院坝里站了一会儿后，很快又钻进了屋，掩上门，拉上窗户的蓝印花布——整个世界又一次剩下她独自一人了。

印象中，我还是在多年前的一个盛夏的午后，看到过她一次。那年天大旱，高温持续了两个多月，滴雨未下，田地都龟裂着，树木和竹子有的也被骄阳晒死。我回乡看望父母，刚爬到山路的转弯处，一个披头散发的女人出现在路边，着实吓了我一跳。她手里拿着一把割草刀，好似在找什么草药。那会儿村人们都还躲在家里午休，野外没有人。她一见到我，似乎也被吓到了，转身就跑，像被太阳追着似的。跑着跑着，她就化掉了，不见了影子。

那个女人有个儿子，年龄四十好几了，单身，在外地一家不知什么工厂打工。逢年过节，还能看到他回来。平常是绝看不到的。但即便是儿子在家，那个女人也是不会从屋子里出来露面的。她的儿子也不会强迫她出来。他们似乎并没有血缘关系，他们是两个互不相干的陌生人——即便他们彼此间还有那么点爱，也难以治愈他们那各自心里的终极的孤独。这孤独多像卡森·麦卡勒斯的那部《心是孤独的猎手》的书里所昭示的孤独啊——那个镇上的哑巴——一个名叫辛格的银器雕刻工的孤独。

从屋子里弥散出来的青香的气味越来越浓，我再一次看了看这屋子。我知道里面住着一个女人，那屋子既是她的壳，也是她的心；既是她的监狱，也是她的佛堂。

# 夜 哭

我在夏夜里听到过各样的哭声。

那哭声，有时大，有时小；有时缠绵，有时悱恻；有时孤绝，有时冷寂；有时如流星划过天幕，有时如蚊虫嗡鸣耳畔；有时似夜风摇撼大树，有时似月光照临池面；有时像乡村基督徒唱诵的赞美诗，有时像吃斋信佛者念诵的经文……

这些哭声，曾让我彻夜难眠。我躺在床上，被各种哭声深深地包裹着，酷似黑夜包裹着村子。苦痛和忧伤如同明灭闪烁的繁星，布满了我的大脑的天空。我睁开眼，望着漆黑的屋瓦，耳边不自然地响起艾青在他的《诗人论》里发出的诘问："如果你听见深夜里还有哭声……你的嘴还能缄默吗？"然而，我的确只能缄默，在这个沉闷的夏季的夜晚。我不缄默，又能如何呢？

在回乡居住的这些日子里，我还从来没有如此这般地被众多的密集的哭声所恼过，但是现在不一样了，这不是一个"春风沉醉的晚上"，这是一个有着哭声的惶然的"子夜"。我一定要找出那些哭声的来处，我要知道到底是谁在深夜里哭泣，以便使我的内心获得安妥和宁静。我的锐敏的听觉的雷达，顺着那声音的频率，在黑夜里四处探查。像一束微弱而幽冷的光，穿梭于夜的深渊里。遗憾的是，我探查了整整一个夏季，还是未能彻底搞清楚那些哭声的来源。只有极少数的几种哭声，我是确凿地知道它们是从哪里传出来的。为此，我愿意将它们简略记述在这里。我希望我的文字不再如我的嘴一样，也是缄默的，尤其在听见深夜里的哭声的时候。

树肯定哭过。因为哭过的树的叶片都是纷乱的，有的甚至变得焦黄。我居住的周围有很多这样的树——有感情的树，会欢笑也会流泪的树。我经常在散步的时候看到过它们那或悲伤或祥和的样子。印象最深的，是我家菜园旁土坎上的那棵洋槐树。每年春天，树上都会缀满繁密的白花。那是蜜蜂最欢欣的季节，却是洋槐树最愁郁的季节。现在，洋槐树早已枯萎了，再也开不出洁白的花朵，然而蜜蜂仍会年年飞来围着枯树转。有时，蜜蜂还会带来鸟雀、蝴蝶、蜻蜓随着它们一起转。转着转着，蜜蜂就开始哭了。蜜蜂一哭，鸟雀也哭，蝴蝶也哭，蜻蜓也哭。最后，枯死的洋槐树也哭了。我至今不明白，既然树都死去了，那它又怎么还会哭泣呢？而且，哭声还那么响亮，那么具有穿透力。难道是洋槐树死了，只剩下它的哭声还活着么？

土地肯定哭过。因为哭过的土地只长荒草不长庄稼。我的村庄周遭全是这类长满了荒草的土地。我每天从原先的田坎走过，荒草都会抓我的膝盖。它们试图强迫我下跪，再试图覆盖我。我挣扎着，抵抗着，为土地，也为我自己。或许是土地可怜我，才在我脚底下嘤嘤地哭。我熟悉它们的哭声，它们的哭声里包裹着太多的盐和太多的碱。

夏天肯定哭过。因为哭过的夏天总是溽热、干燥的。它们会把嗓子哭得沙哑，把喉咙哭得冒烟，把田地哭得坼裂，把虫子哭得自杀；它们还会把凉风哭成汗液，把星辰哭成钻石，把山路哭成血管，把粮食哭成饥饿……我不知道其他的季节是否也会哭，比如春天会哭吗？冬天会哭吗？秋天会哭吗？反正夏天是会哭的，难怪我会在夏季里听到那么多的哭声呢。也许，夏天是在代替秋天哭，冬天哭和春天哭吧。待夏天把眼泪都流尽了，季节也就不会再有哭声了，那该是多么爽朗而宁谧的季节哟。

我肯定也哭过。不然，我绝不会听到这些夜里的哭声的。只有哭过的人，才会对各样的哭声那般敏感。那么，我又是为何而哭呢？其实我也不知道，我的泪水从没有告诉过我，它也从来不受我的控制。每次都是这样，只要我的双脚一踏上故乡的土地，我的眼泪就会夺眶而出。然后，刮过故乡的野风就会将我的哭声带走，带出我的视线和意识，眷念和哀愁。如今，在这个充斥各样哭声的夏夜，我才真正明白了自己哭泣的缘由——我哭我的树和土地，也哭我的夏天，更哭艾青那句“为什么我的眼里常含泪水，因为我对这土地爱得深沉”的诗句。

## 草　药

夏日。早晨。初升的朝阳是傲慢的。它目空一切，发出万道金光，狠狠地将那光的芒刺扎进大地的肌肤。大地静穆着，承受着，既不嚎叫，也不喊疼——莫非是大地已然习惯了将那太阳的芒刺当作扎入土层的疗伤的针灸了么？

这样想着，我便跟着村子里的几个老人走向了山坡。我们要去山上挖草药。我好多年都没挖过草药了，怕认错，只能跟着几个老人走。他们熟悉各种草药，宛如熟悉大地上的每一条路，每一道坎，每一滴水，每一棵树。那些草药仿佛都是他们种植的。他们个个都是我们村里的李时珍，遍尝过百草——酸的，甜的，苦的，涩的，有毒的，没毒的，他们都咀嚼过。他们吃粮食长大，也吃草药长大。他们是农民，命贱如草。他们生了病，没钱去医院治疗，又不想在家等死，就自己上山挖草药救命。他们无论生了什么病，普通的，怪异的，疑难的，轻微的，都吃同样的药。他们只有一张药方，村里所有的病患者都按照这张药方去抓药。有的人吃了好了，有的人吃了疯了，有的人吃了笑了，有的人吃了哭了，有的人吃了活蹦乱跳，有的人吃了呆若木鸡，有的人吃了益寿延年，有的人吃了命归阴曹……

我每次回乡，奶奶都要叫我去给她挖草药。她身体不好，疾病缠身。我劝她去医院，她死活不去。她说唯有草药可以维持住她的性命。这次也是她叫我去挖的。她说趁我在家，多替她挖一些。山坡上杂草丛生，弥漫着山野气息。朝霞落在草叶上，形成淡淡的一抹红。我在几个老人的指引下，低头仔细地寻觅着，辨识着，我希望替我奶奶找到更多的“还魂草”，使她远离疾病和痛苦，恐慌和灾难，困厄和死亡。我慢慢地在草丛里走着，我多想找到那些藏在草间的宝贝——金银花、紫地丁、夏枯草、石菖蒲、过路黄、忍冬花……可我找了半天，也没找着。我怀疑它们都被太阳晒化了，或者被那几个老者提前挖完了（他们身上的疾病并不比我奶奶的少）。难道是他们怕我抢挖这些救命仙草，故意不告诉我的么？不然，那些草药为何找不见了呢——它们不会是跑到我奶奶的身体里去了，抑或跑到鲁迅先生的小说《药》里去了吧？这些“野草”哟，乡下的野草，梦里的野草，呐喊中的野草，救治生命和精神的野草。

太阳又升高了一些，照得大地热辣辣的。然而，大地依旧静穆着，承受着，既不嚎叫，也不喊疼。那几个老人也不喊疼。他们领着我，从这个坡走到那个坡，捉迷藏似的。有时走到一株野草旁，他们故意低下头，脸上流露出惊喜。随即，又摇摇头，直起身，继续朝草地前面走去。我跟在他们后头，亦步亦趋。当我走到他们刚才低头看过的那株草旁时，我凭借童年的印象和记忆，断定那的确就是一株草药，只是我叫不出名字。我追上他们，很真诚地问道：

那不就是草药吗？几个老人相视一笑，全都摆摆手，陷入长久的沉默。

整整一个上午，我们都在山坡上晃悠。我知道，那几个老人委实是在骗我。他们不希望我挖到草药。我毕竟比他们年轻，体力比他们好，动作比他们快。若挖起草药来，他们肯定抢不过我。尽管，他们都知道，我来挖草药并非是为自己，而是为我多病的奶奶。但我不明白，这几个老人都是我的长辈，平素在村子里也都是最为慷慨的人，为何这会儿就变得那么自私了呢？那一刻，我的内心有风暴在肆虐。我很想冲上去，拆穿他们的谎言，就像我很想以自己的愤怒去抵抗这初夏的朝阳的傲慢。但我最终还是忍住了。倘若我真的跟他们过不去，也就是在跟我的奶奶过不去，跟衰老过不去，跟活着本身过不去。

那么，我索性就这样跟着他们走。他们走到哪里，我就走到哪里。他们从草旁走过，我就从草旁走过；他们从药旁走过，我就从药旁走过。只要他们不说那草是药，我就绝对不会弯腰去割。我宁可辜负我的奶奶，也不会伤害这几个老人。因为，我的奶奶和他们都很老了。老了的奶奶身边至少还有我这个孙子，可那几个老人身边，一个人也没有，只剩下他们自己。

他们都把自己活成了一味药。

## 庙 劫

我时常迎着早晨的风，或赶着黄昏的落日，踱步到村头的小庙去。那个庙是簇新的，翘檐上，瓦楞上，还沾着新的灰浆的印痕。墙壁也一律的惨白，像极了守庙人的那失去血色的脸孔。庙殿前面，是一块椭圆形的平地。虽抹了水泥，却仍是不平。凹凸的纹路纵横着，好似用刀雕刻出来的样子。而且，平地靠边沿的一块，已经塌陷，裂开一条缝。守庙人说，这是一道新伤，他只要看见它，痛就会在佛前蔓延，无始无终。

大多数时候，庙门都是关闭着的。只有到了夜间，或有人前来烧香的时候，守庙人才会去将庙门打开。白日里，庙房内就只有菩萨，静静地坐在各自的香位上；或金刚怒目，或颔首低眉。我每次来到小庙，都要从栅栏式的木门外朝里瞅。当我看到那些菩萨的时候，那些菩萨也看到了我。而且，我从他们的表情里，察觉到他们一定想开口说点什么。只是，他们有口却无法开口，所以最终还是啥都没说。我也很想说点什么，却照样无法开口。菩萨寂寞的时候，我也是寂寞的。庙门的右侧墙壁下，放着一张由整根树干做成的长凳。那树应该也是刚从山上砍回不久，湿冷的表皮还有汁液流出来。我喜欢在这张树凳上默坐。人坐在上面，犹如坐在林中。坐的时间久了，我就把自己坐成了树中的人。而这棵树呢，仿佛并未死去，它正在复活。它以供佛的方式，让树魂重新回归森林和季节。

除了我和守庙人，几乎没有别的人来小庙。有的人想来，只因年岁大了，行动不便，唯有在心里供奉着庙里的菩萨。而走得动的人呢，又有太多重要的事情要去忙，也就自然地将那些菩萨暂时给忘记了。在这个人世间，有些事，是菩萨也解决不了的，非得人自己去处理不可。

然而，据我的观察，还是有那么三个人经常会到小庙来。有一个中年妇女，好像不是本村的，我叫不出她的姓名。每周三的下午，她都要来小庙进香。每次来，带的供品都很丰富，有刀头肉，有水果，有白酒，有糖和花生。而且，每尊菩萨前，她都要烧纸、磕头，唯恐得罪了菩萨。看得出，她是个做事公正的人，只是我不知道生活对她公正不公正。烧完香，她都要在庙门口的树凳上坐一会儿，直坐到黄纸燃尽，香烛熄灭，她才挨个在菩萨前再次作揖，转身离去。好几次，我都试图跟她聊上几句，但想想还是忍住了。我怕她一旦开口，就会泄露天机。那样，她的纸就白烧了，愿就白祈祷了。我不忍心，菩萨更不忍心。

另一个是老女人，拄着拐棍，隔三差五地来，不分上午和下午。我每回见到她，心都会痛。孟夏的阳光照着她那古铜色的沧桑的脸庞，也照着她那伛偻的脊背和盘曲的双腿。她的两鬓的银丝上也挂着汗珠，像一颗颗透明的菩提子。这个老妇大概是很穷的。她每次来，既不带黄纸，也不带香烛。至于供品，就更别提了。她一到小庙，就跪在菩萨跟前的草蒲团上，闭上眼，双手合十，嘴里叽叽咕咕地念诵着。那声音听上去怪怪的，不清楚她到底是在祈福呢，还是在诅咒谁？约莫半个小时过去，老妇缓慢地立起身，捡起旁边的拐杖，又缓慢地退出小庙，朝家的方向走去。一边走，嘴里仍一边不停地嘀咕。阳光追随着她，覆盖着她，像给她的身上披了一件新织就的袈裟。

还有一个，是个孩子。从年龄上看，顶多不过十多岁。每到周末，他从学校放假回家，都要抽一个下午来小庙祈福。这是个朴实的孩子。他总是穿一件泛白的淡绿色的格子衬衫。那衬衫有些大，应该是别人穿过的。他每每跪在菩萨面前，脸上就会显出害羞的神情，他还不知道该怎样对菩萨说好话。我曾问过他是为谁来祈福。他没有回答我，只说他父亲病了，卧床不起。他的母亲跑了，至今未归。他没有心思再去读书，可父亲非要逼迫他去。说完，他就跟菩萨磕起头来，眼眶里噙着两汪泪花。

……

我沉默无语。守庙人沉默无语。菩萨沉默无语——我们跟那几个常来小庙的人一样，都在各自寻找着化解痛苦的办法。

## 远　信

有一天中午，我躺在竹席上午睡，汗液濡湿了竹席暗黄的表皮。我抓起一把破蒲扇，轻轻地摇动着。蚊子仍在耳边飞舞，这把破扇子制造出的微风，已然对它们构不成威胁。蚊子是嗜血的，我的肉身给了它们继续活着的希望。不久睡意袭来，我摇动蒲扇的手终于静止了，像这个夏天静止的午后时光——梦一样的时光。

我不知道自己到底睡了多久，也不知道那些蚊子究竟从我的身体里吸走了多少血液。反正，当我醒来的时候，那个老妇人已经站在我家堂屋的门外了。论辈分，我该叫她叔婆。叔婆姓文，我也因之叫她文婆。文婆住在村子的西边，她家的房屋旁，有一棵麻柳树。每天薄暮时分，文婆都会坐在树下，眼神茫然地凝望着远处。望着望着，她有时竟会痛哭流涕。我一直觉得，那棵沧桑的麻柳树，一定是被文婆的泪水给泡老的。

我依稀听见文婆在门外叫我，声音有气无力。我赶紧穿上衬衫，走出屋子。她见到我，浅浅地笑了一下，那笑使她额头上的皱纹变得更深。我请她进屋坐，她摇摇头，只呆呆地站着。俄顷，她举起颤抖的手，递给我一个破旧的信封。信封的右下角用红色的字体印着某某监狱的字样。我的背脊一阵发凉。还没等我问话，文婆就急不可待地嗫嚅着说：帮我念念信吧，你木子哥写来的。我接过信，像接过一块生铁。那块生铁，挂在回忆的长廊上，只要轻轻一触碰，铁锈就纷纷朝下掉。

木子是文婆唯一的儿子。她还有三个女儿，有两个已经出阁。剩下一个，在姑娘刚满十七岁的那年夏天，偷偷地跑到东莞去了，从此音讯杳无。文婆的老伴思念幼女心切，整天嗜酒成性。一喝醉，就骂鸡，骂狗，骂黄昏飞翔的乌鸦，骂早晨飘落的枯叶，骂夜晚冷寂的月亮，骂白天火红的太阳。骂到最后，他总不忘骂自己，骂自己的祖宗，骂那些死去的人和活着的人。就这样，在骂了两年零三个月之后，他最终把自己骂到了九泉之下。听文婆说，他的老伴到了阴间，脾气还是丝毫未改，每天都跟那些小鬼争长论短。若自己争论不过，就大动干戈，打得那些小鬼无处藏身，个个都嚷着要还魂。这些事情，是文婆在梦中见到的。她说每次做梦，她的老伴都要嘱咐她，哪怕拼了老命，也要把小女儿找回家。或许是木子心疼母亲，在一个野棉花开满山坡的季节，他独自去了远方寻找妹妹。临别那天，木子跪在母亲跟前，磕了三个响头，且发誓一定会将妹妹找回来。谁承想，木子这一走，不但没找回妹妹，还跟妹妹一样消失得无影无踪。短短几年时间，文婆就衰老了。野棉花从山坡上开到了她的头上。每当她坐在麻柳树下哭完之后，都要高举双手，去采摘头上雪白的棉花。她幻想把那些用棉花缫成的发丝扯下来，替女儿缝棉袄，给儿子做棉帽。文婆身子骨虚，她每费力扯下一根发丝，一个春天就过去了；再扯下一根发丝，一个秋天就过去了；又扯下一根发丝，一个冬天就过去了。现在是夏天，她已经没有发丝可扯。那些存在于她幻觉中的棉花，也没能在她勤劳的双手和坚定的信念下，变出一个完整的棉帽或一件漂亮的棉袄来。

看着文婆掉光了白发的头，我感到一阵战栗。我不知道她是从哪里捡来这个信封的——那个信封上的寄信人署名并不是木子，收信人的名字也不是写的文婆，但她就是坚信那封信是木子写给她的。她一直在喋喋不休地催促我将信念给她听。我很尴尬，也很心痛。我无心去跟文婆解释这封信的真伪，那对她不具有任何意义。只要她认定信是木子写的，那就是木子写的吧。我没有再迟疑，果断地抽出了信瓤。然而，就在我刚要念信时，却傻眼了。那是一张白纸，从小学生作业本上撕下来的。文婆见我愣怔着，说：念啊，快念。我只好怀着复杂的心绪大声地念起来：妈，您好，我是木子。我已经找到幺妹了，请不要担心，我们在外面过得都挺好的……念着念着，我哭了，文婆反而笑了。

信念完，我将这页无字纸装回信封，交还给文婆。她拿着信，冒着午后的暑热一颠一颠地朝村子西边的那棵麻柳树走去。再过一会儿，夕阳晚照的薄暮时分就要降临了。

## 叫　魂

叫魂的声音在黄昏响起。只有在黄昏时分，才是魂魄归家的最佳时候。

我许多年没有听到过叫魂的声音了。在城市里生活，是不会有人叫魂的。而且，生活在城市中的人们，魂魄似乎也不会走丢。他们整日被喧嚣包裹，到处都是人流，车流，电流；即使到了夜间，再偏僻和阴暗的角落，也有灯光照明。更别说那些灯红酒绿至通宵达旦的影院、歌厅和酒吧了。阳气如此旺盛的地方，那些我们看不见的异物躲还来不及呢，哪还敢跑出来偷慑人的魂魄呢？

丢魂的事，大概是注定只能发生在乡村。乡村多简陋，多污秽啊，山高林密，穷乡僻壤。尤其现如今，村里的活人一年比一年减少，死人一年比一年增多。每日一到太阳偏西，偌大的村庄就显出冷落和幽寂来。鸟雀在树丛中阴惨惨地哀鸣，流浪狗在村头村尾低沉地吠叫，人从村里的小路上走过，犹如星月自远古的洪荒中滑过。那种惊惧和孤单的心境，是会叫人失魂落魄的。你若不信，可以亲自到乡下走一走。说不定你在行走中不经意间踢到的一颗小石子，都是一个乡下人丢掉的魂。

乡下人可不像城里人那么勇敢，丢了魂是必须得叫回来的。不然，他就无法继续活下去。乡下人太脆弱了，全靠魂活着。魂是他们内心里最坚硬的东西，也是使他们受伤最严重的东西。丢魂的人越多，叫魂的声音自然也就越频繁。

我记不清那天黄昏是我回乡后听到的第几次叫魂了。叫魂的是一个老人，他在替他躺在床上的意识昏迷的孙子叫魂。老人左手端着一个碗，碗里装着小半碗净水，净水上浮着一层米粒。右手拿着一块红布，红布明显有些旧了，颜色已经褪掉了最初的鲜艳。他在后山的坟地旁走来走去，边走边叫：罗二娃，三魂七魄回家来啰。每叫一声，就用右手拿的红布去拂一下左手端着的碗口。那会儿，我正在菜地里割莴苣准备回家做晚饭。老人看见了我，我也看见了他。不过我们彼此都没有打招呼。叫魂的时候，是不能有人惊扰的。否则，魂魄在回归主人肉身的途中是极有可能重新返回去的。

老人叫魂的声音浑厚而嘶哑。那一刻，后山静穆，太阳也收了它的最后的光线了。坟地周围一片凄清，偶尔有风吹过，坟头上的茅草左右摇摆，发出窸窣之音，仿佛魂魄赶路时响起的脚步声。老人似乎有些气喘，叫过一阵之后，他的声音小了下来，坐在坟堆前的石头上不动了。但不多一会儿，他又立起身，开始声嘶力竭地转着圈叫喊：罗二娃，三魂七魄回家来啰。直到夜幕降临，夜色彻底将老人的身影和他的叫魂声淹没。那天晚上，我不知道老人把他孙子的魂叫回来没有。我真担心，他那把老骨头会被自己的叫喊声震碎。惟愿他不要把孙子的魂叫回来了，而把自己的魂丢了才好。

第二天黄昏，我又听见老人叫魂的声音在后山的坟地响起。跟昨天相比，他的声音越加低沉而嘶哑，好似憋着最后一口气在呐喊。我隐隐感觉情况有些不妙，几次想跑去后山看个究竟，又怕惊扰到老人叫魂而受到他的怒斥。那天夜间，我站在院坝里，抬头仰望着星空，默默地为老人和他的孙子祈祷。第三天，我以为老人还会去后山叫魂，一整天心都在扑通扑通地跳。然而，叫魂的声音再也没有响起。我心里高悬的石头总算落了地。

果然，第四天的清早，我重又看到老人的孙子在村里活蹦乱跳的身影了。老人脸上的气色也好了很多，嘴上叼一袋烟，背着手在村前村后踱步。这次我们见了面，谁都没有沉默，互相问好和谈笑。我问老人他孙子前两天到底怎么回事，老人抽一口烟，说那天上午，他家二女儿生二胎，老伴一大早就赶过去帮忙了，直到第二天才回来。他孙子头天放学回来说要交校服钱，家里没有，老人只好将家里的一只鹅背去城里卖。可他下错了车站，鹅被弄丢了。他在城里疯了似的到处找鹅，还是没找到。天黑回到家，他才发现放学后的孙子闲极无聊，跑去后山坟地旁的树上掏鸟窝被丢了魂，人事不省。说到这里，老人失声痛哭起来。他说：我孙子的魂虽然叫回来了，可我的鹅却再也叫不回来了啊。

我知道，鹅是老人的另一个孙子。

（原载《美文》2018年第1期）

# 一棵桑树的生长史

◎简　默

## 一

一棵桑树不翼而飞了。

一棵桑树下落不明了。

我说的是同一棵桑树。

这棵桑树，栽在了花盆里，搬到了楼下的花圃中。

花盆也是个容器，用于种花，不是用来栽树的。

树应该栽在大地上，长成挺拔的风景，笔直的诗行。

桑树开花，躲在绿叶的手掌之下，被我们忽略和遗忘；结出色彩不同的桑葚，在不同的生长阶段，由青涩渐入红紫。

但一棵桑树不是一株花。

我猜想，是院子里有人需要这个花盆，连盆带树一起端走了。

这其实是一个陶盆，极普通的那种，同样经历了火焰的洗礼。

这其实是一个懒人，懒得拔了桑树拎走盆，干脆一股脑地端走了。

一个花盆和一棵桑树，都不会长腿走路，自己移走自己，除了有人端走它们，我想不出更好的解释。

还有一棵树，也是桑树。

也栽在了花盆里，搬到了楼下的花圃中。

两棵桑树，一样身高，叶子不多不少，都是十一片，栽在同样的陶盆里，像一对孪生兄弟，没有人分得清它们中谁大谁小，也许它们自己知道。

鸟有鸟的语言，树也有树的语言，它们都是一棵真正的树，暂时委屈在一个花盆中，但这不妨碍它们操着自己的语言，从蚕宝宝似的细节出发，分辨出谁大谁小。

此时，一棵桑树没生翅膀，却骑上花盆飞走了，撇下另一棵桑树待在原地不动，没有一丝风，桑叶也不会相互挠痒痒，发出沙沙的笑声。

## 二

这两棵桑树，是春天我们领着儿子到鳌山游玩，在水库边的荒地上拔的。

鳌山扎根在大地上，像一只匍匐的巨鳌，鳌头对着水库，仿佛在饮着水。我头脑中突然蹦出了沧海桑田之类的联想，我甚至觉得这座形似巨鳌的山，曾经沉入水底，是水的一部分，但水库不是大海，它只是人掘地数尺制造的容器，蓄着地下涌上和从天降临的水，却无力探出柔软的手臂，像藤一样缠住山。

水库水涨水落，一不小心就溢上了岸，淹了长满杂草的荒地，冲来泥土，也带走泥土，不多不少，留下肥沃，草生得更欢了，更乱了。

经过一个冬天的瘦身，水无奈地让出它的部分领地，退水还岸了。野草的春天如约来了，它们枯了一冬，寄身于像龟甲一样破绽百出的地上，一场雨水滋润了它们，挽救了它们，破绽被细如花针的雨丝缝合上了，它们扶起自己，渴望着重新容光焕发，如花似玉。

这两棵桑树自然是野桑树。它们从一粒桑葚或种子开始，落脚这儿，入土为安，发芽生长。我说不清它们从哪儿来，我随便猜测着它们是一阵风吹来的，是一只鸟衔来的，从空中落到地上，滚入草丛中，就扎下了根。

渐渐的，它们越长越挺拔，高过了所有的草；叶子从第一片开始，越生越多，明显区别于周围的草。它们学会了辨识风的形状，柔韧地随风塑造着自己，俯仰摇摆保护着自己；也学会了叶子与叶子相互挠痒痒，发出沙沙的笑声，像最细的那种砂纸反复打磨着空气。但它们依然瘦弱，依然单薄，伶仃骨架挑着十一片叶子，仅仅托得住一只蚂蚱的重量，摇曳在风中雨中。

直到被我们连根拔回了家。

## 三

我曾经不认为将它们拔回家是错误的，相反，我觉得是我们救了它们。你想想看，假如我们不拔它们回家，任由它们在那儿自由生长，到了夏天，天像被捅漏似的下雨如注，水库的水溢上了岸，淹了它们，它们不是水草，不会游泳，也不会拔起自己逃跑，因此它们活下来的可能性很小。

脱离泥土的它们叶子蔫了，树梢耷拉下头，像两个战败的士兵，我有点儿怀疑它们是否还能缓过劲来。终于回到家了，一路催促我们的儿子开始忙活了，他从阳台上找出两个模样相同的陶盆，将两棵蔫头耷脑的桑树分别栽进盆里，抓过花壶浇上水。他做这些时十分专注，非常认真，隔着纱门，他在外面，我在里头，我看了心生感动，仿佛花壶里的水倾斜着倒入了我心田，浸润得我坚硬的心柔软了起来。

两盆桑树被放在了阳台上，这儿吹得到风，偶尔晒得到阳光。花盆朝天，上宽下窄，有一根筷子深，像那种绅士戴的高筒礼帽。桑树们习惯了苍茫大地，乍被移进花盆里，觉得有些委屈，但眼下顾不上抱怨了，它们需要打起精神，重新振作起来。

经过一夜和一个上午，疲惫的桑树们缓过劲了，从头到脚挺立在花盆中，叶子也翠绿地舒展开了。

儿子提起的心放下了……

## 四

我，儿子，还有许许多多的小伙伴，谁在童年没养过蚕？养蚕是我们整个童年记忆中不可缺少的一部分，蚕与我们朝夕相处，是离我们最近、体量最小的昆虫，也是我们一天一天地盯着长大的掌上孩子。从一粒小如芝麻的蚕卵开始，我们目睹了一条蚕成长的每个阶段，像对待一个孩子一样小心翼翼地喂大了它。就像鱼儿离不开水，养蚕也离不开桑叶。桑叶是一幅卵形地图，脉络清晰地向两边延伸，走出了一条丝绸之路。最初孵化的蚕像蚂蚁，呈黑色，身上密生细毛，趴在这幅绿油油的地图上，它不懂得如何下口，解决自己初到尘世的饥饿，是一根洁白的鹅毛，被一只手捏着，它乘着鹅毛，轻轻地降落到桑叶锯齿状的边缘，桑叶散发着薄荷的气息，强烈地吸引着它，它在细嚼慢咽中开始了自己的跋涉之旅。这幅地图对它是如此辽阔，仿佛无穷无尽，从白天到黑夜，它一边咀嚼一边跋涉，听不见任何声音，一天下来，似乎没咀嚼多少，也没跋涉多远。它渐渐地长大了，头如老虎头，可以轻而易举地咀嚼尽一片桑叶，跋涉完一幅地图，伴随着沙沙声，像下着小雨，在寂静的时光里，听起来惊心动魄。待到跋涉完九九八十一幅地图，它躲在纸盒子的一个角落，吐出一根长长的丝，束缚起自己，昼夜不息，直到死。

我最犯愁的是如何采到桑叶。眼睁睁地看着一条条白花花的蚕，昂起头四下寻觅着桑叶，却不会喊饿，我的心像被猫抓猫挠似的，说不出的难受。原野上生长着树，却是桃树李子树枇杷树柚子树之类的果树，很难觅见桑树的踪影；满山都是树，有槐树茶树枫树青冈树，还有一些叫不出名字的树，却不见桑树浓荫掩隐。我发疯似的到处找寻着桑叶，终于，在郊外的一座高冈上，在灌木丛中，我发现了一棵桑树。它是山野中的孩子，身子还没完全长开，披挂着并不稠密的叶子。我真的像哥伦布发现了新大陆，站在原地欢呼雀跃，我的蚕得救了，它们有桑叶吃了，我恨不得张开双臂，将这棵桑树紧紧地抱入我怀中，仿佛只有这样做它才是我一个人的，但四周的荆棘尖锐而冷漠地挡住了我。我踮起脚尖，上身前倾，探出右臂，躲开荆棘，摘着桑叶。我养的蚕不多，就四五条，它们是一次一次地淘汰后的幸存者，却都大了，食量也大，一顿要吃掉三四片桑叶。而且，随着它们个头越长越大，体形越来越胖，它们吃得更多了。世间万物它们独爱桑叶，它们保有着对这种植物狂热的饕餮之欲，它们从它单薄的身体间品出了生活的意义。我还要背着土黄色的小书包去上学，不可能每天都按时去摘桑叶，为了确保我的蚕在这中间不挨饿，我必须摘下足够的桑叶，数量大约是整棵树上叶子的三分之一。我不摘那些羞涩地卷起自己的嫩芽，它们需要生长和绽放，是我下一次来的首选。我只摘那些大方地长大的叶子，它们每一条叶脉，都清晰地通往辽阔和遥远。但它们的生命力是如此短暂，脱离枝头，也就告别了泥土，在与时光的对抗中，曾经充盈的水分悄悄地流失了，变得枯萎了。那时我们家没有冰箱，我唯一能做的是将它们放进塑料袋中，再搁入一块有些湿润的手绢，扎紧口，这缓解了它们水分流失的速度，能够保证我在下一次采摘前蚕都有桑叶吃。有些桑叶在里头沤烂了，化作了青苔，弥漫着酸腐的气息，像瘟疫迅速波及了其他桑叶，我来不及掩鼻，救火似的挑拣着那些尚未被传染的桑叶，蚕们紧皱的眉头皱得更深了。

我揣着一个巨大的秘密，这秘密太大了，我的心容纳不下它了，它像一只健硕的兔子，就要跃出我的嗓子眼了。我一次次地来往于我家和那座高冈之间，天上的麻雀仿佛窥破了我的秘密，叽叽喳喳地到处传播着，庆幸的是人听不懂鸟语，也就无从知道我的秘密。我背着那个土黄色的小书包，里头装了一书包的桑叶，但我仍怕别人（这当中有大人，也有孩子）像我一样发现这棵桑树，我拔来一捧捧野草，精心地伪装着它，就像我以柳树枝编一顶帽子伪装起自己一样。有一天，天空飘着蒙蒙细雨，我又一次踏上了通往那座高冈之路。我一眼看见这棵桑树没了，被人连根拔走了，它走得如此干净，如此彻底，仿佛它从来没在这儿扎过根。我真是个傻孩子，它长在荆棘中间，不易被人发现，本来是安全的，是我偏偏每一次画蛇添足地拔来野草伪装它，被太阳晒干的野草枯黄凌乱，暴露在青枝绿叶中间，自然而然地就被人发现了。我号啕大哭起来，雨顷刻间下大了，霸道地淹没了我的哭声，透彻地淋湿了我。没有桑叶的日子，我的蚕重返饥饿状态，我六神无主，如坐针毡，便寻了莴苣叶和蒲公英叶等来喂它们，它们吃了会拉肚子，好像是我在拉肚子，我暗暗地在心里诅咒起那个拔走桑树的人。

到儿子时，他不用像我一样为采到桑叶犯愁了，他的蚕卵是妻子的学生送给他的。春天来临，天气暖和了，蚕卵纷纷孵化了，桑叶也从各个角落陆续送到了，依然是妻子的那些学生送来的。他们大多来自乡村，在这些与城市保持谨慎距离的地方，桑树像被遗忘的野孩子，正在寂寞地舒展着枝叶。看着儿子瞪着水灵灵的眼睛，手里拿着一块干净柔软的布，一片一片地擦拭着桑叶，擦了正面擦背面，我从他的专注与认真中，瞧见了我过去的影子，猛地觉得时光重现了。

而现在，这两棵桑树已与养蚕无关。在桑叶变得唾手可摘的今天，蚕却离儿子越来越远，他甚至忽略了桑是为蚕而生的。他有了新的兴趣，随地拔了各种植物，栽到花盆里，一盆挨着一盆，摆了一阳台。

这两棵桑树继续枝叶向上生长，根系向下深扎，越长越枝繁叶茂了。大人的想法永远不同于孩子，他们从经验和功利出发，为家人也为自己考虑。母亲由天天看见的桑树想到了“丧”，阳台也是家的一部分，在阳台上种桑等于在家里种桑，在她看来总不是件吉利的事情，她执意将它们搬下楼，丢在了花圃里……

## 五

一棵桑树不翼而飞了。

一棵桑树连盆带树下落不明了。

儿子不愿意了，他猴子似的泼性被激发了出来，抹着眼睛哭成了泪人，闹腾得像一条黏糊糊的鲇鱼，哽咽着冲我说：“坏爸爸，你赔我一百棵。”明明是母亲嫌不吉利搬到了楼下，他倒赖上了我，“坏爸爸”第一次脱口而出，居然要我赔他一百棵桑树。我顺势答应了，他才止住了哭声，脸蛋儿已抹花了。

另一棵桑树还在，没了同伴，它看上去孤孤单单的，在阳光下拖着冷冷清清的影子。

我们吸取了教训，移出它，栽到了地里。它摆脱了花盆的束缚，重新回归土地，接上了地气。这叫它没了委屈，心情舒畅，身子酝酿着要长开了。它原本就是一棵野桑树啊，大地才是它的家，花盆里那点土只是模拟得有些蹩脚的故乡，让它身心不得安宁。儿子放学后第一件事便是拎着母亲给他买的绿色喷水壶，一路小跑着去给它浇水，浇完一壶，又浇一壶，再浇一壶，它真的挺能喝啊。儿子攥着喷水壶的把手，壶身倾斜地浇向它的根部，清亮的水细密如雨丝，洒在干涸的泥土上，泥土湿润了，由浅黄变深黄了。儿子一板一眼地做着这些，目不转睛地盯着细细的水浸入泥土，就像他当初一片一片地擦拭着桑叶。

这棵桑树本是个野孩子，属于大地、原野和寂寞，它甘于这样，也乐于这样，从花盆移栽到地里正遂了它的心愿。除了儿子每天雷打不动地给它浇水，我们谁都不管它，它也不需要我们管，它想要的就是这种生活。我觉得敏感善良的儿子每天亲近它，是在寻找一个伙伴，它陪伴着他一天一天地成长。一棵树叫生长，换作一个人是成长，树和人都在努力拔起自己，向上，也向四下里，延伸扩展，走向各自的成年。我甚至怀疑儿子在周围没人时，会对它没完没了地说着自己的心里话，说自己暗恋的女生，说对老师偏向其他同学的不满，抱怨作业太多玩的时间太少了，等等，它静悄悄地在倾听，当然全听懂了，有时它会与风耳鬓厮磨，叶子与叶子亲吻，发出快乐的沙沙声，这是它赞成儿子的想法和做法；更多的时候，它一动不动，只是竖起耳朵在听，但它不像那些爱打小报告的同学，经过他们擅长添油加醋的嘴，一件事情像长了翅膀，满世界都知道了。它有自己的语言，就叫桑语，比如叶子与叶子亲吻是其中的一种，别人听不懂，儿子却懂得，他通晓桑语，也信任它，所有对大人不能说的话，他都毫无保留地对它说了。在他眼里，它的沉默也是一种语言，是更温柔更体贴的语言，因为有时他只需要倾诉和倾听，这与孤独和寂寞无关。

仅仅几年，它的身子长开了，地下数不清的根系向着深邃的黑暗突击，牢牢地抓住了岩石和泥土，地上枝叶婆娑招展，渐渐拢成了一把大伞，有鸟飞来落在上头唱着好听的歌，院子里的老人在它的荫庇下铺张桌子，搬条马扎，喝茶谈天打牌。儿子也长大了，个头儿高了，身子骨结实了，嘴唇上和下巴间拱出了淡淡的茸毛，不细看还真看不出来呢。

大人们总有相同的认识与想法。这不，住在一楼西户的老杨头上门找到母亲，埋怨她种的这棵桑树正对着他卧室的窗户。我明白他和母亲一样，都是因为“桑”与“丧”同音，嫌不吉利。邻居上门说到这份儿上了，置之不理说不过去了，现在已不能轻而易举地将它拔出来了，恐怕只能借助锄头刨它出来了，刨后又将它移栽到哪儿去呢？院子里是不行了，出门到处都是柏油路和水泥地，也没有它的立足之地。母亲想了半天，翻出早年那把漆黑的砍柴刀，蘸着清水在磨刀石上反复磨了一会儿，刀刃重新焕发出了雪亮的光芒。她握着砍柴刀下楼砍倒了这棵桑树，这时它已长得有小腿粗，金黄的外皮，雪白的木屑追随着砍柴刀的起落，向四处迸溅，空气中飘散开清苦的味道，它轰然倒地的响声，整个院子都听见了，每一颗心都狠狠地抽搐了一下。这一天，儿子去上学了，母亲瞅这空儿将树砍了。堆成小山的枝叶被人拖去晒干烧火了，树干被母亲砍成了几截，堆靠在墙角，起初还有人打着它们的主意，做着有关冬天的梦，后来就被人遗忘了。

儿子第一次忽略了它。明天就要考试了，他要争分夺秒地看书，哪里还顾得上它呀。考完试后，儿子终于发现了露在地面的食指长的桑树桩，问我们桑树去哪儿了？我们难得一致地都说不知道，还表情相同地故作惊诧状，仿佛我们是刚刚知道似的。儿子没哭，也没闹，表情略显冷漠地说：“我长大了，不会再哭再闹了。”这话深深地印在了我脑海里，不时地会伸出它的触须碰我一下，我很难说清儿子说这话时的真实心情，我真的不知道该为他高兴还是担忧。

口无遮拦的母亲偶尔说漏了嘴，儿子在一旁装作没听见，其实他心如明镜，照出了我们这些所谓大人的愚蠢、虚伪与残忍。

## 六

仿佛是一夜之间，院子里要铲了所有的草坪，将所有的空地都铺上瓷砖，这个眼皮底下的世界似乎很满，又似乎很空。

那个桑树桩孤零零地戳在那儿，像一个碗大的伤疤，又像一枚揳入地下的钉子，不知碍事不碍事？

（原载《湖南文学》2018年第8期）

# 汤姆·巴图的牧场王国

◎郭雪波

孤独和寂寞，不能成为让人发疯的理由。

当我面对那片辽阔的牧场时，这样想。

珂珂的车开得很慢，离开奥克兰之后，向西南方向走有一个多小时，拐了几次弯，爬上一座慢坡后终于是停下了。视角顿时豁然开朗，眼前便呈现出那片辽阔的绿油油牧场。

大门两侧栅栏墙上，用英文醒目标示TOM 145号，又注：汤姆的农场。我一直不解，新西兰为何把从不农耕的牧场，都统称农场。四周静悄悄的，不见一人，两扇需人工推拉的金属铁门未上锁，显然是主人留了门。车开进牧场后又走了一会儿，砂石路两侧都是高大葱茏的树林，然后呈现出起伏伸展的辽阔牧场。见路两侧草地上，散放着几只羊驼，远处坡岗依稀可见大片的牛羊群，在一块高岗草场上有两匹褐红色纯种骏马，正安闲地吃草，偶尔仰头甩尾巴。一片低洼滩上，居然还有十几只野孔雀正自由地飞进飞出，呱呱啼鸣。

车停在近处一所房屋前边，依然不见一人。

这偌大的牧场上，既不见主人汤姆，也不见劳作的职工，我好生纳闷。

这是个只有两人的牧场，汤姆和妻子。珂珂说。

当初珂珂向我介绍，奥克兰有一位你的蒙古兄弟，是个奇人，经营着一片很大的私人牧场，非常棒。我十分惊讶，没想到异国他乡还有这样一位同胞兄弟在生活，于是特意安排了今天的拜访。

珂珂说，汤姆肯定在哪个角落忙活呢，他不知道我们几点到达。他这牧场面积多达十四万平方公里，有海岸有峡谷，有湖泊森林，管理起来很不容易，还那么多牛羊马群家畜需要操心，每天起早贪黑的，你不知汤姆有多辛苦呢。

他也是你们作协会员吗？我好奇地问一句。

不是，他不是文人，纯粹的企业家牧场主。我也是通过朋友认识的，汤姆热情好客，为人大方豪爽，我们在他这儿举办过几次协会的活动非常成功，大家都喜欢他。

我缓步登上近处一座高耸的草山，环视四周，真可谓极目楚天舒。几条峡谷里的水流，奔向远处依稀可见的海洋，峡谷和坡岗上布满黑森森的树林，有平坦的草滩，起伏的草岗，还有波光粼粼的湖泊，白鹤在上边盘旋。辽阔而略显空旷的汤姆牧场，那么安静，那么悠远，那么令人陶醉的壮美。

草山北坡下，还有几栋连成一体的房屋设施，有人在那里招手。

显然，那里才是主人今天接待我们的地方。我便直接从草山下坡走过去。发现坡上还有十多只黑额母山羊，耷拉着大奶房正在吃草，见生人走来纷纷抬头观望。

终于见到主人汤姆，我的一位蒙古同胞。

中等瘦个头，络腮大胡子遮满下半脸，微秃的头顶，额上缠着绿色头巾，稍白微黄的脸上一双笑眯眯的眼睛透着善良，穿一身绿斑迷你军衫军裤，脚穿高筒马靴，整个身材显得健壮而敏捷，一看就是草原上随处可见的蒙古男人。他迎过来，一眼便认出我是何人，开口一句就是：安达，赛音白努！兄长，好。然后握手撞肩，热烈拥抱。旁边笑眯眯站着他的老伴儿，一个圆脸微胖女士，汤姆戏称是自己的“马老板”。

我身上有股暖融融的感觉，似乎血液在加快流动。好久没有这样感觉了。

兄弟，你的蒙古名叫什么？怎么会在这里闯出了这片天地？我有些忍不住好奇，迫不及待地问他。

安达，我的蒙古名叫巴图·吉尔格勒，在这里生活需要有个英文名字，我就随便叫了个最普通的汤姆，就是《猫捉老鼠》里汤姆和杰瑞的汤姆。他说着笑起来，至于开办这牧场，啊，说来话长，先进屋喝奶茶吧，新熬的奶茶。

我不好意思笑了笑。在他挂着成吉思汗金像的客厅里，我们喝奶茶，又随性子喝了几杯他自酿的鹿茸酒，大家变得兴高采烈，情绪亢奋起来。汤姆自己却既不喝酒又不抽烟，我略微惊讶。之后，汤姆开车带领我们游览他的牧场王国。车库里停放着一辆如坦克般的豪华越野车，我以为是“悍马”，他说不是，说了个名称，我没记住。一边的工作台上，扔有几粒空弹壳，汤姆称自己当过兵酷爱各种枪支，有些猎枪子弹都自己造，牧场上原始森林多，有好多野物，经常有盗猎者摸进来偷猎，有时需要跟他们周旋。

怎么周旋，他没有讲。显然，这里边故事不会少。

他并没有开那辆豪华越野车，而走向停在院里的另一辆大吉普。一吹口哨，有只褐色短尾巴猎狗便跳上了敞开的车后箱，那是他的爱狗，每当出行巡逻必是随行。房后有一木栅栏院子，里边徜徉着几只猪，汤姆说那都是他饲养的野猪。我惊奇，便过去观赏新西兰野猪什么样。只见汤姆敏捷地跳进去，从里边笼子里赶出一头肥硕如大熊的野猪来，棕色刺儿毛，獠牙出嘴。他说，这是几年前自己捕获的小野猪崽，院子里的十几头野猪都是由它繁殖出来的群落。随着他一跳竟然跨骑到那头野猪背上，跑了几步，吓了我一跳。他笑说，这头公猪跟自己很亲，已经被他驯化得比家猪还老实了。

我摇头，啧啧感叹。初步感受到奇人汤姆的“奇”了。

你养这些野猪，是为了吃它肉吗？我问。

我不吃肉，平时吃素。汤姆平静地说。

啊？难道牛羊肉也不吃吗？牧场上养着那么多牛羊。我几乎叫起来，这可太出乎我的意料。一个蒙古人，不喝酒不抽烟，管理着这么大一个以牛马羊为主体的牧场，竟然还不吃肉！我惊奇地盯着他那张平凡而布满胡子的脸，充满疑惑。

也许前生杀生太多了吧，今生是不能吃肉了。对，牛羊肉也不吃。我就喜欢养着它们。在牧场上，我很少杀生，除非来朋友偶尔杀只羊招待。

汤姆，蒙古人巴图·吉尔格勒，依旧那么平静地微笑着，不动声色。

可看着兄弟的身体，健壮又很敏捷啊，营养热量从哪里来的呢？

每天早上我喝山羊奶，再吃些鸡蛋，足够啦。他说。

我想起刚才从草山下来时看见的那十几只山羊，个个鼓胀着大奶房。

山羊奶，营养价值很高，又无害无副作用。在中国，尤其内地，女人坐月子才吃山羊奶呢。汤姆说着又哈哈笑起来，看了看站在一旁的自己那位“马老板”。后来才知道，“马老板”是国内河北省人，部队上当过医生。幸亏有了这位贤内助。牧场上，最让汤姆头疼的活儿是“割羊尾”，不是刀割，而是用硬丝线扎紧羊尾根，让其自然脱落。新西兰法定饲养绵羊者，羊不能留尾巴，因羊尾容易繁殖细菌引发传染病。老家的蒙古人，却把肥羊尾当作珍贵美味，杀羊后献给尊贵的客人品尝。每个地方习俗，真是有着千差万别。弄掉羊尾后，还需打预防针，数百只羊啊，这时候当过医生的“马老板”可发挥专长了。有时忙不过来，还雇请短工，有次膀大腰圆的当地洋人一膝盖顶下去，竟然压断了羊的脊梁骨，汤姆心疼得不得了，不敢再雇用洋人短工。

坐上车，我和老伴儿还有画家穆老师等，就随着汤姆去巡游他的王国。微风习习，凉秋送爽，路经那片孔雀滩时汤姆不无自豪地说，那些野孔雀都是自己飞来落巢的，飞禽走兽都有灵性，知道我这里善待它们，这里风景又秀美。

是啊，真应了那句：良禽择木而栖啊。我感叹。

在一片郁郁葱葱的玛努卡树林旁，汤姆停下车，指着一片蜜蜂箱子告诉我们，他的牧场里长得最多的是玛努卡树，新西兰玛努卡蜂蜜世界有名，被称国宝，含有一种特殊的抗菌活性物玛努卡因UMF，其他种类蜂蜜所没有。我这儿，每年产很多玛努卡蜂蜜，安达走时可带走些。说着，他视察蜂箱，查看四周有无偷蜜的浣熊什么的。

望着峡谷和山坡上黑森森的玛努卡树林，望着忙碌的小蜜蜂绕着汤姆飞来飞去，我心中想，汤姆何尝不是一只劳碌的工蜂。看得出，他对这样忙碌的生活充满热爱，喜欢这样劳作，对牧场上所有生灵倾尽情感，也毫不抱怨，满足这种“诗意的栖居”，与世无争。

这么富饶壮丽的牧场，你是怎么弄到手的？好奇的我，又忍不住刨根问底。

也是偶然的机缘吧。在国内时，我从部队下来后做些器械和煤油生意，积攒了点小钱，二十多年前带儿子来新西兰玩，一下子喜欢上这里辽阔的草牧场了，也许这是咱们民族血液里的东西吧。经朋友介绍，有个毛利人要出售这片牧场，我过来一看便相中，就买下了。

汤姆说着又坐上车，继续带我们巡游。有人估算，他这牧场现已升值上亿。

汤姆没说话，也没什么表情。似乎在说，这些实际的金钱估算，对他来说没什么意义，他也不可能出售这片已视作生命的人生归属地。此时，不远处山岗草地上，圈养的两匹骏马正向汤姆嘶鸣。汤姆笑了，把车开过去，介绍说他们可是自己的心头宝贝，褐红色骏马是他的坐骑“王子”，名贵品种，在英国获过冠军的名马后裔，我花了一万英镑才买到一粒精子，配殖出来的。

十几万人民币一粒精子。汤姆爱马，已入痴狂。我走过去，轻轻抚摸梳弄那匹一万英镑的作品，嘴里亲昵地吁喝儿声，于是那马就跟我亲热了，上下晃头晃脑地喷响鼻。汤姆赞叹道，安达不愧是蒙古人，懂马，要不一般生人它会咬的。

接着，汤姆带我们去了牧场上毛利人祭祀地。

汤姆饶有兴趣地介绍，毛利人祭祀仪式跟咱们老家萨满祭祀有些相似，也是祭天祭地祭神灵。毛利人说开天辟地之前，天和地是合盖在一起的，是他们祖先神灵撑开了天，从此才天地分离，大地上才有生灵出现。

哈，倘若果真如此，那我们人类真得好好感谢毛利人祖先才对。我说。

大家都笑了。当然，对天地启合，每个民族都有各自的诠释。反正人类忙活到如今，依旧没搞清自己是来自何方，去向何方。我是不相信人是猴子变的，尽管峨眉山的猴子现在开化到已会调戏女性。

汤姆的越野车，沿着崎岖起伏的草岗蜿蜒行进，尽管有些颠簸车但开得很稳，轻车熟路。

令我意想不到的是，毛利人祭祀地却是座大坑，山顶大坑。有些跌眼镜。

卖给我牧场的，是个老毛利人，他当初领我来到这里说，这儿就是他们祖先的祭祀地，委托我好好保护和敬重。还说，你是蒙古人，才把他心爱的祖先土地出让给他，很多英国人来找过都被拒绝了。

汤姆说，那个老毛利人，特别讨厌英国人。

那是自然。1642年荷兰探险者塔斯曼最早到此，发现此地酷似荷兰的西兰省，便取名曰新西兰。1769年英国人库克船长来到这里，欧洲人开始移民新西兰，砍伐木材、捕捉海豹鲸鱼等运往欧洲。1837年起英国人在新西兰购买土地，派遣军官霍布森任新西兰副总督，在他威逼利诱下，毛利人酋长被迫签订怀唐伊条约，把土地主权“让给”英国，以换取英王对他们的“保护”。从此新西兰沦为英国殖民地。毛利人失去绝大部分最好土地，与殖民者发生无数次冲突，进行过三十多年的起义抗争，结局自然不言而喻。

我们围站在坑边，静默注视。尽管这里没有北美印第安人那般高矗的五颜六色图腾柱，也没有任何明显标示，但我对它却充满了一种敬意，一种也是对古老种族的敬意。我相信，毛利人祖先的古老神灵，肯定也守护在这里，默默静观自己故土上发生的一切。

这片祭祀地，我从不让牛羊上来。汤姆这样说。

将要离开时，汤姆突然机警地从车上拿下猎枪，吆喝上狗，向坡下走去，然后趴在那里向遥远处眺望。我跟过去，问他，发现猎物啦?

不是，是盗猎者。前边洼地森林里，有很多野鹿出没，好像有人正在那边窥视。汤姆说。他的视力真好，我只瞅见模糊一片的玛努卡树木。他朝那方向的上空，嘭地放了一枪，震耳欲聋。

跑了。汤姆说着站起来。

我有两个恶邻，最让我心烦。

西南边有一家邻居当律师，却不守规矩，经常私自溜进牧场偷猎或偷这偷那，他们两口子顾不过来，睁一眼闭一眼，可这位律师得寸进尺，总是钻空子干些蝇营狗苟的勾当。有一次直接从这边水源装管子，偷水灌溉自己园子，被“马老板”撞见想逃，她就拦在车前，被顶出好几米远，然后他猛地一倒车把她摔趴在地上，一溜烟逃跑了。官司打到法庭，新西兰只认证据，法庭或多或少偏向自己洋人，只好不了了之。吵架时那位律师居然开骂，这是我们新西兰的土地，你们中国人滚出这里。“马老板”反唇相讥，最该滚出毛利人土地的，是你们这些殖民掠夺者。那个律师，顿时无语。

有一次，汤姆听到东侧边界那边，传出牛的惨叫。开车赶过去，挨着铁丝栏，一头牛倒在血泊里，牛背上两条里脊肉已被割走，那是洋人最爱吃的部位。牛还没死，乱蹬着四腿儿，惊恐地睁大眼睛哞叫，后背上一片血淋淋惨不忍睹。铁栏那边，两个年轻洋人骑着摩托车，正哈哈笑着扬长而去，网兜里提着牛里脊肉。

汤姆愤怒得咬牙切齿，真想从后边一枪撂倒了他们。部队上，他可是百步穿杨百发百中的神枪手。但他不能那么做。只好回头一枪结束了那头可怜的牛，就地埋葬。过了些日子，这个方向又传出枪声，听枪声发闷汤姆便知已击中猎物。他知道，狡猾的盗猎者一听见他越野车声就会跑掉，于是这次他不开车，骑上坐骑“王子”悄悄地从侧面包抄过去，断了他们的后路。逮个正着。见汤姆如从天而降，威风凛凛地从马背上把黑洞洞的枪口对准了他们，一只凶猛的猎狗在一旁呼儿呼儿咆哮着龇牙咧嘴，那二人顿时尿了。

还是那两个家伙，活割牛里脊的恶少洋人。

他们不知当过兵的汤姆，拉枪栓时已悄悄卸下了子弹，见枪口瞄着自己吓得魂飞魄散，急忙丢下猎枪，丢下扛着的一头鹿，扑通一声跪在那里。

又是你们两个，该死！汤姆用英文训斥。

我们错了，请放过我们吧。洋恶少求饶。

我可以押着你们去警察局，或者报警请警察来，你们选吧。

千万别，那我们就完了，有案底有污点一辈子就毁了。蒙古大爷放过我们吧，我们再也不敢来了。两个恶少不停地求饶，哭天抹泪。

善良的汤姆心软了，也不想把事情做绝。

就说，这是最后一次，下次再逮着你们不会这样轻饶！给我滚，留下猎物，留下猎枪，赶快从我视线里消失吧！

两个洋恶少，屁滚尿流地扭头跑走。从此这侧边界消停了不少。

可西南那边，那个刁蛮律师，跟他的故事还没有结束，不时来一番较量。

几天后，我们就离开新西兰了，再没有机会去汤姆的牧场。

一个人的王国，两个人的牧场。汤姆并不寂寞，快乐而热情地生活着，其实，他也没有时间去寂寞。更没有所谓的寂寞和宁静让他去发疯，一个对生活充满热爱倾注情感而又不是自私狭义之人，怎么会发疯呢？唯一让汤姆稍稍犯愁的是，他唯一的儿子杰瑞，《猫捉老鼠》里的杰瑞，在英国当医生，对他的这番家业根本不感兴趣。汤姆现在已经是当爷爷的人了，将来这偌大的牧场交给谁才好呢？

未来的事情，未来再说吧。想不开，就放下它。汤姆依然开朗。

回国后，我收到汤姆在微信里发来的几张图。他的牧场上，现在已戳起了两座红色和蓝色的蒙古包，还配了两句诗：

想念你，
天上掉下一粒沙，
地上变成撒哈拉；
想念你，
天上掉下一滴雨，
地上变成太平洋。

读着，我一时热泪盈眶。

（原载《作家》2018年第1期）

# 发 烧

◎胡念邦

屠呦呦获得诺贝尔生理学或医学奖这件事，让沉潜在我记忆中的一个人醒来。一段久逝的生活随之浮现：我骑着自行车飞驰在济南三十多年前的街道上，昏暗的路灯，模糊的人群，好像都是些夜晚。夜色动荡不安，周边景物飘忽不定。我疲惫不堪，拖着沉重的步子，捏着一张只写着几味草药的药方，推开药店的玻璃门……

在这座举目无亲的城市，一张皱巴巴的药方单子似乎成了我唯一的支撑和希望。妻子正在家里心焦地守着两个孩子，一个五岁一个两岁，都在发着高烧，都烧到了40摄氏度。半夜，抱他们到儿童医院去，打吊瓶，吃退烧药，大夫说，病毒性感冒，没药可治。只有多喝白开水，等一个礼拜之后自动退烧。全世界的医生都是这样处理。我原认为他是在搪塞我。后来查医学书才知道，这个医生他说得很对。三十多年前，许多人不知道，病毒性感冒是无药可治的，只能等，等病毒自动离去。孩子一感冒发烧，立马去医院打针、吃药，如此折腾五六天，然后好了，就说，你看治好了。绝不会相信他是自己好的，病怎么会自己好呢?大家也不知道病号服用的那些药对病毒不起丝毫作用。实在烧得忍受不了啦，赶快吃退烧药！退烧药不杀病毒，只杀白细胞，既然杀不死敌人，那就反过来杀死正在与病毒顽强抗战的我军战士。杀死自己人，体温暂时降下来，任凭敌人肆虐，战火因我方苟且而暂时停息，不久又会重燃。

事情是一清二楚的，无须置疑。“全世界的医生都毫无办法”。医生对我说的这句话，三十多年后，得到了验证。2012年的冬天，我们在加拿大多伦多的小儿子家，三岁的孙子扬扬40度高烧不退。孩子发烧，似乎每一秒都被抻得无限长。最终受不了的不是孩子，是大人——无法再忍受漫长时间的煎熬。按照国内医院的治疗套路，不管是何种类型的感冒，输上液再说，无论如何，只要能看到瓶子里的水一滴滴滴入孩子的血管，就松了一口气。并不知道混在盐水里的抗生素不仅对病毒完全无效，还对孩子的身体有害。

终于熬不住了，催促儿子开车带扬扬去了多伦多儿童医院。不多一会儿，他们就回来了，禀告说：一位女医生问了情况后，说病毒性感冒，不需要治疗，也无药可治。

也许因为感冒可以不治自愈，便没有听说有哪个医疗机构在研究治疗病毒性感冒的良方；也许因为这是人类绝对不能完成的任务，据说感冒病毒有一百种之多，现代医药科学无法研制出一种可以全部杀死它们的有效药物。一个小小的几乎人人都会遭遇的病毒性感冒，全世界的医生竟然束手无策。真的是这样吗？

不，不是这样。我知道不是这样。在中国，曾经有过一个大夫，我知道他，我认识他，我多次找过他，这个大夫，他能治愈病毒性感冒。

三十多年前，在济南那个寒冷的冬夜，我走进药房，手里捏着的药单就是他开的。我要说的这个医生是个中医大夫。

我须声明一下，面对选择西医还是中医，我永远只能是一个患者。我走进医院，茫然走过每一间门诊室，向里窥探：在这些医生里，谁是能给我治好病的那一个？是他吗？是她吗？这是我唯一所关心的。在这里，我只说我所亲身经历的。我只讲三十年前的一个医生给我儿子看病的真实故事。这是一件不能用偶然或巧合解释的事实。当这个大夫第一次给我的儿子治好病，我也曾这样解释过：不过是巧合而已，但事情到后来我若再这样说，就不近情理了。

重要的是，我来说这件三十年前的往事，不是在说中医，是在说这个中医大夫，说他的命运，说人的命运。那不可知的、无奈的、令人无法抗拒的命运……

这位大夫用他精湛的医术扶携我们走出绝望，他在那两年成了我们的唯一依靠。然后有一天，他突然离去，不再相见。一切依然是那样清晰，一生难忘。如果再不说，就忘了，有许多忘记是故意遗忘，是用遗忘掩饰忘恩。如果再不说，我也和一些人一样，成了一个忘恩的人。

并非往事一去不返，是我们离开了往事。往事一直留在那儿，等待我们有一天回去……

我将进入三十多年前的日记，凭借彼时彼地的文字而非记忆回到往事。它们都是当天写下的，胜过最强大脑的记忆。我感谢我的日记，它曾经帮了我很大的忙，它固定了即时发生的事实，并坚忍地抵抗住时间的磨损，映照出多年之后的物非人非，世态炎凉。

1981年6月9日　周一

昨夜，儿子大海发烧。量表，39.8度。上午，到校医院，被诊断为病毒性感冒。注射卡那霉素，吃扑热息痛。下午，出汗。退烧至38度。六时许，又发烧……

6月10日　周二

昨夜，大海发烧40度，一宿未退，吃两片退烧片，无济于事。孩子忽而双眼圆睁，如见怪邪；继而昏沉过去，说胡话。妻不断换凉水袋，我用酒擦其腋窝、脊背，一宿未合眼。

晨，邻居海燕的妈妈敲门，神色慌恐。称海燕在家发高烧不退,怎么办？我说，病毒性感冒，全世界没治，到一定时间就好了。她不信，说，感冒都治不好，还叫医院？我说，只有两个药方：喝白开水；物理降温。她不以为然，走了。

大海又烧了一天。最低温度：39.8度，最高温度：40.2度。吃退烧片，呕吐。妻焦灼，泣涕。我翻看医学书，寻找安慰妻的词语。

6月11日　周三

又是一宿未睡。大海烧不退，说胡话。海燕的妈妈又来，说昨夜和海燕的爸爸一起带女儿去了儿童医院。先是在观察室打吊瓶，到半夜烧不退，大夫便将海燕扔进一酒精盆，说是降温，把孩子冻得浑身发抖，两人又抱着孩子跑到省立医院，大夫一听是从儿童医院来的，坚不收治。并说这种感冒在家治和在医院治一样。

6月12日　周四

孩子高烧四天了。卡那霉素停了。校医说，打多了怕影响听力。

大海仍不退烧。

中午，海燕的爸爸来，说受不了了，不能再靠了。有人介绍省中医院有一位好大夫，下午咱们一起去看。

妻不顾我的反对，抱着孩子毅然和他们一起去了。

直到天黑，妻子才抱着孩子，提着三包中药疲惫不堪地回来了。这就是母亲。母亲就是这个样子。她们总是要行动，永远不会坐以待毙，无论面临怎样的凶险，只要起身去做，就又有了勇气。这位大夫好像不是中医院的，只是在一家什么服务部坐诊。药是去药房抓的，很贵，一服药4元（当时可买5斤多猪肉）。贵，是因为有一味药叫羚羊粉。熬药的方法特殊，吃药的方式也不一样。让人很容易想起鲁迅写的“原配的蟋蟀一对，经霜三年的甘蔗”之类，故弄玄虚罢了。

吃药是当晚一个小时喝一次，一夜分4次喝完。羚羊角粉喝药时倒进药汤里服。第二天上午，孩子的体温即降至38度；下午，孩子自得病以来第一次熟睡了。再过一天，大海竟彻底好了，不再发烧了！三服药没吃完。

然而，在我看来，这完全是巧合。病毒性感冒，一周左右自愈。不吃药，也该好了。何况，我原本就不信中医，那位大夫随即被置之脑后。两个孩子感冒，我们依然去儿童医院。儿童医院，就是专给儿童治病的医院，给孩子治病，还有比儿童医院更好的吗？直到有一天，面对我们烧得昏迷的小儿子，儿童医院的医生束手无策，停止了治疗。

日记的字迹依然像刚刚写下来那样清晰：1981年11月22日。

儿童医院内科的王主任在小儿子大江的腹部又摸了很长时间，抬起身，神情严峻地注视着我和妻子：“很明显，右下腹有一硬块，不好判断，需要到省立二院做剖腹探查,才能确诊。”

“怎么会呢？还不到三岁，一周前来时也没说有。”

主任翻看着病历和一大沓化验单和透视报告：“我们已无能为力，病情不明，无法用药。”

难道会长出个肿瘤来？

已是中午12点多了，我和妻子一点都不觉饿，抱着昏睡的小儿子大江，坐在医院廊道的长椅上，谁也不说一句话。我只觉得眼前一片茫然。

一周前，孩子还是活蹦乱跳的。

病发于11月15日下半夜，大江突然呕吐、拉稀。白天昏睡了一天，发烧38度，肚子阵痛。16日上午去儿童医院，医生敷衍了事，只打一针，便打发回家。当天晚上，我们抱着孩子到了离家最近的市立第四医院。正是中国女排第一次夺冠的那个晚上，我推着自行车，带着准备住院时用的被褥、脸盆，妻子抱着孩子，穿过阒无一人的街道。整个城市都坐在电视旁，扩音喇叭传来宋世雄如爆竹般的解说声和现场厮杀的呐喊声，成了我们焦灼、无助、茫然无措心情的背景音乐，令那夜的心理记忆一生不会淡出。

市立四院经各样检查，给出的诊断是暂时无法诊断。先按肠炎治疗观察。护士缺乏给幼儿输液的经验，在大江头上连扎数针不成功。我们只得在深夜重返儿童医院。

又验血，验大便，又透视。检查结果无菌、无炎症、无异常，无法确诊，在冰冷的观察室待了一夜，输液，既然不能确诊，又用的什么药呢？

回家。每日按儿童医院开的药到校医院打针。两天后体温虽降了一些，但仍是拉稀，肚子疼。每隔二十分钟疼五分钟。两天以后，不拉稀，肚子仍疼，体温又升至38度。病情不见好转，精神越来越差。我们只得再回儿童医院治疗。最后的结论竟然是：剖腹探查！

事情已明显地摆在这儿了。这次不是感冒发烧，不是肠炎发烧，是因为别的一种病发烧！什么病？不知道。所有的检查都做了几遍（那时还没有引进CT机），各种药也用了。剖腹探查！四个字，把儿童医疗专家这唯一的期望瞬间化为乌有，宣告了我们平安无忧的日子骤然结束，另一种脱离了生活正常轨道负担沉重的漫长生活即将开始。

我和妻子一遍又一遍轮换去摸大江腹部的右下方。一个不到三岁的孩子，怎么会长出一个肿瘤呢？每一次去摸，都抱着一个希望：肿块没有了，消失了，不见了。可每一次摸都会摸到它。它在那里，的确有一个硬块，再摸还有，一直有，一直在那里。我们坐在烧得昏睡的孩子身旁，相互看着，不知道还要说什么，不知道再能做什么。大夫终止了治疗，所有的药都停了，除了剖腹探查，已经无路可走。绝望，从来没有像此刻这样真切。

就在这时，突然间，我们想起了那位中医大夫。

1981年的省城济南。沿最繁华的泉城路东行，过百货大楼，不远，邻近县西巷，有一店堂，门头上写着“济南中草药验方服务部”。走到这里已是泉城路的尾巴，商业街的喧哗顿然消退，这样一个其名莫测的服务部既不卖药，也不知做什么服务，很少有人光顾，显得格外冷清。从门口向里望去，光线很暗，模糊中能见迎门横着一道柜台，有一个面目不清的矮胖子趴在台面上，呆呆地向外望着。矮胖子怎么可能老是趴在柜台上呢？应该是我的记忆，三十年来把他牢牢地钉在时间里，不再挪动了。橱窗里空无一物，紧靠窗边一张破旧的八仙桌，一把破旧的太师椅。这位中医大夫就坐在这儿？几十年了，他就一直坐在这儿给病人治病？而在我的这张记忆画面中，这张椅子是空的，永远是空的。

如果他的背不驼，个子应该很高。好像是受到一种无形力量的挤压，他整个身子似乎没有伸展开来。其实没有那么严重，却不知为什么会给人这样一种印象。我是第一次见这位中医大夫。他的脸多皱、苍白，高颧骨、细眼睛。接近六十岁了吧。寡言、沉静、温文尔雅、波澜不惊。好像无论多大的风浪，到了这里都会平静下来。他一张张仔细地翻看着一大堆化验单，一声不响，静静地听完我们的讲述。然后，给孩子把脉，看舌头，看耳朵，看手心，最后摸腹部；然后，开始写药方。

“不是肚子里长东西吧？”

“不是。”他声音又轻又慢，很肯定地说。

“儿童医院的中医大夫说是感冒。”无望之下，我们还曾去看过儿童医院的中医科。那是一名著名专家，病号排着很长的队。没听完我的陈述，连化验单也没看，他就开始写病历：病毒性感冒。出了诊室，我将药方撕得粉碎。

“我认识他。”他摇了摇头。摇头，不知是对人，还是对诊断。

他说，孩子不要紧，是小肠气。

不需要开刀？好治？

不需要。好治。他应该是吃饭时哭过或是摔过。

我忽然想起，孩子病前，哭着从椅子上摔了下来。

没事。放心。

他写出了一张中草药药方：先抓两服吃吃看。

就这样简单？离开验方服务部时，我满腹狐疑。

日记：

“11月24日　周二

按照医嘱，昨夜八时、十时、十二时、凌晨四时，分四次给大江喝药。今晨七时，大江退烧至37度。肚子不再疼。中午，烧全退，肚子硬块渐软。大便也正常。药，神药；医生，神医也！又将第二剂熬给大江服下。下午，大江熟睡。十几天来第一次。

晚，李×老师来说："系主任孙××称，上周四政治学习，反对资产阶级自由化，妻因给孩子看病在医院，无法及时请假，拟按旷工处理。"

怎么能想得到，一张简单的药方，一服4角1分，一共花了8角2分钱，吃了两服，竟然好了！我原本不抱希望，只不过是走投无路没有办法罢了。不料，孩子的不明之症就这样好了，且只在一宿之间！岂止是去除了孩子的病患，是把我们拉回了正常生活。我和妻子的喜悦和轻松哪里是用语言能够形容的，别的那些都无足轻重了！

再一次去，去向大夫报喜讯。验方门市部依然冷冷清清，他依然一个人孤单地坐在那儿。知道孩子好了，他笑了。好像一切都在他的预料之中。他说，还是需要巩固一下，再开两服药。

我抱着两岁的大江，妻子领着五岁的大海，步履轻盈地走在泉城路上。生活依然窘迫无助，此时却觉得万事俱足。虽已近黄昏，我们决定去逛大明湖！走着去？好。六七里的路，我抱着披着棉斗篷的孩子，丝毫不觉累。我和妻子一边走着一边高兴地聊着。那时，孩子多小，我们多年轻啊。入冬的大明湖芳菲落尽，空旷寂寥，湖面雾霭沉沉。没有一个游人，只有我们一家四口，幸福地在渐浓的暮色里走着……

这就是这位大夫给予我们的，上帝为我们所预备的。

他的名字叫栾仲康。

从此，栾仲康大夫成了我们家的私人医生。两个孩子体弱多病，轮番生病，可我们不怕了，我们有栾大夫！后来的事实证明，上一次大海的病毒性感冒，就是他治好的，不是巧合，不是自己好的，是吃了栾大夫的药好的。这位普通的寂寂无名的医生，他竟然能够治愈孩子的病毒性感冒！什么物理降温，什么退烧药、白开水，统统不要。简直太神奇了！翻开当年日记，白纸黑字，真实地记录着，大海或大江，无论是谁，一发烧，就去找栾大夫。一吃他开的药，第二天就退烧，就痊愈。每一次皆如此，从不耽延。如果没有日记，二十多年的时光，无数芜杂的人和事，大量乌七八糟的信息，足以损毁我大脑里储存着栾仲康的神经元。幸好有日记重新建立起神经元之间的连接通道，让无可置疑的事实三十年之后仍然在说话。

1982年1月5日　周二昨夜，大江一宿未睡好，发烧38度多。上午，到办公室请假，抱江去泉城路找栾大夫……开两服中药，到药房抓药。江烧不退，不吃饭……

1月6日　周三

昨夜，吃第一服中药。上午，十时许，烧退。下午至晚，未再发烧，痊愈。

6月21日　周一

今日突然变凉。到堤口路小学给海送衣服，其正趴在桌子上。中午，归，海发烧，39度。下午烧至40度多，到泉城路找栾大夫……

6月22日　周二

昨晚给海熬药、服药。下半夜烧至39度，一时半有点抽风，妻一宿未睡。晨退烧，37度……中午，37.2度。栾大夫，神医也。

1983年元月28日　周五

江发烧两天，昨夜烧至39度。晨七时，搭校车去栾大夫家，开三服中药……

元月29日　周六

江烧已退，不再烧……

好了。不再摘录日记了。自1981年6月12日至1983年5月15日，两年的时间里，两个孩子一共感冒九次，九次找栾大夫，九次不超过24小时痊愈！每一次都被我记录下来，他开的药方共20张至今仍保存着，扎实的书法功底，苍劲拙朴的字迹，是不容置疑的物证。我不得不说，被称为没有药物治疗，全世界大夫都无法治的病毒性感冒，在栾仲康大夫那里完全可以做到药到病除。

在这个世界上，栾大夫能治疗病毒性感冒。准确地说，他能治好孩子的病毒性感冒。

不然，又能作何解释呢？

这是非常罕见的治疗记录。在这些单调乏味的文字记录的背后，每一个年轻的母亲和父亲都会读出那成夜难眠的心焦和祈求，读出孩子退烧后的轻松与喜悦。在儿童医院，我亲眼看见一个两岁孩子因感冒高烧三天不退，送到医院不一会儿就死去了，那对年轻父母绝望的恸哭声撕人心肺。我们也知道，有多少老年人最后离开世界，是因感冒发烧而引起的各种并发症……

当这一切正在发生时，栾仲康大夫一个人静静地坐在那间冷清的验方服务部的橱窗旁，透过肮脏的玻璃，望着窗外来来往往的人。

一个医术如此高超的大夫怎么会在这里给人看病？他不收诊费。验方服务部里也不卖中药，抓药只能到别的药房去。栾大夫，他在图什么呢？

栾大夫的心脏不好，只上半天班，他说，如果孩子的病情紧急，可以直接到他家去。他的家在离服务部不远的县西巷48号。

小巷中段一个狭窄的小院子，坐北朝南的两间小平房，逼仄的屋里光线阴暗，到处凌乱不堪，蜂窝煤炉子安在屋子中央，陈旧的墙上挂着一幅漫漶久远的照片，一个身着长袍，留着长须的老人，正从另一个时代默然地注视着……栾大夫的老伴，和蔼、热情，每一次留下我们带来的点心、糖块，她都会回赠我们水果、啤酒之类的食品。栾仲康大夫的经历，更多是她告诉的。

栾大夫原籍博山，是世传中医。他的祖父、父亲，皆为博山的名医。四十多年前，栾仲康来到济南，开了一家中药铺，他坐堂行医，带了一个徒弟，也是雇员。1956年，公私合营时，他被划为资本家。作为私方代表，他被分配到省医药总公司的中草药验方服务部。二十多年来，他头顶资本家的帽子，在歧视、监督、改造中，饱受压抑屈辱，一直在这里给人看病。多年来，他潜心研究祖传秘方，研制出了专治秃发的“生发丸”，药效很好。济南制药厂制造，畅销国内外。医学界召开经验交流会时，已当上了支部书记的徒弟说，你去不合适吧，我去交流。于是，生发丸的发明人就成了他的徒弟。去年（1980年）有一天，突然通知他，说当年划资本家划错了，现予以平反，职称定为医师。

他说，他已经六十一岁，对这些无所谓了。

“我最大的愿望是能到正规医院去给人看病。”说到他的愿望，栾大夫老泪纵横。他清楚自己的医术，还有许多家传的良方，是个人独有的。它们应该造福于更多的病人。他希望到医院去，能带徒弟，不然就失传了。他只有一个养子，他曾请求领导把儿子调到服务部由他带，领导不同意。儿子在家里用业余时间跟他学，终究不成气候。他正在抓紧整理一生的病案，但毕竟人慢了。

他最伤心的是上级领导对他调到正规医院的要求不予理睬。

我们所能做的就是帮他写信向有关部门呼吁。

每当想起儿童医院那位门庭若市的名中医；每当栾大夫给孩子治好了病，我们都会说，栾仲康大夫不应该坐在验方服务部里。

日记：

1983年5月15日　周日

昨夜下半夜，海发烧，吃退烧片也不行。妻陪着一宿未睡。上午，去儿童医院，化验，诊断病毒性感冒。立即骑自行车载其至栾大夫家……

下午，开始吃中药。夜十一时，退烧。

和以前几次一样，吃了栾大夫的药，第二天即痊愈。我在5月16日的日记里记着："栾大夫药，神力也。"

5月15日那天，到了栾大夫家，他不在。他老伴说，他觉得闷得慌，出去走走。我等了一会儿，就推着自行车带着孩子，去服务部找。从小巷一拐弯，看到栾大夫沿着墙根，低着头，从对面慢慢走来。抬头见到我，忙说："你先带着孩子回家休息。我走得慢，你等我一会儿。"

就是那天，他开完药方，高兴地对我说："告诉你个好消息，领导已经同意我到正规医院去上班了，联系的市中医院，他们很愿意接收我。只是市里人事调动临时冻结，只要一解冻，就可以办手续了。"

我听了也很高兴，拿着药方匆匆向外走。他又说，你药费不能报销，我去掉了最贵的羚羊角粉。你试试看。不行，再加上。

此刻，这张处方单就在我手边，在盖着宏济药房的红色核算印章里，药的价格依然清晰：3角7分。

这就是我与栾大夫的最后一面。22天之后，1983年6月6日，栾仲康大夫心肌梗塞，突然离世。他没有等到他去医院报到的那一天。他死了。

他死在冻结之中。永远的冻结。治疗已告结束，他被冻结在孤寂的荒寒中。

我去栾大夫家里给他送花圈，出乎我的意料，人们送的花圈，院子里摆不开了，一直摆到县西巷好远。追悼会上，前来给他送行的人竟挤满了悼念大厅。无论生前多么寂寞，依他的医术，他的治愈率，几十年间，栾大夫该治好了多少病人啊！

我曾向他请教，为什么西医说病毒性感冒无药可治，您却能妙手回春？他说，西医叫病毒性感冒，中医叫温症。是内热，外感，受邪气侵入。接着，他用一些近乎玄妙的语言对我这个外行讲了他对病毒性感冒的辨识。我不能全部听得懂，只觉得进入了一种无法看无法触摸的领域。它是关于生命奥秘的，是个体的，或许不是放之四海而皆准的，甚至是不可复制的。它的尽头混沌不清、无穷无涯……也许，这就是他担心失传的原因。西医，从来不必担心失传。也许，这也是我至今未再遇到能治愈病毒性感冒的中医大夫的原因吧。

病毒性感冒？全世界都没药治。

栾仲康大夫给孩子开的所有药方都保留了下来。1984年1月5日（周四），栾大夫去世半年之后，大江又发烧了，39.1度，他又哭又闹，要找栾爷爷看病。我和妻子取出收藏好的药方，找到1983年1月份大江感冒时，栾大夫开的一张药方，病症相似，时令相同，年龄相差不大，抓两服试一试。当晚服下，次日退烧。栾大夫不在了，他依然治好了儿子的病。看着药方单，我们不禁潸然泪下……

我们还保留着他的另外两件遗物：一件是他写的论文稿：《对脱发病的探讨和治疗》。这是他生前耿耿于怀的一件事，他一直在调整完善生发丸的配方；一件是他的一张两寸工作照，背面写着："80、11、12、入工会"。这应该是他六十一岁被平反后，为组织上接纳他成为工人阶级的一员填写登记表而拍摄的吧。

照片上的栾仲康大夫，舒心而拘谨地微笑着。

三十四年过去了。古老的县西巷已扩张成了宽阔的马路，县西巷48号，栾大夫的家，早已无影无踪，不复存在了。自屠呦呦获奖后，我就常想，如果把栾仲康大夫放在屠呦呦的位置上，一生在国家的支持下，去研究治疗病毒性感冒的药，会怎样呢？

转而又想，若不是屠呦呦，连我都把栾大夫忘记了，还会有谁记起他呢？

事情就是这样。栾仲康大夫就像一个遥远的梦境；一切很快又归于遗忘，普普通通的遗忘。

（原载《北京文学》2018年第4期）

# 笨 面

◎周云戈

"笨面"，老家人原来叫它"白面"——麦子磨出来的全麦面粉。

记忆里，它与老家已相去了一段时光，可近年来又悄然回归，一时还成了人们舌尖上的风行。它颜色微黄，不像品牌面粉那样耀眼的白，看上去柔和温暖。及至装在白布面袋里，仍面香微醺，味道亲切。吃起来呢，特筋道，口感也好，不单单是吞咽顺滑，下肚后也舒服。于我而言，不要说吃了，只要提及便心底生香——妈妈的手擀面、油糖饼、大馒头、疙瘩汤……一串并不久远的故事……

与"笨面"相识，是五六年前的事儿，老家三表哥送来的。一顿口福，便成了全家人的不舍。也只缘喜好，每年麦秋一过，或年跟前儿，总有亲友以自家面做礼。年年如是，几乎俗成。

头次听得"笨面"，是三表哥儿子来我家送面时所讲，开始以为他瞎掰，虽感兴趣，却也心疑。

在我心里，麦田早已被"黄金玉米带"所淹没。别说在老家，如今的关东大地也很少看见。麦田和那麦子，早已成他年往事……没了麦田，哪有麦子？没了麦子，哪里还有"笨面"？再说，谁人不知小麦产量低，同样的麦田与玉米大地比，产量效益，二者没法比啊！由此，老家人很早就有了大苞米赚钱，以钱换取生活所需的观念。吃白面，吃大米，一律村里超市买。一来方便，二来省得放在家里虫蛀鼠咬。也因这个，那种"小而全式"的种植结构，也早已与老家人的承包田渐行渐远了。

那天，表侄子似乎看出了我的活思想，于是，从座位起来把那礼盒式的"笨面"从一旁拎过来。"笨面"，真的是从老家承包田里长出来的！

仔细看它，包装上的"笨面"文化——理念、商标、绿色食品标识、QS认证，以及产地、联系人、电话、二维码、网址等一应俱全，这下让我惊叹老家人对“笨面”的在意和用心。如此看来，“笨面”在老家已不单单是自用，已是老家的特色品牌了。

送走表侄，与老伴儿不约而同有了吃面条的想法。分工照旧，她和面、打卤和操刀，我依然是力气活——揉面和擀饼。

呵呵，甭提了。还以为和往常一样轻松的“一擀”，可面条还没到嘴，我便通身的大汗。面，和得与饺子面相当,成团后又饧了一番，可当擀面杖往那面团上一搭，似乎感到了它的野性存在。擀下去，略微展开，旋即又恢复原样；再擀下去，一收擀面杖，紧跟着又缩了回来，非得几十个回合不能就范。吃罢面条，虽同为“笨面”点赞，而我心却另有慨叹——面条好吃饼难擀！那以后，每每再想吃面条、饺子、烙饼、面片儿，最犯怵的就是那个“擀”字。

去年麦秋，我回了趟阔别四十余年的老家。说是感受变化，其实心里明白这是场与“笨面”的赴会。行走久违的麦田，与种麦户唠家常，参观“笨面”诞生地“老磨坊”，于是我收获了“笨面”故事的全集，也厘清了它的路径……

原来在承包田种麦子、吃自家面，还真是三表哥的引领。

十多年前，生活富裕了的他，突然对上顿下顿的“精白面”挑剔起来，颜色、味道和口感，一应不中他意。于是，那年的清明，便在自家井眼地种了两亩地的小冰麦。麦秋后的一天晌午，三表嫂一顿家常饼的特别味道，有如天外飘香，立刻弥漫了村子上空。有人驻足寻味，更有老味情深的人上门求借。从那时起，自家磨面便引起了左邻右舍的注意。第二年、第三年……陆续有人在井眼地种麦子。初衷一个，只为自家人的口腹。也是从那时起，麦子风开始蔓延，逐渐地便有了今天的气象。

说“笨面”的今天，还真得益于一位返乡创业的后生——我的另一位表侄。

他是学农的，大学毕业后，一直在南方大都市做粮油贸易。对于入口食材，他不仅懂，也一向挑剔。可自打他家种了麦子，每每回乡，最吃不够的便是自家的面——烙饼、擀面条、包饺子、下面片儿，上顿下顿，百吃不厌。而离家之时，他总要带一些。面，成了他离家的念想。思乡之时，一碗手擀面，解馋暖心，也释放压力。不仅如此，他还把自家面当作特产，馈赠团队同事。一小袋自家面，散发着他的心香，传递间，不啻是节后的会心一握。而与客户间呢，那面，便是他的名片，收获友谊之时，也传播了家乡的物产与人文……

而最让老家人特别称道的，是他的“心计”。同样吃“面”，可他却从“笨面”中发现了麦田里的商机。

一番调研和论证后，他毅然辞了公司高管的职务，携带资金，返乡干起了他的“笨面”产业。那年，他把发展“笨面”产业的想法一说出，便得到了乡亲们的响应。成立小冰麦种植合作社，注册“笨面”商标，兴建老磨坊公司，跑市场、签订单，一系列前期工作，一应顺利地铺开。仅一个冬春，他便把分散的小麦种植户组织起来，走上了产业化的路子。

他能干，也睿智。无论在小麦种植、面粉加工，还是企业管理处处独到。譬如：播种，必须大垄播种；品种，小冰麦；地块，井眼地；收割，人工拔；肥料，农家肥，或者生物有机肥。而对“笨面”的态度——加工，坚持传统电磨；杜绝防腐剂、增白剂、面筋剂等添加成分。最初，乡亲们也读不大懂他的锦绣文章，可走下来，方知每一步都蕴含他的道理，每一环节都是他的绝妙设计，应当说，那都是环环相扣，自成体系。也正因如此，这“笨面”才口感好、有筋道，回归了农家面的原来味道。

一晃，五六年光景，小冰麦种植合作社不断壮大，不光是老家人，邻乡近村屯的乡亲也沾了光。他的老磨坊公司，也已成为农业产业化龙头企业，而“笨面”作为品牌，在市场一路畅销，还十分走俏。

返程头天的晚饭，三表哥把“村官”邀来。四十出头，虽素不相识，可提起来还都是亲戚，也称我为叔。一身休闲装，言行举止，无不洋溢着他的文化、机敏与才干。

酒兴正好，我再提“笨面”。话茬一撂，他便打开了话匣子。先是对表侄子来一番夸奖，说他如何在家乡人迷茫之时，为乡亲们心里开天窗，又如何引领家乡人奔上了致富路。乍听，有点忽悠。问他怎讲？他便从六七年前乡亲们心里的困惑说起：“一种四十年不倒茬口的大苞米，用了四五十年化肥农药的农田，使原本松软肥沃的黑土地板结了，产量也不行了……总的说来，乡亲们收入开始徘徊了。”

说到这，话茬一转，他又把如今的小冰麦和大苞米一比：“说真的，小冰麦与大苞米就产量，现在也没法比。可小冰麦转身儿成‘笨面’，身价立马就高起来了。这几年，市场上每公斤‘笨面’价格都在十至十二元，去掉投入，每公顷小冰麦收入也三万左右。麦秋后，再复种白菜、萝卜、芥菜等，每公顷纯收入又可达一万二左右。麦菜两茬，每公顷纯收入能达四万多元。相当于四五公顷大苞米的纯收入。这不说，小冰麦一种，这庄稼茬口也错开了，板结的土地也松软了。”

我又问：“复种那么多的白菜、萝卜、芥菜，秋后都卖给谁啊?”“村官”笑答：“还是‘公司+农户’啊!”原来乡亲们复种的白菜、萝卜、芥菜，已经都与城里的酱菜厂签了订单，秋后上门收购。问他这由谁来管?“合作社啊”!

返程，我搭上了“村官”去市里的自驾车。

车子驶出村子，眼前便飞来一片金色的麦田。突然，一群拔麦子人的身影闯入视野，这着实让我亲切，也让我有了许多回味和联想。“怎不用收割机，还使这笨劲拔?”我问“村官”，他没直接回答我，只是笑呵呵地说：“叔，有兴趣咱下车看看?”

拔麦子，如今的确不多见了。不过，这个我懂，实不相瞒，农民三年——拔过的啊！可当我俩在拔过的麦地蹲下来，他用手拨开覆在地垄沟里的杂草，一簇簇刚长出来的萝卜苗，已扬起了小脸儿。他笑呵呵地说：“叔，您看!”眼前这个让我惊奇，也真让我有所不知。“村官”告诉我，这是在麦子快熟的时候，人们先在地垄沟里喂好了菜埯子，赶在头伏前两天萝卜籽下地，待到拔麦子时，萝卜就都长出来了，这样便可满足萝卜生长期。听他这么一讲，我才明白了种大垄麦和人工拔的道理，原来是为了赶种萝卜和芥菜啥的。“那白菜呢?”“须得麦子拔完，进入二伏再开始复种。”眼前这些，似乎让我看出了老家人的“心计”。

不错，“笨面”的老味道追回来了，我想这不单单是口味，应是一道吃的文化，更是一缕新的乡愁……

最后作别，我放眼舒展的麦田，赤条条田垄下面，又是隐隐的一片新绿。熟悉与陌生中，让我倍感它的亲切。再无须问及“笨面”的由来，如果说“笨面”是个故事，我想这故事的个中情味，只有大地最知——它绝非面香一味，也绝非一味的面香……

（原载《吉林日报》2018年4月26日）

# 温宿巴扎的烟火

◎李佩红

南疆的早晨远比内地来得晚。

九点钟，万里之外的北京上海广州早已从短暂的欲夜中腾起，投入新的喧嚣。此刻，新疆南部的温宿县，太阳揉着惺忪的眼刚从大地的席梦思床上坐起，街面上人声渐起，寥寥的人影被酡红、微黄、阔大的梧桐叶遮蔽，街两边的店铺双门依旧紧闭，估计店主还没从昨夜的疲惫中醒复。周六，孩子们不上学，大人不上班，难得睡个懒觉。

县城很小，两条街交叉成十字，沿街全是小店铺，好看好玩处太少，一周一次的巴扎在二十多万人口的县城是件大事。到南疆没逛过巴扎就不能说你了解西域。包罗万象的众生态，世俗风情的品相，沸腾的烟火气，轻而易举地在巴扎里找到。如果西域是一位绝代女子，那巴扎就是她的肚腹，神秘、感性、饱含生命的张力，唯有真正的热爱和融入，才可能触摸到她细腻幽微的纹理，感知她的万种风情和独特魅力。

南疆各地的巴扎日时间不同，周一至周五都有，县城则集中在周六或周日，没有人特意规定，全凭一个地方的习惯。

温宿县巴扎在县城西北角一处露天场地，场地宽阔，中心区域铺上水泥搭起高棚，偌大的巴扎只留一米宽的窄门供人进出，初来乍到的内地人深觉不便，本地人已自然成习惯。也就是十年前吧，南疆地区所有的巴扎自由、涣散、开放，像一辆花里胡哨的大篷车，随意地停在公路边儿、河滩或尘土飞扬的场地上，如今圈地围栏、固定区域，形式趋于内地的农贸市场，好在巴扎本质的内核仍然维持着。早早赶到巴扎的生意人铺摆摊位，待一切就绪太阳已升到楼顶上了，县城里的人此刻大多还没起床，只有一些睡不着觉的老人，三三两两地早早去巴扎，抢购新鲜蔬菜，远没形成浩荡之势。

生意的好坏关系到一家人的生存，一个巴扎日顶得上小半年庄稼地的收入，怎敢掉以轻心。生意人家半夜即起，准备食材，卖烤鱼的把半米长的大草鱼去鳞、破肚、洗净、剁块，用面粉拌上鸡蛋和调料涂抹，打包收拾装车；卖烤包子的早半夜起来剁肉、切皮芽子、和面，用很大的不锈钢盆盛装，再把移动的铁馕坑装到车上；卖粽子的头天晚上包好蒸熟上千个粽子，调好蜂蜜糖稀；卖凉皮子的和羊杂碎的最辛苦，和面洗面蒸面切面，灌好面肺米肠，蒸熟，光是预备汤料得提前一两天。还有做抓饭的、胡辣羊蹄的、黄面烤肉的，无一不披星戴月，生意人挣的是辛苦钱，吃不了苦就做不了生意。生意人盘算着一天的进账，毛利多少净赚多少，生活有所期待再累也觉得值。趁此短暂空隙，喝口水、抽支烟、聊会儿天，养养神。准备迎接蜂拥而至的人潮。

沿县城十字街向北步行半小时，还未邻近巴扎已感觉到前方喧嚷的气息。接近巴扎两百米的距离，公路两边、人行道上挤满各式车辆。散文家刘亮程看到的万头毛驴赶巴扎的情景已被电动三轮车和摩托车取代。一些零星商贩在马路边摆摊叫卖，像宏大交响的序曲从单声渐至繁烈。

正午的阳光像一只被秋草壮肥的绵羊，懒洋洋地用它细软暖和的毛蹭人脸。巴扎里人头攒动，摩肩接踵，闹闹嚷嚷，烧烤的烟火、各种食物的香气混合着牲畜的尿液，飞扬的尘土浓稠如油向周围漫散。“芳香的尘埃”流动的线条、色彩、香味组成交辉互映的万花筒，令人心旌摇荡，无法抗拒。进大门右边，几百只羊占据了市场首当其冲的位置，等待交易的羊咩咩地叫，杂乱地脚步踏飞尘土。一位头和腰缠着白孝布的中年男人，用力推着一只壮硕的黑头羊。羊预感到生命的绝境将至，四蹄用力蹬地屁股使劲往后缩，与一双粗枝大叶的手较劲。在生死这个大问题上羊并没看破红尘，羊也怕死，羊说不出来，羊只能用这种方式抵抗。牧羊、买卖、宰牲、食肉，维吾尔族人的一生与羊纠缠不休。羊头脑简单，人头脑复杂，头脑复杂的人吃羊、头脑简单的羊死后进天堂，这也算是一种补偿和平衡。羊群外围站着清一色的维吾尔族男人，尘土雨落在他们的身上、头顶，营造出一种水墨画的朦胧感。两个男人沉默对望，两只揣到对方袖筒里的手正在热烈地讨价还价。没有言语的争执和冲突，两只温热的手传递着信息，肢体的接触使交易有了更深层次的含义，成与不成皆是朋友。这种不为第三者知晓的古老交易方式，保持了两个男人之间的尊严。现今这种古老的交易语言仅存于偏远的南疆。大门左边空地上十几个成年男人或蹲或站，身边都有一个鸽笼子，笼子里的鸽子十几只到几十只不等，鸽子咕咕地叫，这些鸽子不是肉鸽，而是用来交易的观赏鸽。男人悠闲地抽着烟闲聊，三个十六七岁的少年相对而站说得热烈，似乎忘记脚边的鸽子，两个七八岁的男孩站在大人身边听他们聊天，不时有男人在鸽笼之间来回逡巡，蹲下来伸手摸摸某个鸽子。鸽子巴扎上也没有女人，玩鸽子是男人的专利。维吾尔族人是一个爱鸽子的民族，养鸽的习惯可以追溯到一千多年前，“一个鸽子顶得上十个女人的爱。”养鸽子是件既能赚钱又充满乐趣的正经事，维吾尔族小男孩七八岁就开始在房顶上放鸽子了，家庭、天空、大地、关爱，通过一双放鸽子的手建立起联系。从小到大说一样的语言、吃一样的饭、喝一个地方的水、吸同一片天的空气，见面握个手就是朋友。养鸽卖鸽的人里有从小玩到大的伙伴，自己养的鸽子有人赏识卖个好价钱，自然开心，卖不掉也无所谓，和养鸽爱鸽的朋友在一起喝凉水都快乐，鸽子翅膀下的友情紧紧地把他们捆在一起，直到老，他们说他们是灵魂上的朋友。

市场里卖农具的、卖衣服、卖布料的、卖鞋帽和日用百货的、卖干果食品的一排一排区分开来。物品大多廉价，暴露了温宿人贫困的生活状态。快入冬了，巴扎上摆着一些做工粗糙的生铁炉子和生铁炉盘，这种炉子六七十年代住平房每家都用它烧火墙。市场的一个角落里坐着一位穿黑棉袄的老汉，深目白髯，安之若素，面前规矩地摆放一溜毛毡筒，毡筒大在左小在右，像一家人在朋友家做客，脱在门前的毡筒安静地等待主人。六七十年代，穿这种老式毡筒的人很多，尤其北疆天寒地冻，这种毡筒保暖防水，适合雪地行走。电影《草原英雄小姐妹》中龙梅和玉容暴风雪夜保护公社的羊群，若不是穿这种毡筒，双脚恐怕冻伤更重。制作毡筒要无接缝、一次成型、大小和脚，毡片薄厚均匀又要舒服美观，是项技术活，制作毡筒费时费力，现在的年轻人更倾心轻便舒适的运动鞋，穿毡筒的和做毡筒的人几乎绝迹。我在巴扎转了两个多小时，老人一双毡筒也没卖掉，他仍双腿跪地、手拿棒棒糖嘲着，下巴的白胡子一颤一颤，隔会儿伸出舌头舔舔上下嘴唇，露出几颗残牙，很专意很享受的样子，似乎忘记了时间的游走。毕竟谁也无法回到从前，“活着，就还是得做一点事”。老人在用做毡筒的手追赶年轻时的自己。

凡到过新疆的人，都能感受到新疆热烈、奔放、明亮的阳光，如水般流动跳跃，自然万物赤橙黄绿，所有的色彩浓艳到极致，呈现出青春的诗意。耀眼的阳光年复一年地沐浴着维吾尔族人，一个民族整体的浪漫和诗意融进血液，不知不觉变成一种生活态度和追求，哪怕对待食物。他们把浪漫、诗意和繁复之美，鲜明地烙在每一种食品上，使之呈现出西域缤纷的色彩，叫人望之垂涎。巴扎上，卖烤肉烤鱼烤包子烤全羊的，卖羊杂碎羊头羊蹄的，卖抓饭凉皮黄面凉粉的、卖馕饼砂锅串串香粽子的……各种吃食都出动了，争奇斗艳，占据了半壁江山。时至高峰，各家生意红红火火，食客一波一波。卖炸鱼的摊位前摆一口直径一米多的油锅滋滋冒着烟，膀大腰圆的维吾尔族大叔手握长把漏勺，把裹了鸡蛋和调料的草鱼挑进锅里，鱼块翻滚，倏忽金黄，香味扑鼻。眉开眼笑的老板娘动作利落，称重、收钱、装盘、在金黄的鱼块上撒上孜然和辣面儿，几块诱人的炸鱼旋即端至面前。撕下一块入口，香辣酥脆，肉质鲜嫩，口腔里所有的味蕾花一样绽放。

卖烤鱼的男人叫麦子买买提。在新疆叫买买提的男人和叫古丽的女人一样的多，大家习惯在买买提前加上职业或是爱好，借以区分。麦子买买提从前麦子种得好，这两年种麦子不挣钱、赔了本，改卖烤鱼，认识他的人仍叫他麦子买买提，而不是烤鱼买买提。“人不管走到哪一步，总要找点乐子，不能老是愁眉苦脸”，麦子买买提现在的乐趣转移到了制作烤鱼上。麦子买买提翻动烤鱼的架势酷似名角登台亮相，只见他把半风干的草鱼一剖两面，用红柳签子穿好支在圆形烤盘上，烤盘的炭火是胡杨木，斜拢一圈的鱼像围着篝火集体祈神的萨满，神圣而庄重。待鱼烤至两面焦黄，再浇上用西红柿、辣椒、孜然和各种香料调配的鲜汁，色彩明艳，香味浓郁，意志不坚定的好食者，闻必方寸大乱。巴扎里有流动推车卖粽子。粽子是汉族人的传统美食，维吾尔族人也学会了享用粽子，且兼容并蓄，创新出不同的吃法。卖粽子的年轻女子巴哈古丽目如深湖，湖岸长着蒲草般密密的睫毛，上下扇动一池秋波，嘴角微翘成一弯静月，笑而无语，俏丽的脸氤氲在热雾之中如含露的玫瑰花。只见她剥开粽子，放进瓷盘，小铲压平，表面淋上自家熬制的蜂蜜糖浆，玉手熟谙轻盈。一位年轻妈妈端着盘子，一勺一勺喂四五岁的女儿，小姑娘嘴里鼓囊囊的，吃得眉飞色舞。一位穿着破旧衣服的老汉手里捏着五元钱，安静地坐在条凳上排队等候。卖粽女子把剥下来的粽叶折叠为二，层层摞放在台案旁，像一座绿色宝塔，生意好坏见者自明。女子用不动声色的张扬，含蓄的智慧荡漾人心。

烤包子在新疆很普遍，四边形，巴掌大，也有特别大的烤包子，和田就有，很出名。许多外地人慕名去和田专为吃烤包子，店里六个大馕坑不停地烤，仍供不应求。温宿巴扎的包子独特，半圆形的像汉族人包的菜盒子，圆圈边捏着水波纹，烤包子半个盆底大，估计吃一个就饱了。做烤包子的中年男子站在铁板做的移动烤炉前，威武如武士，若非亲眼所见，谁也想不到精巧如月的包子，出自一双本该握坎土曼的粗壮大手。串串香是近些年才从内地传入新疆的，以其食美价廉很快受到当地人的欢迎，维吾尔族人换掉四川火锅底料，按照本民族的饮食习惯调配佐料，出锅时撒上孜然和辣子面，去除油腻，保持串串的香味，是不错的改良。

美食是最容易打动人心的，忘却心里的创伤乃至深刻的乡愁，享受一餐美食，专注于眼前的简单与丰厚，真的快活。太阳偏西，人们陆续走出巴扎，一位妇女启动电动三轮车，车上载着一头小羊和两个娃，每人手里攥着一串冰糖葫芦，一位维吾尔族男人牵着三只小羊，沿着公路边走。一位提着鸽子窝的男人用四川话大声地呼唤停在对面的出租车司机……心满意足。周末巴扎结束了，下一个巴扎指日可待，一个个巴扎像翻卷的浪花，一浪接着一浪，把一段段凡俗的日子推至远方。

（原载《新疆人文地理杂志》2018年第3期）

# 捞纸工周东红

◎南　翔

## 一

到泾县中国宣纸股份有限公司（以下简称中宣公司）见到董事长胡文军，他淡淡的一句话令我吃惊：很多画画的人未必用过真正的宣纸，他们多半用的是书画纸。

那是2017年清明节后，我随深圳阅读联合会一行赴合肥做阅读交流，交通便捷，不旋踵间来到距离省会200多公里的泾县。宣纸“始于唐代、产于泾县”，因唐代泾县隶属宣州府管辖，故因地得名宣纸，迄今已有1500余年历史。中宣公司生产的红星牌宣纸是唯一于1979年、1984年和1989年三获国家质量金奖的产品，1999年被认定为中国驰名商标，2002年获首批原产地域保护——其特征是：1. 产品原材料来自特定地域。2. 产品按照传统工艺进行生产。3. 产品要在特定地域内进行生产。4. 质量、特色或声誉在本质上取决于原产地域地理特征。

2006年被批准为中华老字号和首批国家级非物质文化遗产，2009年9月，入选人类非物质文化遗产代表作名录，中宣公司成为宣纸传统制作技艺代表性单位，2011年被命名为首批国家级非物质文化遗产生产性保护示范基地。

甫进中宣公司，依山傍水处有一个中国宣纸文化园，包括宣纸博物馆、宣纸技艺展示与体验区、宣纸原料观赏与加工区、书画家创作中心四个部分。穿过文化园及至进入厂区参观，令我讶异的是，宣纸制作的108道工序繁难细密，耗时费力，迄今还是仰赖传统技艺一一铺陈创制。我记住的是，宣纸的主要原料有三，一曰青檀树皮，此为皮料；二曰长秆沙田稻草，此为草料；三曰猕猴桃的藤汁，作用于纸浆的均匀、隔层及出纸率。如果说还有什么不能遗漏的，那就是山后奔流而下的两条河流，一条弱酸性，一条弱碱性，作为造纸用水，酸碱适度，相得益彰。

望着园子中央一片人高的青檀树林，我想，青檀是硬质乔木，一年造纸几千吨，需要多少这样生长缓慢的树皮啊！犹记1970年代开始各地农村就提倡种植矮脚稻，以免倒伏，现如今如取长秆稻草，亦需大面积专项种植才是。至于猕猴桃藤，野生采伐有限，也需择地垦殖吧……

在我此前采写的木匠、药师、制茶师和女红传人等皆为一人一事，中国宣纸则不是，这是一个古老而璀璨的传承，却也是一个整体、繁复、通力与偕行的技艺绽放。一张纸的魂魄从山野、溪流与沙田中合而娩出，阴阳授受，如同一座恢宏建筑的堂皇亮相，端赖每一件榫卯结构都严丝合缝，毫无瑕疵。

匆匆看下来，谈下来，想下来，一方面，我明白在这里随便采写任何一个人，都不免挂一漏万；另一方面，把宣纸108道工序各挑一个“手艺人”来雕琢，亦无可能。

我也明白，既然来了泾县，来了中国宣纸的腹地与大本营，找一个宣纸某段工艺的传承人来阐发，便是我绕不开的命题。

很快的，机会来了。

## 二

从泾县回到深圳，仅仅一周，深大经济学院的刘老师给我电话告知，她请来了中国宣纸的捞纸工周东红进深大讲座，起因是周东红上了央视的专题片《大国工匠》第一集，刘老师正在做一个有关大国工匠的课题，有一些事想与我交流。我迅疾与周东红电话联系采访。次日上午我来到周东红的房间，他应声开门，但见五十出头、身材不高的东红显得比实际年龄更小，两眼清澈，握手有力。一旦聊开了，他的略带皖南口音的普通话很是流畅。

东红的祖籍在黄山脚下的太平县，为生活计，爷爷那一辈迁徙到了泾县丁家镇后山村。此地垦几块荒山、种几亩薄田，较之老家更为容易一些。除了务农，爷爷也在青弋江边帮人造船。

家中吃口甚多，姐弟共有7人，父亲又有生理缺陷，耳疾影响到听力，没有主要劳动力，工分挣得少，年底粮食就分得少。出工、超支、借粮……是这个贫困之家跳脱不出的恶性循环。

一家十几口，主要仰赖爷爷造船每天两三元的工薪，购买柴米油盐，维持日常生计大不易。一个阴霾的冬日，忽听得远处大呼小叫，很快见一伙人用一张竹床抬回来了爷爷。双目紧闭、满脸煞白的爷爷在造船时突发脑溢血倒下了。县医院在13公里之外，家里没钱，爷爷躺在家里听天由命。凶疾难越，两天后，爷爷撒手人寰。倒下的是爷爷，也是家中经济的中流砥柱。爷爷一死，东红就破戒开始放牛了——爷爷在世之时曾被牛绳绊倒摔伤，从此不准子孙去放牛。丁桥中学初中未毕业，东红就辍学回家务农。

母亲反复唠叨，年轻人不学一门手艺，今后看你如何娶老婆！此其时，乡镇企业如雨后的山花野草，招摇耀眼，进厂做一份工，这个念头油然滋生出来了。恰逢小舅在小岭宣纸厂工作，带他过去看到捞纸，相对两人抬着竹帘，在水中左右晃动，一大摞纸就湿淋淋地捞起来了。东红当下心动：这个活儿不仅简便有趣，还蛮有成就感，看起来也比学木工容易得多了。于是他央求小舅帮忙，搞进厂去。可是小岭宣纸厂是小岭村办的，进人要通过大集体办公室，不然不得其门而入，于是下决心偷偷学艺。不仅没有一分钱工薪，厂里食堂也不让“外人”就餐；每顿吃饭也如小偷，由有身份的师弟打出两份，匀一份给他。小岭厂有14个纸槽，每槽需掌帘抬帘各两人，学徒工是不算数的。

瘦小身材、默不作声的周东红就是那个连正式学徒身份都没有的“偷艺人”，每当掌抬帘师傅撩起眼皮示意他可以上了，他就在水中快步上去接手。一周下来，双手起了水泡，腿如灌铅，始知这个活儿，既不比耕田轻松，也不比木工好学。早晨两三点，鸡鸣即起，到车间收拾家伙，为后序工作准备，下午四五点收工，一天十几个小时站着。回到宿舍吃饭，拿筷子都不利索。如果说他一直豪情万丈，没有多次打退堂鼓的想法，那是文饰与夸张。师傅曹义权只比他大两岁，是他捞纸路上第一个重要的口传身授者。捞纸是宣纸工艺中极为重要的一环，要害在掌帘与抬帘的配合默契，二人浑然一体。掌帘为主，抬帘辅之，眼到、心到、手到……师傅用言行告诉他，如果把掌帘的称作大师傅，抬帘只能算二师父。如果拿相声作比，掌帘的是逗哏的，抬帘的便是捧哏的。设若没有抬帘的如影随形，密切配合，掌帘到底是茕茕孑立，孤掌难鸣。但是掌帘犹如一船之舵手，双机之长机，那种技术霸主的地位，难以轻易撼移。换言之，从抬帘到掌帘的正常跃升，至少得三五年，有人干了大半辈子，也只能钉在一个抬帘的位置上。

目标和理想一样，浅近而瑰丽，干了六个月，眼看一个打下手的学徒就能升堂入室去抬帘了，未料一纸驱除令下达，师傅语调低沉告诉他：厂里管理加强了，要不……你到其他纸厂去看看，先从抬帘做起。

## 三

1986年早春二月，经一位做厂医的亲戚介绍，东红来到泾县宣纸厂——亦即后来的中宣公司，更早有个代号叫“542”——这便是带有保密性质的称谓了——应聘捞纸工一职。生产科长带他去车间，拧着眉头问他，会不会掌帘？他迟疑答道，会的。生怕不录用他，这时候若是问他会不会登天，也只能说会。20岁的后生，心中已然生出了无业的恐慌。一只嫩鸟，只要下了水槽，立马就被老手看出水准。却是应允了他上班，从抬帘做起。找不到好掌帘主其事，一个月下来，任务完成得很艰涩。此其时，小岭厂一个同龄人小许也过来了，两个旧友一咬耳朵，同下一个槽，轮流掌帘。两人起早摸黑、同心协力干了两个月，双手浸泡得蜕皮一层又一层，一沾水就痛，终日站立腰酸背痛腿抽筋，换来的却是任务栏里的箭头，徘徊不进。

人说，宣纸108道工序，捞、晒、剪……各有其难，捞纸尤难，技术要求很高。一个纸槽装满了可以出纸百余张，纸浆浓度不同，出纸率会有差别，但是每张纸的厚薄轻重却小到不可失之毫厘。依分量计算，6斤左右特种净皮，出纸一百张，多出或少出皆不合格，全部打回原形（回浆），不给工资。当年掌帘者月薪32元，抬帘者29元。成品率太低的问题，很长时间困扰着他俩：出纸厚薄不一，四处起泡，一天有几百张废品……累死累活落得两手空空，要么各拿10多元钱月薪，那种沮丧与无望，迄今想来，常常在一念之间就拔脚走人了。

绝处逢生在于两人各拜其师。

周东红感激人生最困厄之时，遇到了良师沈结明，一学就是两年，洞开了捞纸途中一扇敞亮的天窗。沈师傅带了两个徒弟，东红很快成了二师傅，一边跟老师做抬帘，学掌帘；一边与徒弟做掌帘，教抬帘。这两个角色互为表里，融会贯通，进步之速前所未有。为了精益求精，他跟师傅说，自己早点起来，跟徒弟先去槽屋，意在多练，让师傅晚点起来，多睡一会儿。

掌帘为何这么难？每捞一张纸，纸槽中的纸浆都在变少，纸浆浓度也在变低。这个变化细微、缓慢，波峰很小却毋庸置疑。作为纸槽中的主宰——掌帘人既要无视这个变化，又要感受到这个变化，亦即掌帘带动抬帘一道，要随着逐渐减少的纸浆，渐变每一次的捞纸动作，这个变化也是细微、缓慢、变动很小却毋庸置疑。这个外行看不出来的永恒的细如游丝的变化，就是捞纸的精髓。感受不到这个变化，领悟不成这个变化，驾驭不了这个变化，便终身被关在掌帘的大门之外。

他不仅在双手感觉到了突破的律动，也在肩头承载了师傅无言的嘉许，还有什么比心灵的瞬间释放更感到荣耀呢！出师后的那一段日子，不仅觉得太阳每天都是新的，亦觉迎面而来的同事和陌生人，个个笑靥如花。

优质宣纸如佳酿，年头越久价格越高。故宫博物院收藏了半刀50年代的红星宣纸，价格高达数十万。在宣纸文化园，我看到各种不同年代生宣、熟宣的陈列品，恍如一个不善饮者在一一品尝陈年好酒，既隔行隔山，又不能不由衷赞叹。

回到开头胡董事长给我说的，很多画画的人未必用过真正的宣纸，他们多半用的是书画纸。

何谓宣纸？董事长与周东红先后做过如下表述：国家标准GB 18739—2002对宣纸的定义是："采用产自安徽省泾县境内及周边地区的青檀皮和沙田稻草，并利用泾县独有的山泉水，按照传统工艺，经过特殊的传统工艺配方，在严密的技术监控下，在安徽省泾县内以传统工艺生产的具有润墨和耐久等独特性能，供书画、裱拓、水印等用途的高级艺术用纸。"

宣纸的滥觞及源流，有很多史书在考订与揄扬，可以肯定的是，宣纸在唐代已然铺开。唐书画评论家张彦远所著之《历代名画记》记载："好事家宜置宣纸百幅，用法蜡之，以备摹写。"另据《旧唐书》记载，天宝二年（743年），江西、四川、皖南、浙东都产纸进贡，而宣城郡纸尤为精美。可见宣纸在当时已冠于各地。南唐后主李煜，曾亲自监制的澄心堂纸，据《徽州府志》记载：黟歙间多良纸，有凝霜、澄心之号，后者长达五十尺为一幅。……自首至尾匀薄如一。因它“肤如卵膜，坚洁如玉，细薄光润，冠于一时”，李后主极力推崇这种纸，并建堂藏之。有人说，澄心堂纸就是宣纸之一种。

我在宣纸文化园了解到：宣纸具有“韧而能润、光而不滑、洁白稠密、纹理纯净、搓折无损、润墨性强”等特点，宣纸所具有的独特的渗透、润滑，都使得它无论绘画书法，或纵笔如飞，或入木三分，各呈其妙，各臻其美。宣纸根据配料比例，可分为绵料、净皮、特净三大类，青檀皮与长秆稻草有一个配比：棉料是三七开，净皮四六开，特净二八开。

根据厚薄不同则可分为单宣、夹宣等。所谓单宣即是单层，比较薄的宣纸。而夹宣则是经过连续二次加工而成的宣纸。宣纸依据加工的不同，大致分为生宣、熟宣、笺纸三大类。生宣就是没有经过任何处理，保留了渗化、吸水等特性，润墨性很强的普通宣纸。生宣具有吸水性能强的特点，是书画用纸的主要材料。生宣以久藏为上，刚生产出来的宣纸过于净白，如有燥厉之感。久藏的生宣色泽柔和，落墨着色，别饶风味。这样的过程，是不是有些类似生普？新产的普洱生茶性寒，陈化后才能渐趋温和。经验者言：为了能使新的生宣取得陈纸的效果，可以将纸在风口挂放一段时间，经过这样处理的生宣纸称为“风纸”。

熟宣是在生宣上加刷了一层胶矾，其特点是不易洇水，故又称熟宣为矾宣、素宣、加工宣。生宣与熟宣，各擅胜场，亦各为用者所喜。依其秉性，书法和写意画较宜用生宣，工笔画较宜用熟宣。笺纸则是用生宣按不同用途（包括书画家的个人癖好），通过印刷、染色、加料、擦蜡、砑光、泥金、泥金银粉、撒金银箔片、描金银图案等方法制成的纸。多称“花笺”或“锦笺”。普通宣纸加工成笺纸后，往往冠以各种雅称。像玉版宣（以淀粉为黏合剂、将两层以上生宣托裱制作而成）、虎皮宣（将宣纸加工点染成斑纹状，使之美观）。

还有一种半熟宣，半熟宣是从生宣加工而成，吸水能力介乎前两者之间，玉版宣就是半熟宣。

所谓“纸寿千年”，周东红告诉我，主要是生宣。

作为一个合格的成熟的捞纸工、掌帘人，周东红捞出来的纸，每一刀误差不超过一两，每一张上下误差浮动仅一克。厂里出品4尺（138mm×169mm）的宣纸最为畅销，每天要捞1500张。

好的宣纸是好的画作的基石。试想想国内外流传至今的大量古籍珍本、名家书画墨迹，历史久远，却大都因了宣纸的承载，依然翰墨如初。如果没有“薄者能坚，厚者能赋，色白如霜，久不变色，折而不伤，耐腐难蛀”的宣纸，华夏民族的艺术宝库一定会大打折扣。

## 四

生计、兴趣与荣耀的叠加，或许是周东红一路坎坷走到今天的三根支柱。我在宣纸厂看到一个巨大的纸槽，2016年载入吉尼斯纪录的“三丈三”（11米长，3.3米宽），也就是说比3层楼还高的一张宣纸于此问世，此乃举全厂之力道，聚众人之才华，汇聚了百余名捞、晒、剪等技艺精湛工人共同努力的结晶。周东红全程作为捞纸指导，与有荣焉；个中的捞纸工，也有好些是他的徒弟。

有形与无形的荣誉纷至沓来，是激励也是压力。

当央视《大国工匠》第一集将他收录，播出，遐迩闻名，各处请他做讲座的，邀请他合作做选题的……他不能不警醒：一个捞纸工，始于捞纸，终于捞纸。他明白自己脚下坚实的阵地，就是纸槽。

如今年过半百的他，日日亲临工厂车间，耳提面命、亲手示范，为一个古老而辉耀的品牌培育更多的躬身创制者，这是他作为一名宣纸捞纸工，一以往之的沉甸甸的使命。

（原载《随笔》2018年第6期）

# 长夜漫漫好看球

◎徐　坤

## 一

世界杯结束后的日子，大雨如注，大夜如磐。

整整一个月的狂欢喜庆，物我两忘，心无旁骛，摇旗呐喊；整整一个月的彻夜不眠，连续观战，事儿了吧唧，微信摆摊，拉帮结伙，斗嘴犯贫；整整一个月的我是球神（经），力比多荷尔蒙、多巴胺肾上腺素猛增狂泄；整整一个月的男儿长歌，声协宫商，感心动耳，荡气回肠。

荡气回肠，荡气回肠啊！

这一切，都在昨天夜里，在莫斯科卢日尼基体育场的大雨如注中，豪华结束了。

一切都显得皆大欢喜。法国人捧得了大力神杯，克罗地亚人赢得了世界尊敬。俄罗斯人，据说赢得了一把小伞，就是率先只遮在普京头顶上的那把公务黑伞。那一刻，战斗民族失去礼仪，完全忘记了女士优先，眼里只有他们的普京大帝，却让颁奖台上的克罗地亚女总统科琳达尴尬淋在雨中。旁边还有雨中挨浇的法国总统马克龙，以及国际足联主席因凡蒂诺。

没得说，一看这群给领导撑伞的就是训练有素的公务员。

当然，除了这个调侃之外，整个俄罗斯世界杯的组织协调还是相当不错的，并没有出现太大瑕疵。就连我们以看热闹不嫌事儿大之心所期盼的、英格兰足球流氓能跟“老毛子”打一架这样的事情也根本没有发生。可见，人家那个“西伯利亚狼”世界杯吉祥物还真不是长毛绒做的，内核里装的是钢铁。

钢铁早就炼成了。

世上没有不散的筵席。从那样密集的狂欢中骤停下来，心里空空落落，一时竟不知干什么好了。早晨，我只在微信朋友圈中发了几个字：没有世界杯的日子，大雨如注，大夜如磐。各种安慰劝诫帖就紧跟而来。

美女作家朱文颖最先发来表情图，三个小脸儿并列：龇牙欢笑、心有戚戚外加幸灾乐祸；

万卷出版公司老总、我师弟刘一秀跟帖：没法过了（抓狂）；

中宣供职的文春小弟：喝点啤酒吧，看着雨点，想着雪花，听着go go go，再写点我阿，那就美得脊梁骨哆嗦（哈哈大笑）；

作家晓航：喝点儿就好（龇牙）；

资深美女编辑杨泥姐：这日子咋过呢（龇牙）；

作家郭雪波：一片汪洋都不见，念天地之悠悠，你怆然而泪下，呜呜……

南大教授吴俊：好像有点杯后忧郁症了，赶紧着，得找医生了。

……

微信留言，如同读史眉批。围观者用语，表达了球迷们共同的坏蛋心声。

帘外雨潺潺，一晌贪欢。别时容易见时难。流水落花球去也，天上人间。

## 二

这届世界杯，我仍一如既往，支持阿根廷队。

说来也是机缘凑巧，在6月30号阿根廷VS法国的八分之一淘汰赛中，我正好在深圳宝安开会，借机跟到场的作家朋友龙一、东西、王十月、张伟明、楚桥等一起聚众看球，以悲壮的形式集体欢送我阿和梅西提前结束比赛回家。

世界杯顺利落幕的典礼上，那个踢走我的主队阿根廷的小讨厌姆巴佩，不出意外地受到全世界表扬，以打进四粒进球的战绩，获得2018俄罗斯世界杯最佳新秀奖。

19岁的高卢小嫩鸡，黑不踢白不踢，偏偏把劲儿全用在打掉我阿的那场八分之一淘汰赛上，一人独造三球，活活以4：3的比分击败阿根廷队，撵得我阿和梅西提前半个月灰溜溜卷铺盖卷儿回家。

小姆登基登顶都没用。不是说谁爬上了地球最高8848米珠峰就能封神成仙儿。还得普度众生，导驾引航，才能光辉闪耀，塑得金身。

中国的球迷心中，真正的球王只有一人，那就是我阿的大神马拉多纳。而小姆，还刚刚圈粉，他跟老马之间，还隔着两个梅西、三个C罗、四个内马尔那么长的距离。

有了老马，世界上就只有一种球迷，叫作“阿根廷球迷”。没有第二种。如果有，就叫作“其他球迷”。

全世界都是阿根廷球迷是一种什么感觉？

没办法。谁让那个遥远的八十年代，当家家户户刚有电视机、当电视机里刚有世界杯足球赛直播时，我们这代球迷赶上的，正是球王马拉多纳率领的阿根廷队的鼎盛时期呢！

还记得1986年墨西哥世界杯赛上，马拉多纳著名的“上帝之手”吗？老马小手一碰，轻轻淘汰英格兰。最后阿根廷队冲进决赛，靠马拉多纳的传球射入制胜一球，以3：2击败西德队，勇夺第十三届世界杯足球赛冠军。

还记得1990年意大利之夏，第十四届世界杯，马拉多纳单挑巴西防线，那一枚“世纪助攻”成为永恒吗？老马率领的阿根廷队，在八分之一淘汰赛中与夙敌巴西队相遇。比赛第81分钟，马拉多纳中场启动，一路带球过关斩将，禁区倒地之前将球分给“风之子”卡尼吉亚，卡吉一脚射门干掉了巴西。

还记得1994年美国世界杯吧？马拉多纳重出江湖，赢得球迷一片喝彩！然而，在小组赛被查出服用违禁药物，一代球王，以这样的方式黯然结束自己的世界杯征战生涯。

马拉多纳，马拉多纳！不管你身上有球没球，你永远是世界足坛的瞩目中心和关注焦点。

难道就因为你有种种毛病，我们就不爱你了吗？

北京话叫作：不——能——够！

这不，来了！马拉多纳！北京欢迎你，马拉多纳！

1996年7月28日，马拉多纳率领阿根廷博卡青年队来北京，跟北京国安踢了一场商业比赛。

作为“马迷”的我，岂能错过这回近距离一睹偶像风采的机会？

是的，球票很贵。粉丝我不惜砸锅卖铁，用了半个月的工资350块钱买了球票，扯上老公就前去北京工体观看。如果再加上老公的球票钱，一个月的工资就没了。呵呵，那也乐意啊！

这场观战结束后，就有了小说《狗日的足球》。

为了写它，实际上我已经准备了十年时间。

能够写出它，实际上我已经热爱了小马哥十年时间。

“就是在这次总共被绊倒一百三十多次的杯赛上，马拉多纳终于赢取了东方女球盲柳莺小姐的芳心。柳莺眼盯盯地瞅着他在吭哧——吭哧——不断被绊倒之际，愣是用一种著名的马拉多纳式的摔倒和跃起，在两次绊倒之间的0.5秒的间隙里，伸出他那长了眼睛的脚指头将皮球准确无误传到“风之子”卡尼吉亚脚下，让一枚小球整个儿地洞穿了巴西的心脏。”

———徐坤：《狗日的足球》，发表于1996年第10期《山花》杂志

爱了十年的人，难道还不从一而终、矢志不渝？

爱了十年的队，难道还会转会他投，再去点赞别的队伍？

我阿你好。我阿必胜。

潘帕斯的雄鹰，金色的太阳。马拉多纳和梅西，风神卡尼和战神巴蒂，探戈的舞步和足球的技巧，飘舞的长发，蓝白相间的战袍……阿根廷！你是我的足球启蒙、爱情的见证，也是我们这代人共同的青春记忆和永恒友谊。

从1986年的世界杯，到2018年的世界杯，我的主队就一直是阿根廷队，从来没有变过。

球迷不转会。这是身为一个真正伪球迷的道德自我约束，以及廉洁奉球法则。

## 三

球迷不转会。曲终人不散。

从1986到2018，三十多年间，我究竟看了多少场球，写了多少篇球评，已经难以历数。滚滚红尘，云翻雨覆。每隔四年一次的世界杯，更是能让人在无稽里舒心，于狂傲中开怀，它蜻蜓般掠过我们的生活，翅翼留下笑忘的剪影。

正如罗素在《论人性和政治》里所言，人不同于其他动物的一个重要方面在于人具有无止境的、永远无法满足的欲望，欲望使人即使到了天堂也会坐立

不安。占有欲、竞争欲、虚荣心、权力欲，使人类的奔跑行为永不休止。诸如战争、赛马、体育竞技、足球比赛，等等，皆是现代社会中满足人类欲望的出口，给人提供刺激，让人发泄过剩精力。

文明发达了，和平发展意识成为主宰。那些血腥的竞争方式逐步被取消，而更欢畅、更美好的奥林匹克盛会和足球比赛替代了战争，替代了斗牛，替代了以往一切野蛮的争斗方式，让欲望的宣泄以文明公平公正的姿态进行。没有战争的年代，足球就是最大的战争；艺术匮乏的年代，足球就是最美的艺术。它让人类中的膂力强健者表演身体的格斗技艺，它给人群中的观看者留下力与美的享受。

万丈红尘三杯酒，千秋大业一场球。

年轻时我看球还只是看场上奔跑着的大腿和颜值，除了崇拜小马哥，见到扎小辫的巴乔、长发飘飘的巴蒂，还有那个春光乍泄的土耳其扎小辫的前锋伊尔罕，就犯花痴想淌哈喇子；中年时我看足球也只是看技术看战术，南美的脚底花滑轻功和欧洲的脚法强劲都让人目眩神迷；如今我已老迈无力，已然是看山不是山，看水不是水，看球不是球。看场上的谁也都是个小屁孩。我只是在看我自己。自在观观自在，无人在无我在。如是我闻，如是我佛，如是我观自在。

（原载《长江文艺》2018年第10期）

# 敬　告

由于编选时间仓促、工作量大，未及与所选作者一一取得联系，请见谅。

现仍有部分作者地址不详，为及时奉上稿酬和样书，请有关作者与责任编辑赵维宁联系。

**地址：**沈阳市和平区十一纬路25号

**邮编：**110003

**电话：**024—23284306

**E-mail：**249972579@qq.com

**微信号：**zhaoweining10

辽宁人民出版社

2019年1月